SECOND SIGHT
by Amanda Quick
translation by Kanako Takahashi

運命のオーラに包まれて

アマンダ・クイック

高橋佳奈子［訳］

ヴィレッジブックス

キャシー・リンツへ
偉大なる作家、偉大なる写真家、
偉大なる友へ

運命の
オーラに
包まれて

おもな登場人物

ヴェネシア・ミルトン	写真家
ゲイブリエル・ジョーンズ	アーケイン・ソサエティの会員
ケイレブ・ジョーンズ	ゲイブリエルのいとこ
ヒッポリト・ジョーンズ	ゲイブリエルの父親
マージョリー・ジョーンズ	ゲイブリエルの母親
ベアトリス・ソーヤー	ヴェネシアの叔母
アメリア	ヴェネシアの妹
エドワード	ヴェネシアの弟
トレンチ夫人	ヴェネシアの家の家政婦
アダム・ハロウ	ヴェネシアの知人
モード・ホーキンス	ヴェネシアのギャラリーの管理人
ロザリンド・フレミング	未亡人
アクランド卿	ロザリンドの愛人

プロローグ

ヴィクトリア女王朝後期

凝った彫刻をほどこされ、金めっきされた寝台の上に骸骨《がいこつ》が横たわっていた。寝台は錬金術師の墓となった古代の研究室の中央に置かれている。

二百年前の骨はいまだローブをまとっていた。高価なシルクとヴェルヴェットでできたしゃれたものだったにちがいないローブがぼろぼろになっている。金銀の糸の刺繡《ししゅう》がはいった手袋と上履きが手と足の骨を包んでおり、血や肉があるかのような不気味な印象を与えていた。

「仕立て屋の上得意だったにちがいないな」とゲイブリエル・ジョーンズが言った。

「錬金術師だからといって、着る物のセンスが悪くなきゃならないということはないさ」とケイレブ・ジョーンズが言い返した。

ゲイブリエルはいとこの服装をちらりと見やり、それから自分のいでたちをたしかめた。ふたりが身につけているズボンとリネンのシャツはほこりだらけで汚れていたが、衣服もブーツも手製で体にぴたりと合っていた。

「どうやら一族の血のなせるわざらしいな」とゲイブリエルが言った。

「ジョーンズ家の伝説にもうひとつすばらしいものが加わるというわけだ」

ゲイブリエルは寝台にさらに近づき、ランタンを高く掲げた。揺れる明かりのもと、錬金術において水銀や銀や金を示す不可解な符号が、骸骨が着ているローブの広い縁を飾っているのがわかった。同じような模様が寝台の頭板にも彫られている。

寝台の横の床の上には重そうな金庫が置いてあった。箱の側面は二世紀分の錆《さび》におおわれていたが、ふたには腐食を防ぐ薄い金属板が貼りつけられていた。金だな、とゲイブリエルは思った。

それから、しみひとつないハンカチをとり出して、ふたを覆っているほこりをぬぐった。明かりを受け、薄い金の板に刻まれた凝った葉の模様と意味不明のラテン語が光った。

「過去二百年のあいだ、ここが発見されて荒されなかったとは驚きだな」彼は言った。「どうみても、この錬金術師には生涯あまたの競争相手や敵がいたはずだ。何十年ものあいだ、アーケイン・ソサエティの会員やジョーンズ一族がここを探していたことは言うに及ばずだしな」

「この錬金術師は秘密主義のかしこい人間だったと言われているからな」とケイレブが言った。

「それもまた一族の血か」

「まさしく」とケイレブ。声にははっきりと苦々しさが表れている。

このいとこと私は多くの点で異なっているとゲイブリエルは思った。ケイレブは物思いにふけりがちで、長く黙りこむことの多い人間だ。研究室でひとり過ごすほうを好み、訪問者や客や、誰であれ、ほんのわずかでも自分に礼儀正しさや社交のたしなみを求める者には我慢がならないと思っている。

ゲイブリエルは昔からもっと社交的で、ふたりのうちでは明るいほうだったが、最近は彼自身、長く書斎にひきこもるようになっていた。自分が研究に打ちこんでいるのは、知識だけでなく、気をそらすものを求めてのことだとはわかっていた。逃避と言ってもいい。それぞれ、〝尋常でない〟と片づけるしかない自分たちの能力からの逃避をはかっているのだとゲイブリエルは思った。どちらも、探しているものを研究室や書斎で見つけられるとは思えなかったが。

ケイレブが古い一冊の本をまじまじと見ながら言った。「ここにある品々を荷造りするのに人手がいるな」

「村で人を雇えばいい」とゲイブリエルは答えた。

それから無意識に、錬金術師の研究室であり、墓となった場所に遺されたものを箱詰めして輸送する計画を頭のなかで練りはじめた。行動の計画を立てるのは得意とするところだった。父に一度ならず、事務的な計画を立てるおまえの才能は、超常的な能力と緊密に結びついていると言われたことがあった。しかし、ゲイブリエル自身はそれが超常的なものというよりは、ごくふつうの人間であることの証《あかし》と考えたかった。自分が現代を生きる論理的で理性的な人間だと信じたかった。進化の初期の段階へ逆戻りした原始的で非文明的な人間ではなく。

ゲイブリエルはそうした心乱される思いを脇に退け、墓のなかのものを搬出する計画に考えを集中させた。もっとも近い村でも何マイルも離れている。そこは小さな村で、これまで何世紀も生き残ってきたのがこうした密輸の仕事に携わってきたためであることはまちがいない。秘密を守るやり方を知っている村だ。金がからむ場合はとくに。そして、アーケイン・ソサエティには村人たちに沈黙を守らせるだけの金がある。

錬金術師が研究室という自分の小さな要塞のために選んだ海沿いの人里離れた場所は、現在もまったく人が住んでいなかった。二百年前はさらに未開の孤立した場所だったことだろう。墓となった研究室は今にもつぶれそうな古代の城跡の地下に封印されていた。

少し前にケイレブといっしょにようやく扉を開けたときには、死臭を運ぶ風に出迎えられた。ふたりとも息がつまり、咳きこんであとずさったのだった。

部屋の空気が流れこむさわやかな海風によってきれいになるまで待ってから、なかにはいることにどちらも異存はなかった。

なかにはいってみると、そこは学者の書斎といった体裁の部屋だった。背がすり切れてひびがはいっている古い革表紙の本が本棚に並んでいる。ろうそくと火があればすぐにも使えるふたつの燭台もある。

　二百年前に錬金術師が実験に使った道具が長い作業台の上にきちんと並べられていた。ガラスのビーカーにはほこりがこびりついている。金属製の道具やバーナーやふいごは錆だらけになっていた。

「ここに何か価値のあるものがあるとすれば、まちがいなくあの金庫のなかだろうな」ケイレブが言った。「鍵は見あたらないが。鍵を壊すか？　それともアーケイン・ハウスに持ち帰ってからにするか？」

「どういうものかよく調べたほうがいいな」と言ってゲイブリエルはどっしりとした金庫のそばに膝《ひざ》をつき、鉄製の鍵を調べた。「この箱のなかに宝石や金といった宝がはいっているとしたら、家に持ち帰るにあたって、中身を保護するために特別の注意が必要になるだろうから」

「そのふたを開けるには何か道具がいるな」

　ゲイブリエルは骸骨に目を向けた。手袋をはめた片手の下になかば隠れて鉄製の何かが見えた。

「たぶん、鍵を見つけたぞ」

　ゲイブリエルはそう言って手を伸ばし、鍵を拾おうと手袋をはめた指を持ち上げた。かさこそという小さな音がした。手が手首からとれたのだ。ゲイブリエルは骨のつまった手袋を拾い上げる恰好《かっこう》になった。

「くそっ」ケイレブがつぶやいた。「背筋も凍る恐怖ってやつだな。そういったことはきわもの小説のなかの出来事だと思っていたよ」

「ただの骸骨さ」ゲイブリエルは手袋とそのおぞましい中身を古い寝台の上に落として言った。「二百年前の」

「ああ、でも、それはわれらの祖先であり、アーケイン・ソサエティの創設者でもある錬金術師のシルヴェスター・ジョーンズの骸骨だ」ケイレブは言った。「どう見ても、この男はずるがしこく、ひどく危険な人物だったようだな。これだけの年月を経てもなお、自分の研究室が暴かれるのが気に入らないというわけだ」

ゲイブリエルはまた金庫のそばにしゃがみこんだ。「それほど人に知られたくなかったのだとしたら、死ぬ前に何通も手紙を書いて、この場所の位置について手がかりを残していくべきではなかったんじゃないか」

数カ月前、ゲイブリエルが見つけるまで、手紙はソサエティの文書にまぎれていたのだった。彼はそこに書かれた錬金術師の独自の暗号を解読した。

鍵を試してみてすぐに、鍵がまわらないことがわかった。

「錆がひどい」ゲイブリエルは言った。「道具をとってくれ」

十分後、力を合わせてふたりはどうにか金庫のふたを開けた。ふたはゆっくりと持ち上がった。ちょうつがいがぎしぎしと音を立てた。しかし、金庫は爆発することもなく、火が出たり、意表をつく不愉快なことが起こったりすることもなかった。

ゲイブリエルとケイレブは金庫のなかをのぞきこんだ。

「金塊や宝石が山ほど見つかるなどと思っていたとはな」とケイレブが言った。

「幸い、宝が見つかると思ってこうしてはるばるやってきたわけじゃない」

金庫のなかには小さな革表紙の手帳がはいっているだけだった。

ゲイブリエルは手帳を拾い上げ、充分注意して表紙を開いた。「錬金術師が書類や手紙のなかでほのめかしていた霊薬の製法が書いてあるんじゃないかな。そのほうが金塊や宝石よりもずっと重要だと思っていたわけだ」

黄ばんだページは錬金術師の几帳面な手書きの文字でびっしりと埋まっていた。すべて意味不明のラテン語で書かれている。

最初のページに書かれた無意味に思える文字や数字や図式や単語をよく見ようと、ケイレブが身を乗り出した。

「これもまたいまいましい暗号で書かれている」と首を振りながら言う。

ゲイブリエルはページをめくった。「秘密主義と暗号はアーケイン・ソサエティの会員が二世紀にもわたってうやうやしく守ってきた伝統だからな」

「アーケイン・ソサエティの会員たちほど妄想にとりつかれた排他的な奇人たちの集団にはお目にかかったことがないよ」

ゲイブリエルはそっと手帳を閉じると、ケイレブの視線を受けとめた。「私ときみもソサエティのほかの会員たちに負けず劣らず奇人だと噂《うわさ》する向きもいるけどね」

「奇人ということばはわれわれを言い表すにはあまりあたっていないかもな」ケイレブは顎《あご》

を引きしめた。「しかし、よりふさわしいことばを探すつもりもない」

ゲイブリエルは言い争わなかった。もっと若いころには、ふたりとも奇人ぶりを発揮してたのしんだものだった。自分たちの特別な感覚を尋常ならざるものとは思わなかったからだ。しかし、歳を重ねて大人になってからは考えも変わり、もっと慎重にならなければと思うようになった。

人生をさらに困難なものにするかのように、今ゲイブリエルは、ミスター・ダーウィンの理論の熱烈な支持者となった現代的な考え方の父親にも対処しなければならなかった。ヒッポリト・ジョーンズはできるだけ早く跡継ぎ息子を結婚させようと決心していたのである。ゲイブリエルが思うに、父は内心、息子の持つ、人とはちがう超常的な感覚が遺伝するものなのかどうかたしかめたいと思っているにちがいなかった。

そんな人類の進化の実験台にさせられてたまるものかとゲイブリエルは思っていた。妻を見つけるべきときがきたら、自分で探し出したかった。

ゲイブリエルはケイレブに目を向けた。「こう思ったことはないか？　われわれが属しているソサエティは、変わったことや超常的なことに夢中になっている秘密主義で排他的な奇人の集まりだと」

「それはわれわれのせいじゃない」ケイレブは身をかがめて作業台の古い道具を調べながら言った。「われわれはただ、任務の遂行が可能なときに、一族としての務めをはたしてきたにすぎない。きみにだってわかっているはずだ。われわれが高貴なソサエティへの加入を拒んでいたら、父親たちがどれほど怒り狂ったことか。おまけにきみは文句を言う立場にないよ。私を説得してくそ忌々《いまいま》しい式典に参加させたのはきみなんだから」

ゲイブリエルは右手にはめている黒と金の縞《しま》めのうの指輪に目を落とした。指輪の石には錬金術で火を象徴する印が刻みこまれている。

「それはよくわかっているさ」と彼は言った。

ケイレブは大きく息を吐いた。「状況から考えて、きみがソサエティに参加するにあたり、かなりの重圧を感じたのはわかるよ」

「ああ」ゲイブリエルは金庫の重いふたを閉め、金の薄板に彫られた謎めいたことばに注意を向けた。「これが錬金術の呪いのことばじゃないことを心から祈るよ。〝この金庫を開けし者は日の出までに恐ろしい死に見舞われることだろう〟とかそういったね」

「呪いか、少なくとも何かの警告ではあるかもしれないな」ケイレブは肩をすくめた。「昔の錬金術師というのはそういったことをしたと言われているからな。しかし、きみと私は現代を生きる人間だろう？　その手のばかげたことは信じないのさ」


三日後、最初の男が死んだ。

名前はリッグズ。ゲイブリエルとケイレブが錬金術師の墓で見つかったものを荷造りし、無事に運搬の馬車に載せるために雇った村人のひとりだった。

死体は波止場近くの古い街並みの路地で見つかった。リッグズは二度刺されていた。最初のひとつきは胸を貫き、次のひとつきは喉を切り裂いていた。古い石畳の上に大量の血が池を作り、乾いていた。リッグズの命を奪ったナイフは彼自身のものだった。刃に黒いしみのついたナイフが死体のそばに落ちていた。

「リッグズは酒飲みで、娼婦を買い、酒場でのけんかもしばしばといったはぐれ者だったそうだ」ケイレブが言った。「地元の人間には、遅かれ早かれろくな死に方はしないだろうと思われていた。おそらく、誰かとけんかになって、そいつが彼よりも動きが速く、運がよかったんだろうということだ」

ケイレブは口を閉じ、ゲイブリエルに目を向けて待った。

ゲイブリエルは避けがたいこととあきらめ、死体のそばにしゃがみこんだ。いやいやナイフの柄を持って拾い上げ、人殺しに使われた武器に注意を集中させると、背筋の凍るような衝撃的な感覚に襲われることを予測して身がまえた。

ナイフの柄にはまだ膨大なエネルギーが残っていた。人殺しに使われて数時間しかたっていなかったからだ。刃には強い精気が貼りついており、ゲイブリエルの心の奥底にひそむ暗い興奮をかき立てた。

感覚が研ぎ澄まされる。突如としてとらえがたい超常的な感覚が鋭くなった気がした。厄介なのは生まれ持つ狩猟本能が血を熱くすることだ。

ゲイブリエルはナイフを急いで放して立ち上がった。ナイフは石畳にあたって音を立て、足もとに落ちた。

ケイレブがその様子をじっと見つめていた。「それで？」

「リッグズは衝動的な怒りやパニックに駆られたよそものに殺されたわけじゃない」ゲイブリエルは言った。ナイフをつかんでいた手を上の空でこぶしに握る。それはナイフに貼りついていた邪悪なエネルギーの名残と彼自身の血を熱くした狩猟本能を振り払おうという無意識の行為だった。「この路地で彼に会った人間は、誰であれ、殺そうという明確な意思を持ってここへ来た。冷酷な人殺しだ」

「女房を寝とられた亭主か積年の敵だな、たぶん」

「その可能性が高いだろう」とゲイブリエルも言った。が、うなじの産毛を立たせる、ちくちくするような予感があった。この男の死は無関係な人殺しではない。「リッグズの評判からいって、役人たちもそういう結論に達するだろうね。しかし、荷造りしたものの中身は調べてみたほうがいいな」

ケイレブは眉を上げた。「リッグズが墓で見つかったものを盗んで誰かに売ろうとし、そいつに殺されたと思うのか？」

「おそらく」

「錬金術師の研究室には金《かね》になるものはほとんどないという結論に達したはずだが。人の命を奪うほどのものはもちろん」

「ここの役所に届け出てから、梱包《こんぽう》した箱を開けてみよう」

ゲイブリエルは静かにそう言うと、踵《きびす》を返し、凄惨な現場とのあいだにできるだけ距離を置こうとするように路地の狭い入口へとすばやく歩きはじめた。狩猟本能はまだ抑えられていたが、おまえの性質の別の一面を開いて見せろと、それが暗くささやいているのは感じられた。おそらくは原始的としか言えない一面を。

墓で見つかった品々について、ゲイブリエルとケイレブが作った目録と、運搬すべくきちんと荷造りされたものとを照らし合わせるには多少時間がかかった。結局、なくなっていたのはひとつだけだった。

「やつはあの手帳を盗んだんだ」ケイレブがうんざりして言った。「そのことをわれわれの父親たちに報告するのはたのしいことじゃないだろうな。理事会はもちろんのこと」

ゲイブリエルは空《から》の金庫の内部をじっと見つめた。「われわれですでにふたを開けてあったから、やつには容易なことだったろうよ。手帳をとり出すのに苦労はなかったはずだ。しかし、誰があれをほしがるんだ？　よく言っても、昔のいかれた錬金術師がわけのわからないあれこれを書きつけた、学術的に興味深い品というものにすぎない。アーケイン・ソサエティの会員たちにとってのみ歴史的に意義のあるものだ。つまり、シルヴェスターがソサエティの創設者であるからこそ」

ケイレブは首を振った。「そこに書かれた製法がじっさいに使えると信じる者がいるのかもしれないな。人殺しをしてでもそれを手に入れたいと思う者が」

「まあ、ひとつだけたしかなことがある。われわれはアーケイン・ソサエティの伝説に新たな一節をつけ加えることになるものをまのあたりにしたんだ」

ケイレブは顔をしかめた。「錬金術師シルヴェスターの呪いか？」

「いかにもそれらしいだろう？」

1

二カ月後……

この人こそ、待ちつづけていた男だと彼女は思った。この身を堕落させてくれる運命の恋人。でもまずはこの人の写真を撮りたい。

「だめだ」ゲイブリエル・ジョーンズはそう言って豪奢《ごうしゃ》な内装の書斎を横切り、ブランデーのデキャンタを手にとると、中身をふたつのグラスにたっぷり注いだ。「きみをこのアーケイン・ハウスに招いたのは、私の写真を撮ってもらうためじゃない、ミス・ミルトン。きみを雇ったのは、ソサエティが収集した古代の遺物や美術品の写真を撮ってもらうためだ。きみから見れば私も老いぼれに思えるだろうが、まだ〝古代の遺物〟に分類されるつもりはないんでね」

ゲイブリエルはけっして古代の遺物ではない。ヴェネシアは胸の内でつぶやいた。それどころか、男盛りの力と自信にみなぎっているように思えた。見るからに、女を許されぬ情熱の炎のなかへと導くにぴったりの男。

それにふさわしい男を見つけるのにずいぶんと長く待ったものだと彼女は思った。社交界の基準から言って、ヴェネシアは適齢期を過ぎていた。一年半前、両親が列車事故で亡くなったときに肩にのしかかった責任が、運命を封印してしまったのだ。ふたりの兄弟と独身の叔母をひとりで扶養しなければならない二十代後半の女を妻にしようと思う立派な紳士はほとんどいなかった。いずれにせよ、生前の父の振る舞いをかんがみて、ヴェネシアは結婚という制度には大きな疑問を抱いていた。

しかし、生涯、真の肉体的情熱を知らずに過ごしたいとも思わなかった。わたしのような状況に置かれた女は、情熱に身を焼かれる機会を自分で作り出す権利があるとヴェネシアは思っていた。

ゲイブリエルを誘惑するのは大きな挑戦だった。というのも、そうした経験がなかったからだ。たしかに、これまでささやかな恋のエピソードがなかったわけではないが、どれも実験的なキス以上には進展しなかった。

ほんとうのところ、許されぬ恋に身を投じたいと思わせるだけの男に出会ったことがなかったのだ。両親が亡くなってからは、身を滅ぼすようなスキャンダルを避けることがいっそう必要不可欠になっていた。家族の生活が写真家としての彼女の肩にかかっていたからだ。それをあやうくするわけにはいかなかった。

そんなところへ、アーケイン・ハウスにおけるこの奇跡のようなひとときが、文字どおり青天の霹靂《へきれき》でもたらされたのだ。それは予期せぬ贈り物と言えた。

思い返せば、なんともありふれたなりゆきではあった。謎めいたアーケイン・ソサエティの会員が彼女のバースでの仕事を目にして、ソサエティの理事会に彼女を推薦してくれたのだ。どうやら理事会はソサエティが所有する収集品を写真におさめることにしたらしかった。

その実入りのいい仕事が、秘めたロマンティックな空想を現実のものとするまたとない機会も与えてくれたのだった。

「あなたの肖像写真については追加の料金はいただきません」ヴェネシアは急いで言った。「前払いでいただいた料金ですべてまかなえます」

まかなえるどころではない。ヴェネシアはほくそえまないようにしながら胸の内でつぶやいた。アーケイン・ソサエティが銀行の口座に振りこんできた信じられないほど気前のよい額には、いまだ目がくらむ思いだった。予期せぬ授かりものが彼女と家族の未来を文字どおり一変させようとしていた。しかし、それをゲイブリエルに説明するのは賢明なことではないだろう。

あなたの仕事においてはイメージがすべてですからね、と叔母のベアトリスにいつも指摘されていた。支払われた大金に見合う仕事をしているという印象を顧客に与えなければならない。

ゲイブリエルは冷ややかで謎めいた笑みを浮かべ、ブランデーのグラスのひとつを彼女に手渡した。指が指をかすめ、ヴェネシアの神経にぞくぞくする感じが走った。そうした感覚に襲われたのはこれがはじめてではない。

ゲイブリエル・ジョーンズのような男には出会ったことがなかった。大昔の妖術師のような目をした男。その目は暗くはかりしれない秘密に満ちている。大きな石の暖炉で揺らめく炎が、彫りの深い力強い顔に金色の光を投げかけ、陰影をつけている。身のこなしは捕食動物のように危険で優雅だった。仕立てのよい黒と白の夜会服を身につけ、信じられないほど男らしく、エレガントに見える。

何から何まで、まさに心に思い描いていたとおりの男だ。

「費用は問題ではない、ミス・ミルトン。きみにもよくわかっていると思うが」とゲイブリエルは言った。

気まずい思いでヴェネシアはすばやくブランデーをあおった。薄暗い明かりのもと、顔が赤くなったのがわかりませんようにと祈りながら。もちろん、費用は問題ではない。ヴェネシアは臍《ほぞ》を嚙《か》む思いだった。まわりの家具調度から見て、アーケイン・ソサエティがかなりの資産に恵まれているのは明らかだ。

ヴェネシアはゲイブリエルが村の駅まで迎えによこしたスプリングのきいたモダンな馬車に乗って、六日前にアーケイン・ハウスという崩れかけた石造りの建物に到着したのだった。

がっしりした体格の御者は陰気な男で、ヴェネシアの身元をたしかめてからはほとんど口をきかず、彼女の着替えや写真の乾板、三脚、現像液などがはいったトランクを、羽根しかはいっていないかのように軽々と運んだ。カメラはヴェネシアが自分で持つと言い張った。

駅からはほぼ二時間の道のりだった。夜の闇のなか、人も住まないような辺鄙《へんぴ》な奥地へ馬車がどんどんはいりこんでいるという事実にヴェネシアは不安を覚えた。

寡黙な御者がかつて修道院の廃墟だったところに建てられた古い邸宅の前に馬車を寄せたときには、全身に走ったぴりぴりとした感覚を隠すので精いっぱいだった。気前のよい報酬につられて仕事を受けたのはまちがいだったのではないかと思いはじめるほどだった。

すべての指示は郵便によってもたらされた。助手を務めている妹のアメリアが同行することになっていたのだが、最後の最後になって、ひどい風邪をひいてしまった。叔母のベアトリスはヴェネシアが引き受けた仕事をはたすためにひとりで出かけることを心配していたが、結局、金銭的な必要のほうが勝った。銀行の口座に多額の金が振りこまれてからは、ヴェネシアが仕事を断ろうと考えることはなかった。

アーケイン・ハウスが人里離れた場所にあることで、疑惑も少なからず湧いたが、はじめてゲイブリエル・ジョーンズと会ったときに、内心の不安はすべておさまった。

その最初の晩、ほとんど口をきかない家政婦に彼のいるところへと案内されたときに、驚愕するような感覚に襲われて打ちのめされそうになった。それはあまりに強烈で、持てる感覚のすべてが刺激され、喚起させられた。そのなかには、家族以外には秘密にしている特別な感覚もあった。

そのときだった。彼を誘惑しようという壮大な計画を思いついたのは。

この人こそがぴったりの相手であり、今ここがぴったりの場所とタイミングだった。アーケイン・ハウスをあとにすれば、もう二度とゲイブリエル・ジョーンズと会うことはなさそうだ。将来なんらかの機会に偶然再会することがあったとしても、紳士の彼は秘密を守ってくれるだろう。彼自身いくつか秘密を持っている人物のようにも思えた。

家族にも、バースの顧客や隣人たちにも、ここで起こることが知られることはないはずだ。アーケイン・ハウスにいるあいだは、社交界の束縛からは自由でいられる。こんな機会はもう二度とないだろう。

今日までは、経験はなかったものの、ゲイブリエル・ジョーンズを誘惑するという計画はうまくいきそうな気がしていた。彼がときおり熱い視線を向けてくることと、同じ部屋にいるときにぞくぞくするような熱気に包まれることから、彼が自分にひかれていることはわかった。

ここ数日、ふたりは長く親密な夕食をともにし、暖炉のそばで多岐にわたる刺激的な会話を交わした。朝は寡黙な家政婦が用意した朝食をいっしょにとり、その日の写真撮影の予定について長々と話し合った。彼女と同じだけ、ゲイブリエルもいっしょにいることをたのしんでいるように思えた。

しかし、ひとつだけ問題があった。今夜はアーケイン・ハウスでの六日目の夜だったが、今日までゲイブリエルに二階の寝室のひとつへ運ばれるどころか、腕に抱かれることすらなかったのだ。

たしかに、ごくささいなつかのまの触れ合いにわくわくすることは何度もあった。部屋へと導くのに、彼が温かくたくましい手を肘に添えたりするような、ごく自然に思える触れ合いではあったが、彼のそそるような笑みがそれ以上のものを期待させた。

何もかもひどく気を持たせるものであるのはたしかだったが、彼が狂おしいほど情熱的に愛を交わしたいと思っているとはっきり示すようなものではなかった。

ヴェネシアはやり方をまちがってしまったのだろうかと不安に思いはじめていた。あと数日でアーケイン・ハウスから永遠に去ることになる。すぐにも手を打たなければ、夢は実現せずに終わるのだ。

「仕事はすばらしくはかどっているようだね」ゲイブリエルはそう言って窓のそばへ行き、月明かりの夜をのぞきこんだ。「予定どおりに終えられそうかい？」

「たぶん」とヴェネシアは答えた。〝残念ながら〟と声に出さずにつけ加えて。居残るための口実が見つかるならば、どんなことでもしただろう。「ここ数日、太陽が燦々《さんさん》と照ってましたから、採光に問題はほとんどありませんでした」

「照明はカメラマンにとってつねに一番の心配事だからね、そうだろう？」

「ええ」

「村で聞いた話では、天気はしばらくもつそうだ」

さらなる悪い知らせね。ヴェネシアは苦々しく思った。滞在を延ばす理由として、唯一考えられるものは悪天候なのに。

「それはすばらしいわ」と彼女は礼儀正しく言った。

時間は残り少なくなってきていた。ヴェネシアは焦る思いにとらわれた。ゲイブリエルも多少の欲望を感じてくれているのかもしれないが、それを実行に移すにはあまりに紳士すぎるようだ。

せめてひと晩だけでも許されぬ情熱に身を焼こうという計画が目の前で霧散していく感じだった。どうにかして行動を起こさなければ。

ヴェネシアは無謀にも残りのブランデーをあおった。強い酒は食道全体を焼いたが、その火が立ち上がるのに必要な勇気をくれた。

彼女は意を決したようにグラスを脇に置いた。テーブルにグラスがあたって音がするほどの勢いだった。

今やらなければ、永遠にできない。何も言わずに腕のなかに身を投げたら、この人は唖然《あぜん》とするだろうか？　まちがいない。真の紳士であれば、そんな下品な振る舞いにはショックを受けるはずだ。彼女自身、そんなことは想像するだけでぞっとする思いだった。拒絶されたらどうする？　その屈辱は耐えがたいものだろう。

ことはさりげなく進めなければならない。

ヴェネシアはいい手はないかと思いめぐらした。外では月明かりがテラスに射している。とてもロマンティックな舞台設定だ。

「気候条件といえば――」無理に明るい口調で彼女は言った。「ここはちょっと暑くなってきませんこと？　寝る前に少し新鮮な空気を吸おうと思います。ごいっしょにどうです？」

そう言ってテラスに通じるガラス張りのドアへと向かった。自分の態度がそれなりになまめかしく、誘うように見えればいいと思いながら。

「ええ、もちろん」とゲイブリエルは答えた。

ヴェネシアの心は舞い上がった。うまくいくかもしれない。

ゲイブリエルはドアのところまでついてくると、ドアを開けてくれた。石造りのテラスの上に足を踏み出したとたん、冷たい夜気が思いがけない強さで吹きつけてきた。楽観的な気分は即座に消えた。

すばらしい考えだなんてとんでもなかったわ。ヴェネシアは胸の内でつぶやいた。こんな身を切るような寒さのなかにいたら、ゲイブリエルが熱い情熱の炎を燃やすことはなさそうだ。

「はおるものを持ってくるべきでしたわ」ヴェネシアは胸の下で腕を組んで暖をとろうとしながら言った。

ゲイブリエルはブーツを履いた片足をテラスをとり囲む低い石の壁に置き、値踏みするような目で星空を眺めた。

「今夜の澄んださわやかな天気からしても、明日は陽射しの燦々と降り注ぐ一日になりそうだね」

「すばらしいわ」

べている。

ゲイブリエルはヴェネシアに目を向けた。月明かりのなか、いつもの謎めいた笑みを浮かべている。

なんてこと、誘惑しようというわたしのみじめな試みをおもしろがっているのかしら？　そう考えると、拒絶される恐怖よりもっと苦痛だった。

ヴェネシアはさらにきつく自分の体を抱き、機会をもらえれば撮ったであろうゲイブリエルの写真を心に思い描いた。心に浮かんだその姿には、どこか大いなる力を秘めた影があった。彼が発散している目に見えない暗いエネルギーを反映するように。

そう考えてもヴェネシアは不安を感じなかった。ゲイブリエルをとりまく名状しがたい暗さは、その強い意志と自制心の表れであることがわかっていた。熱に浮かされた頭脳が発する不穏なエネルギーとは一線を画するものだ。肖像写真を撮る人間のなかに、そうした奇抜でおぞましい独特の思考をかいま見ることがたまにあった。そのぞっとするような経験は心につきまとって離れず、吐き気をもよおすような嫌悪と恐怖を呼び起こした。

ゲイブリエル・ジョーンズはまったくちがった。

ヴェネシアは夜のことを考え、失敗に終わった誘惑のことを思った。こんなところで震えながら立っていても、得るものは何もない。敗北を認めて暖かい書斎に戻ったほうがいいだろう。

「寒いんだね」ゲイブリエルが言った。「失礼」

ヴェネシアが驚いたことに、ゲイブリエルは優美な仕立ての上着のボタンをはずし、男っぽく優雅にそれを脱いだ。次には彼女の肩にその重い服をはおらせていた。

上質のウールには彼のぬくもりが残っていて、すぐにヴェネシアの体は温まった。息を吸うと、彼の残り香がした。

こんなふうに親切にされたからって、深読みしてはだめ。ヴェネシアは胸の内でつぶやいた。紳士らしく振る舞っているだけなのだから。

それでも、今の親密な状況には、信じられないほど胸が高鳴った。上着にしがみついて、二度と放したくない気分だった。

「正直言って、今回の撮影はとても興味深いものでした」ヴェネシアは上着にすっぽりと身を包んで言った。「芸術的な観点からも、学術的な観点からも。ここへ来るまでは、アーケイン・ソサエティのことは存在すら知らなかったんですが」

「基本原則として、ソサエティの会員はおおやけの注目を避けることになっている」

「そうはっきりおっしゃっていましたね」ヴェネシアは言った。「わたしには関係のないことであるのはわかっていますが、どうしてソサエティがそれほどに秘密のヴェールを脱ぐまいと必死なのか、不思議に思ってしまいますわ」

「伝統のせいさ」ゲイブリエルはまたほほえんだ。「ソサエティは数百年前に、異常なほど秘密にこだわった錬金術師によって設立された。それから現在にいたるまで、会員たちはそれと同じ態度をとりつづけているというわけだ」

「ええ、でも、今は昔とはちがいます。昨今、錬金術をまじめにとる人はいませんわ。十七世紀後半でも、それは純粋な科学ではなく、黒魔術のひとつと考えられていました」

「科学にはいつの時代も、暗い境界線の部分があるものだ、ミス・ミルトン。少なくとも、知られていることと知られざることの境界線はきわめてあいまいだ。今日、そうしたはっきりしない分野を研究している連中は、それを心霊研究、もしくは超能力の研究と呼んでいる。しかし、ほんとうのところ、新たな旗印を立てて、現代の錬金術を実践しているにすぎない」

「アーケイン・ソサエティが心霊研究にかかわっていると？」ヴェネシアは驚いて訊いた。

一瞬、その質問には答えてもらえないのではないかと思ったが、やがてゲイブリエルは頭を一度下げて言った。

「そのとおり」

ヴェネシアは顔をしかめた。「こんなことを言ってすみませんが、でも、その場合、それほど秘密にこだわるのはとても奇妙に思えますわ。昨今、心霊研究は立派な研究分野ですから。そう、ロンドンでは誰でも毎日降霊会に参加できるそうですし。心霊研究を扱う学術雑誌も毎月膨大な数が出版されています」

「アーケイン・ソサエティの会員は、超能力を持つと自負している者の多くは、贋者《にせもの》か、詐欺師か、ペテン師とみなしている」

「そうですか」

「アーケイン・ソサエティの研究者は自分たちの仕事を非常にまじめにとらえている」ゲイ

ブリエルはつけ加えた。「ペテン師や詐欺師と同じように扱われたいとは思わない」

その声の調子から、ゲイブリエルも同じように確固たる見解を持っているのは明らかだった。自分には〝オーラ〟が見えるという話を今持ち出すのは賢明ではない、とヴェネシアは思った。

ヴェネシアは彼がはおらせてくれた上着の前を合わせ、自分自身の秘密は心の内に安全にしまっておくことにした。自分がペテン師か詐欺師であるかのような印象を心の恋人に与えるのだけは避けたかった。それでも、話を変える前に、多少は言い返しておかずにいられなかった。

「個人的には——」彼女は言った。「心は広く持っていたいわ。超常的な感覚を持っている人がみな嘘つきや詐欺師ではないと思うので」

ゲイブリエルは首をめぐらして彼女に目を向けた。「私の言ったことを誤解しているよ、ミス・ミルトン。ソサエティの人間も、超常的な感覚や能力を持っている人間がいる可能性については、認めるにやぶさかではない。その可能性があるからこそ、アーケイン・ソサエティがいまだに存在しているわけだから」

「ソサエティが超能力の研究に重きを置いているとしたら、どうしてこのアーケイン・ハウスの博物館にかなり変わった古代の遺物を集めているんです？」

「ここに収集された物にはどれも、超自然的な重要性があると思われているんだ。それがほんとうであれ、想像にすぎないものであれ」ゲイブリエルは肩をすくめた。「たいていは後者であることが多いと言っていいと思う。いずれにしても、ソサエティに関するかぎり、どの収集品も研究の価値があり、歴史的意義のあるものばかりだ」

「率直に言って、古代の遺物にはきわめて不愉快なものが多かったように思います。心を乱されるようなものすらありました」

「そうかね、ミス・ミルトン？」とゲイブリエルは非常にものやわらかな口調で言った。

「すみません」ヴェネシアはあわてて言った。「あなたやソサエティのほかの会員方のご趣味をけなすつもりはなかったんです」

ゲイブリエルはおもしろがっているようだった。「怖がらなくてもいい、ミス・ミルトン。そんなに簡単に気分を害したりはしないから。どうやらきみはとても洞察力の鋭いご婦人らしいね。このアーケイン・ハウスの収集品の数々は、優美さや芸術性を保つ目的で集められたものではない。どれも科学的な研究目的で運びこまれたものだ」

「ソサエティがそうした収集品を写真に残そうと決めた理由は？」

「イギリス国内にも、世界のほかの地域にも、収集品を見たいと思っていても、アーケイン・ハウスまで足を運べないという会員が大勢いるんだ。じかに見られない会員も写真で研究できるように、ソサエティの会長が写真家を雇って収集品の記録を作れと命じたわけだ」

「ソサエティでは、会員たちに送れるよう、写真をアルバムの形にするつもりなんですか？」

「ああ、そういう計画だ」ゲイブリエルは言った。「しかし、写真を物見高い連中や一般大衆に見せることはしたくない。だからこそ、契約の条件として、ネガをこちらにもらうということにしたんだ。そうすれば、何枚焼き増しをするか、厳しく管理できる」

「この契約がかなり変わったものであることはおわかりなんですね。この仕事をするまでは、撮った写真のネガはわたしが保有するというのがふつうでした」

「きみがしぶしぶでも仕事の流儀を曲げてくれたことには感謝するよ」ゲイブリエルの眉がわずかに上がった。「しかし今回、ソサエティがそれに見合うだけのことはしたと思うが」

ヴェネシアは赤くなった。「ええ」

ゲイブリエルは影のなかでわずかに体を動かし、低い壁から足を下ろした。ごくさりげない動作ではあったが、ふたりのあいだの距離を縮めることになり、親密度が増したような気がしてヴェネシアの脈は速くなった。

ゲイブリエルは片手を伸ばしてヴェネシアがはおっている上着の襟を軽くつかんだ。「料金に関するとりきめに満足してくれているようでうれしいよ」

ヴェネシアは彼の力強い指がじれったいほど喉の近くにあるのを強く意識して黙りこんだ。これはけっしてなにげない触れ合いではないと心のなかでつぶやきながら。

「わたしの仕事にあなたも同じように満足してくれているといいのですが」と口に出して言った。

「ここ数日拝見していて、きみがすばらしい写真家であることはわかったよ、ミス・ミルトン。きみの撮った写真は驚くほど鮮明で、すべてにおいて細かい部分までよくわかるようになっている」

　ヴェネシアは世慣れた女の雰囲気をかもし出そうと努めながら唾を呑みこんだ。「すべての収集品について、刻まれたありとあらゆる碑文や線がはっきり見えるようにしたいとおっしゃいましたから」

「隅々まで鮮明に写っているのが必要不可欠だからね」

　ゲイブリエルは上着の両方の襟をつかみ、ヴェネシアを引き寄せた。彼女は抗《あらが》う素振りを見せなかった。ここ数日、昼も夜も、こうされたいと願っていたではないのと自分に言い聞かせた。ここまできて怖気《おじけ》づくわけにはいかない。

「ここでの仕事はとても……刺激的でした」ヴェネシアはゲイブリエルの口を見つめながら言った。

「そうかい？」

「え、ええ」息ができないほどだった。

　彼はさらに彼女を引き寄せた。

「きみが私にも多少興味を抱いていると決めつけるのは厚かましいかな？　それとも、ふたりの置かれた状況を私が読みちがえているのか？」

　興奮がヴェネシアの体を駆け抜けた。被写体に光をあてるのにフラッシュとしてたまに使うマグネシウムリボンの輝き以上に明るい興奮だった。口がからからになった。

「あなたのことはとても魅力的だと思いますわ、ミスター・ジョーンズ」

ヴェネシアはキスを誘うように唇をわずかに開いて身を寄せた。

ようやくゲイブリエルも反応した。ゆっくりと探るように口を寄せてきた。ヴェネシアは自分がせがむような小さな声を出すのを聞き、勇気を振りしぼって彼の首に腕をまわすと、そこに命がかかっているとでもいうように必死でしがみついた。

肩からは暖かい上着がすべり落ちたが、ヴェネシアは気にもしなかった。もはや衣服は必要なかった。ゲイブリエルがきつく抱きしめていてくれたからだ。彼の体の熱と、彼がかもし出す見えないエネルギーが彼女の体を包んでいた。

キスはヴェネシアが夢に思い描いていたどれほど激しいものよりも激しかった。ゲイブリエルにはいまだに謎の部分が多かったが、ようやく、自分に抱いてくれている欲望だけは本物だとわかった。

彼を誘惑しようという計画は輝かしい成功をおさめたのだ。

「どうやら」ゲイブリエルが彼女の喉に口を寄せて言った。「そろそろなかへはいったほうがいいようだ」

そう言ってヴェネシアを軽々と抱き上げると、開いたドアを通り抜けて暖炉に火の燃えている暖かい書斎へと戻った。

2

ゲイブリエルはヴェネシアを暖炉の前で下ろした。そして、口を口でおおったまま、ドレスの固いボディスの前についたフックをはずしはじめた。ヴェネシアは暖炉の炎がもたらす暖かさにもかかわらず、ふたたび身震いした。が、そこでふと、自分がコルセットがつけ心地が悪いだけでなく不健康だと考える多くの女のひとりであることをとてもありがたく思った。ここに突っ立ってゲイブリエルにレースをほどいてもらったりしたら、ひどくおかしな光景だったことだろう。

奇妙な混乱を覚え、少しふらつく気がして、ヴェネシアは無意識に彼の肩につかまった。シャツの生地の下に均整のとれた肉づきを感じ、これまで感じたことのないような熱が体のなかで渦巻いた。

ヴェネシアは衝動的に手を曲げて爪を彼の肩に食いこませた。

ゲイブリエルはゆっくりと笑みを浮かべた。「ああ、かわいいミス・ミルトン、今夜はきみが私をおかしくしてくれると信じているよ」

彼女が気づく前に厚手のドレスは前を開かれ、床に落ちていた。足もとにダークレッドのスカートがたまった。ゲイブリエルの手が胸にあてがわれ、ヴェネシアははっと息を呑んだ。下着の上質なリネン越しに彼の指がやさしくなだめるように胸の先に触れるのを強く意識した。

次には自分の髪がむき出しの肩に落ちるのがわかった。ゲイブリエルがピンをはずしたのだ。

誘惑したのはわたしのほうなのに、今や何もかもまかせきりにしているとヴェネシアは思った。世慣れた女を気取るにはもっと積極的にしなければ。

そこで、彼のボウタイの端をつかんでぐいと引いた。

少しばかり引く力が強すぎた。

ゲイブリエルはかすれた笑い声をあげた。「事の前に私を絞め殺すつもりかい、ミス・ミルトン？」

「ごめんなさい」ぞっとして彼女はささやいた。

「私にまかせてくれ」

ゲイブリエルは器用にボウタイをはずした。そして、しばしそれを指から垂らしていたと思うと、ヴェネシアが驚いたことに、彼女の首に軽く巻いた。暖炉の火の明かりを受けて、彼の目はありありと欲望を浮かべ、暗くなった。

ほんのつかのま、その黒いシルクのボウタイが彼女が身にまとっているすべてとなった。ヴェネシアは夢見た恋人の前で自分が全裸でいることを意識し、目を閉じた。

「きみはとてもきれいだ」ゲイブリエルは喉に口を寄せたまま言った。

それがまぎれもない真実と言えないことはわかっていたが、ヴェネシアは突然自分がきれいになった気がした。彼の声の力と部屋の雰囲気がそうさせたのだ。

「あなたもよ」ヴェネシアはうっとりと言った。

ゲイブリエルは小さな笑い声をあげ、彼女を抱き上げると、ソファーのヴェルヴェットのクッションの上に下ろした。全身に押し寄せる興奮と刺激の波にくらくらして、ヴェネシアは目を閉じた。ソファーの端が彼の重みで沈んだ。彼のブーツの片方が床に放られる音がし、次にもう一方が床に落ちた。

ゲイブリエルはソファーから立ち上がった。ヴェネシアが目を開けると、シャツを脱ぐところだった。暖炉の金色の火を浴びて、そのたくましくなめらかな体つきがはっきり見えた。

ズボンが脇に放られる。

そばへ戻ってきた彼の興奮した体を目にして、ヴェネシアは凍りついたようになった。

ゲイブリエルも動きを止めた。

「どうした?」と彼は訊いた。

「なんでもないわ」とヴェネシアはようやくの思いでことばを押し出した。裸の大人の男を見るのも、男が硬くなっているのを見るのもこれがはじめてだとは言えなかった。世慣れた女ならば、こうした光景には慣れているはずだ。

「私の裸が気に入らないのかい？」まだ動こうとせずにゲイブリエルは訊いた。

ヴェネシアは深々と呼吸し、びくびくとほほえんでみせた。

「あなたの裸はとても……刺激的だわ」とささやいた。

「刺激的か」それをどう受けとっていいかわからないという声だ。が、すぐにゲイブリエルはいつもの謎めいた笑みを浮かべた。「たしか、このアーケイン・ハウスでの仕事のこともそう言っていたね。つまり、これより先に進む前にカメラをセットしたいということかい？」

「ミスター・ジョーンズ」

ゲイブリエルは男らしい低い笑い声をあげながら彼女のところへ来ると、のしかかるようにして、筋肉質の太腿《ふともも》を彼女の脚のあいだにすべりこませた。

むき出しの胸に熱く魅惑的な息がかかり、驚くほどみだらなことばがささやかれた。ヴェネシアは衝動的にそれに反応した。もはや話すことができなかったため、ことばではなく体で。彼の体にしがみつき、その体の重みを感じながら、身をよじってそらした。

すぐにゲイブリエルもことばを発するのをやめた。呼吸が荒くなっている。自分の手の下で男の筋肉が硬くなるのを彼女は感じた。全身を貫く暗い興奮があまりに強烈だったため、ゲイブリエルの手が体と体のあいだに這ってきて彼女を愛撫しはじめたときにも、ヴェネシアはショックを新たにする暇すらなかった。そんなふうに触れてもらいたいと思っていたのだ。じっさい、もっと触れてもらいたかった。

「ええ」ヴェネシアはささやいた。「お願い、そう」

「なんでも」彼の声はかすれていた。「きみの望みのままに。なんでも言ってくれ」

ゲイブリエルは彼女を愛撫した。ヴェネシアがなんと言い表していいかわからない解放を求め、欲望に身をこわばらせるまで。指がなかへすべりこむと、焦《じ》れる思いは耐えがたいものになった。

ヴェネシアは自分が感じているのと同じ感覚にゲイブリエルも駆り立てられているのに気がついた。体の奥の何かがうずくとでもいうようにうなり声をあげている。その愛撫のしかたは、もはや上品な恋人の最高にやさしい指使いではなかった。それどころか、さらに密に触れ合おうと戦いを挑み、いたぶり、襲いかかってこようとしていた。ヴェネシアはその官能的な戦いにうっとりしながら応戦していた。

「きみは私のために作られたような女だ」ゲイブリエルが唐突に言った。ことばは無理やりもぎとられたように発せられた。「きみは私のものだ」

それは愛のささやきではなく、事実を述べることばだった。明白な事実を述べることば。

ゲイブリエルは両手で彼女の顔をはさんだ。「言ってくれ。きみは私のものだと言うんだ」

「わたしはあなたのものよ」今夜だけは。ヴェネシアは内心つけ加えた。そして、彼の背中に爪痕をつけた。

ふたりのまわりではエネルギーが渦巻いていた。わたしのオーラ。心のずっと奥でヴェネシアはつぶやいた。それが彼のオーラとまじり合い、ふたりをすっぽりと包みこむ、目に見えないとらえがたい嵐を生み出している。

目をわずかに細めると、自分の超常視力の焦点が合ったりぼやけたりしているのがわかった。光と影が何度も入れ替わる。

ゲイブリエルは片手を使って自分のものを彼女へと導いた。一度軽くついたと思うと、すぐに容赦ないひとつきで深々とはいった。

ヴェネシアの全身に痛みが走り、官能的な恍惚《こうこつ》状態が消え去った。

ゲイブリエルは身を凍りつかせた。すべての筋肉が岩のように硬くなった。

「なんてことだ」とつぶやく。彼は頭を上げ、暗いオーラと同じほど危険なまなざしで彼女を見下ろした。「どうして言わなかった?」

「言ったらやめてしまうとわかっていたから」ヴェネシアはささやいた。そして、指で彼の髪の毛をまさぐった。「やめてほしくなかったの」

ゲイブリエルはうなった。「ヴェネシア」

しかし、ふたりを包むオーラがまたも高まりつつあった。ゲイブリエルは彼女の口に口を寄せてキスをした。情熱的であるだけでなく、自分のものと宣言するようなキスだった。

口が離れると、ヴェネシアは不規則な呼吸をしながら、身をよじり、体のなかに差しこまれたものに体を合わせようとした。

「よせ」ゲイブリエルが言った。「動かないでくれ」息をするのもやっとという声だ。

ヴェネシアはかすかにほほえみ、彼の首に腕をまわして体を密着させた。

「そんなことをして、報いを受けることになるのはわかっているだろうに」と彼は言った。

「報いを受けたいわ」

ゲイブリエルはそろそろと身を引き離そうとした。

「いやよ」ヴェネシアは彼が深く留まったままでいるようにいっそうきつくしがみついた。

「どこにも行かないよ」とゲイブリエルは言った。

そのことばは約束でもあり、甘い脅しでもあった。

ゲイブリエルはまた深々と身を沈めて彼女を満たし、極限まで引きのばした。やむにやまれぬほどにそれを求めながら、ヴェネシアにはそれ以上受け入れることはできなかった。

前触れもなく、体のなかで張りつめていたものが解き放たれ、すべてを呑みこむ波となって押し寄せてきた。痛いほどの悦びにヴェネシアは溺《おぼ》れた。

歓喜の声をあげ、ゲイブリエルが最後にひとつきした。クライマックスに達した彼によってもたらされた炎はあまりに強大で、ヴェネシアにはアーケイン・ハウス全体が炎に包まれないことが意外なほどだった。

3

　しばらくして、ゲイブリエルが動いた。手をヴェネシアの胸にあてたまま、ゆっくりと身を起こした。暖炉の火に照らされた彼女の顔をしばらく眺めていたと思うと、身をかがめて軽くキスをし、立ち上がった。

　ゲイブリエルは下着を拾い上げて彼女に手渡した。それから、自分のズボンに手を伸ばした。

「たぶん、説明してもらう必要があるな」

　ヴェネシアは持っていたシュミーズの上質のリネンをきつく握りしめた。「これがわたしにとってははじめての経験だと言わなかったので、気を悪くしているのね」

　ゲイブリエルは考えこむような顔になった。おもしろがっていると言ってもいいような顔だ。「気を悪くしているというのはちがうな。きみがほかの誰ともこういうことをしたことがないのがわかって嬉しいからね。ただ、最初にそうと言ってもらいたかっただけだ」

ヴェネシアはシュミーズを身につけようともがいた。「言っていたら、今回の仕事をくれました？」

「もちろんさ、かわいい人。まちがいなくね」

ヴェネシアは驚いて目を上げた。「ほんとうに？」

「ほんとうさ」ゲイブリエルはかすかな笑みを浮かべた。「とはいえ、もっと世慣れたご婦人を雇ったと思いたかったのはたしかだが」

「そう……ですか」

ゲイブリエルは暖炉の火に照らされた彼女の顔をのぞきこんだ。「そう聞いてショックだったかい？」

「わかりません。そう、そうかもしれないわ」

「どうして？　つまり、私のことをそれだけちゃんとした紳士だと思っていたわけかい？」

「まあ、そうですね」ヴェネシアは認めた。

「私のほうはきみが世知に長《た》けた女性だと思っていた。どうやらお互い、ちょっとした誤解があったようだね」

「ちょっとした誤解ですって？」ヴェネシアは冷ややかにくり返した。

「今となってはどうでもいいことさ」ゲイブリエルはズボンのひもを結んだ。「教えてくれ。私を誘惑しようと決めたのはなぜだ？」

なにげなくことを進めると言ってもこんなもの。そこまで相手に見すかされていたことがわかって、ヴェネシアは恥ずかしくなった。

「わたしの年齢と今置かれている状況を考えれば、今後結婚しそうもないことははっきりしているからです」彼女は言った。「正直言って、これから死ぬまで情熱の味をいっさい知らずに過ごさなければならない理由がわからなかったんです。わたしが男だったら、永遠に禁欲主義者でいることを誰も期待したりはしないでしょうから」

「もちろん、きみの言うことは正しい。社交界が女性に対するよりも男性に対して、異なった決まりをあれこれ押しつけてくるのもたしかだが」

「それでも、決まりがあるのはたしかです」ため息が出る。「それを振りかざされたら、困ったはめにおちいる人間もいるんです。わたしは家族に責任を負っています。行動に気をつけて、写真家としての経歴に疵《きず》をつけるようなスキャンダルを引き起こすことは避けなければなりません。写真家の収入がわが家の唯一の収入源なのですから」

「とはいっても、アーケイン・ハウスに来たときには、許されない情熱に身をゆだねるという壮大な実験を実行する願ってもない機会だと思ったわけだろう?」

「ええ」ヴェネシアはドレスを身につけ、フックを留めようと躍起になっていた。「あなたも拒絶する素振りは見せませんでした。それどころか、わたしの実験に喜んで乗ってきたように見えました」

「大いに乗り気だったのはたしかだ」

「まあ、それで、こういうことになったわけです」自分の論理が妥当なものであると証明できたことにほっとして、ヴェネシアは笑みを浮かべた。「今夜ここで起こったことについては、わたしたちのどちらも気に病む必要はないということです。すぐにお互い別々の道を行くことになるわけですから。わたしがバースの自宅に戻ったら、すべては夢だったということになるでしょう」

「きみはどうかわからないが――」突然真顔になってゲイブリエルが言った。「私には新鮮な空気が必要なようだ」

「わたしもですわ。でも、愛を交わすと、男の方って必ずそんなふうに物憂げになるんですの？」

「どうやら私はかなり繊細な心の持ち主のようでね」

　ゲイブリエルはヴェネシアの手をとってまたテラスに連れ出した。先ほど彼女に貸した夜会用の上着は石の上に丸まって落ちていた。彼はそれを拾い上げると、再度彼女の肩にはおらせた。

「さて」襟をつかんで彼女を引き寄せ、ゲイブリエルは言った。「今晩ここで起こったことがすぐに単なる夢にすぎなくなるというきみの考えについてだが」

「なんですの？」

「きみに教えておかなければならないことがある。われわれが置かれた状況はきみが考えている以上に複雑なんだ」

「おっしゃってる意味がわからないわ」ヴェネシアはささやいた。

「私を信じてくれ。私にはよくわかっているんだから。しかし、今夜すべてを説明するには時間が遅すぎる。明日でいいだろう」

ゲイブリエルは身をかがめてまたキスをした。が、今度はヴェネシアは身を投げ出すことができなかった。不安に胸をむしばまれていたからだ。おそらくわたしはとんでもないまちがいを犯してしまったのだ。

ゲイブリエルの気性はとらえどころがないように思えた。激しい気性の持ち主ということもありえた。概して情熱的な行為に及んだ男にしては、あまりにも奇妙な態度をとっている。とはいえ、ヴェネシア自身、こうしたことのあとに男たちがどんな態度をとるか、わかっているわけではなかった。

口を口でふさがれ、ヴェネシアは目を開けて手を彼の肩にあてて強く押した。まるで山を押しのけようとするかのようだった。ゲイブリエルはびくともせずに顔を上げた。

「おやすみのキスもさせてくれないのか？」と訊く。

ヴェネシアは答えなかった。まずは彼のオーラを見きわめたかった。それが彼の真の感情を知る手がかりとなってくれるかもしれない。

つかのま、彼女の視野は現実と超常世界のあいだで揺れた。光と影が入れ替わる。夜は写真のネガフィルムのような様相を呈した。

ゲイブリエルのオーラが目に見えた。が、見えたのは彼のオーラだけではなかった。

はっとしてヴェネシアは目を庭の向こうにある暗い森に向けた。

「どうした？」ゲイブリエルが静かに訊いた。

彼も何かがおかしいことにすぐさま気づいたのだ。

「森に誰かいます」と彼女は答えた。

「使用人だろう」そちらを見やってゲイブリエルが言った。

「いいえ」アーケイン・ハウスには数えるほどしか使用人がいなかった。ここ数日、この家に対する好奇心から、使用人のオーラはすべて見ていた。うっそうとした森にいるのが誰にしろ、知らない人間であることはたしかだ。

第二のオーラが現れた。最初のオーラのすぐ後ろにつき従っている。

今、目にしていることを、ゲイブリエルに話してもしかたなかった。視力が特別いいと思わせておこう。それはある意味、真実でもあった。

「ふたりいます」ヴェネシアは小声で言った。「陰に身をひそめています。どうやら温室の扉からなかへはいろうと考えているようです」

「ああ」ゲイブリエルが言った。「見える」

ヴェネシアは驚いてゲイブリエルに目を向けた。侵入者のオーラが見えたのは自分の超常視力のせいだ。彼がふつうの視力でふたりの男を見分けたとは信じられなかった。アーケイン・ハウスの敷地と境を接する森のなかには、月の光もほとんど届いていなかったのだから。

それを問う暇はなかった。ゲイブリエルはすでに行動を起こしていた。

「いっしょに来てくれ」そう言うと、振り向いてヴェネシアの腕をつかんだ。

肩からすべり落ちないように彼女は無意識に上着をつかんだ。ゲイブリエルは彼女の腕を引っ張ってフレンチドアから暖かい書斎へとすばやく戻った。

「どこへ行くんです？」少し息を切らしながらヴェネシアは訊いた。

「あのふたりが何者かは知りようがない。何の目的で来たのかも。きみにはただちにこの家から立ち去ってもらいたい」

「でも、荷物が――」

「あきらめるんだ。荷造りしている暇はない」

「カメラ」どうにか足を踏ん張りながら彼女は言った。「カメラを置いていくことはできないわ」

「この仕事で得た報酬で新しいのが買えるはずだ」

たしかにそうではあったが、大事な仕事道具を残していくというのは気に入らなかった。着替えの服ももちろんそうだ。アーケイン・ハウスに持ってきたドレスは一番のよそいきだった。

「ミスター・ジョーンズ、こちらで何か問題でも？　いくらなんでも大げさです。使用人たちに知らせれば、あの盗賊たちをなかに入れないようにしてくれますわ」

「あのふたりがごくありふれた泥棒だとは思えないね」ゲイブリエルは机の横で足を止め、ヴェルヴェットの呼び鈴のひもをつかみ、三度強く短く引いた。「これで使用人たちに危険を知らせることになる。この手の非常事態については指示を出してある」

ゲイブリエルは机の一番下の引き出しを開け、なかに手をつっこんだ。身を起こした彼が手に拳銃を持っているのにヴェネシアは気がついた。

「ついてきてくれ」と彼は命じた。「きみを安全にここから避難させてから、侵入者をどうにかする」

疑問は百も湧いたが、きっぱりした命令口調を無視するわけにはいかなかった。ここでこれから何が起こるとしても、ふつうの強盗ではないとゲイブリエルが思っているのは明らかだった。

ヴェネシアは重いスカートをつかみ、急いで彼のあとに従った。おそらく中央の長い廊下に出るドアへ向かうものと思っていたのだが、驚いたことに、ゲイブリエルは本棚の近くに置いてあるギリシャの古代の神をかたどった彫刻のところへ向かい、その石の腕のひとつを動かした。

壁の内側から頑丈なちょうつがいのくぐもった音が聞こえてきた。木のパネルの一部分が重々しく外へ開き、狭い階段が現れた。見えるのは最初の何段かだけだった。あとは下の暗闇へとつづいている。

ゲイブリエルは階段のてっぺんに置いてあったランプを持ち上げ、火をつけた。ランプの黄色い光が階段の下に広がる暗闇に明かりを投げかけた。ゲイブリエルはヴェネシアが恐る恐る階段のてっぺんに出るまで待ってから後ろの壁を閉めた。

「気をつけて」彼はそう言って長い階段を降り出した。「この階段はとても古いものだ。この修道院の建物のなかでももっとも古い部分のひとつだ」

「どこへつながっているんです？」

「修道院が攻撃を受けた場合の逃げ道として使われていた秘密のトンネルだ」とゲイブリエルは答えた。

「どうしてあのふたりの侵入者がふつうの泥棒じゃないと思うんです？」

「ソサエティの会員以外では、アーケイン・ハウスが存在することを知っている者もほとんどいない。ましてやその正確な場所など誰も知らない。きみも覚えているだろうが、ここへは夜に窓のない馬車で連れてこられたはずだ。帰り道はわかるかい？」

「いいえ」とヴェネシアは認めた。

「アーケイン・ハウスに客が来るときには、いつも同じようにして連れてこられる。しかし、あのふたりの悪党は自分たちがどこへ何をしに来たかわかっているようだった。だから、金のありそうな家をたまたま見つけた単なる物盗りではないとみなさなければならない」

「おっしゃりたいことはわかりました」

ゲイブリエルは階段を降りきった。ヴェネシアはあやうく背中にぶつかりそうになった。ランプの炎が石の壁に囲まれた廊下を照らし出していた。湿った土と腐った植物のにおいが強くなる。端のほうの陰になった部分でかさこそと何かが走りまわるいやな音がしている。明かりを受けて敵意に満ちた小さな目が一瞬光った。

ネズミね。ヴェネシアは胸の内でつぶやいた。ゴシック・ホラー小説を完璧なものにするために必要なおまけ。彼女は足を下ろす場所をはっきり見られるようにスカートをもう少し高くつまみ上げた。

「こっちだ」とゲイブリエルが指示した。

ヴェネシアはゲイブリエルについていくために小走りになって低いアーチ天井のトンネルを進んだ。ゲイブリエルは硬い石に頭をぶつけないよう、身を低くしなければならなかった。

ヴェネシアの五感を別の不安が波のように襲った。トンネルが縮んで迫ってくるような気がしたのだ。彼女はパニックと闘いながら、ゲイブリエルのあとをついていくことに意識を集中させた。

「大丈夫か？」とゲイブリエルが訊いた。

「ここは狭苦しいわ」とヴェネシアは張りつめた声で答えた。

「もうすぐだ」彼は励ました。

ヴェネシアは答えなかった。ふくらんだスカートが邪魔にならないようにするのに精いっぱいだった。小さな腰当が絶えず動くために、バランスを崩しそうになっていた。

トンネルは蛇行していた。ヴェネシアが我慢できずに泣き叫びそうになったところで、どっしりとした石壁につきあたった。

「なんてこと」ヴェネシアは急いで足を止めてささやいた。「前もって言っておくべきでしたけど、このぞっとするようなトンネルを戻るなんて考えてなかったわ」

「戻る必要はない。目的地に到達したんだから」

そう言ってゲイブリエルは手を伸ばして石壁に埋めこまれていた重い鉄のレバーをつかんだ。それを引き下ろすと、石壁の一部が横に開いた。

冷たい夜気がトンネルに流れこんできた。ヴェネシアは深々と息を吸い、安堵《あんど》のあまり身震いした。

ゲイブリエルは拳銃を手に、開いた穴から外へ足を踏み出した。

「ウィラード?」と小声で呼びかける。

「こちらです、旦那様」大きな人影が物陰からぬっと出てきた。

列車の駅でヴェネシアを出迎えてアーケイン・ハウスまで連れてきてくれた御者だった。ここ数日のあいだに、何度か目にした顔でもあった。

「よし」ゲイブリエルが言った。「拳銃は持っているか?」

「ええ」

「ミセス・ウィラードに危険は?」

「馬車のなかにおります。スキャントンとドブズは大金庫《グレイト・ヴォールト》の入口のところでお待ちしております。すべてご指示どおりです」

「ミス・ミルトンとミセス・ウィラードを村へお連れしてくれ。それで、ミス・ミルトンが明日の朝の列車に乗るまでいっしょにいてさしあげてくれ」

「かしこまりました」

ゲイブリエルはヴェネシアのほうに向き直り、声をひそめて言った。「さようなら、かわいい人。この問題に片がついたら迎えに行く。今夜、私の腕に抱かれて言ったことを覚えておいてくれ。きみは私のものだ」

ヴェネシアは自分の耳が信じられなかった。また会ってくれるつもりなの？　ぼうっとしながら、彼女はいつどこで会えるか訊こうと口を開いた。

しかしゲイブリエルは話す暇を与えてくれなかった。激しいキスで口をふさいだのだ。それは自分のものと印すようなキスだった。

ヴェネシアがわれに返る前にゲイブリエルは身を離し、トンネルの真っ暗な入口へ向かっていた。つかのまヴェネシアは神経を集中させた。世界がネガフィルムの様相を呈した。ゲイブリエルの暗く力みなぎるオーラが最後に一瞬見えたと思うと、その姿は消えていた。

気持ちをおちつける暇もなく、石の壁がまた封印され、ヴェネシアはウィラードとふたりでそこに残された。

「こちらです、ミス・ミルトン」とウィラードが言った。

ヴェネシアはどっしりとした石の壁を見つめた。「彼は大丈夫かしら？」

「ミスター・ジョーンズはご自分の身を守る方法はご存じです」

「あなたも彼といっしょに行ったほうがいいんじゃないかしら」

「ミスター・ジョーンズは使用人が命令に従わないのをいやがる方です、ミス・ミルトン。私もあの方にお仕えして長いので、あの方のおっしゃるとおりにするのが一番だということはわかります。さあ、こちらへ。村までは長い道のりになります」

しぶしぶヴェネシアはウィラードに手を借りて優美な馬車に乗りこんだ。家政婦がすでになかにいたが、ヴェネシアが向かい合うようにすわっても、何も言わなかった。

ウィラードはドアを閉め、御者台に飛び乗った。彼の大きな体のせいで馬車が揺れた。革の鞭《むち》がふるわれる音がした。

馬たちは前に飛び出した。ヴェネシアはクッションのきいた座席に強く押しつけられた。カーテンを引き上げ、ゲイブリエルが消えていった石壁をじっと見つめた。まもなく馬車が角を曲がり、視界がさえぎられて石壁は見えなくなった。

しばらくして、まだゲイブリエルの上着をはおったままでいることに気がついた。ヴェネシアは上着にさらにきつく体に巻きつけ、彼の残り香にひたってみずからをなぐさめた。

なんと間の悪い。ゲイブリエルは胸の内でつぶやいた。彼は身の内に湧き上がる冷たい狩猟本能に苛立ちが混じるのを感じながら、古いトンネルを戻っていた。万事うまくいっていた晩なのに。彼女を誘惑することはこの上なくたのしいことだった。たとえそのあいだいくつか驚くべきことがあったとしても。宇宙にほんのわずかでも正義というものがあったならば、今ごろはヴェネシア・ミルトンを居心地のよい二階の寝室へいざなっていたところだ。

彼女を送り出さなければならなかったことは残念だったが、状況の深刻さを考えれば、選択の余地はなかった。まだ侵入者の目的も、どの程度危険な連中なのかもわからなかった。それでも、アーケイン・ハウスの場所を探りあて、そこにたどりついたという事実だけをとっても、かなりの凶兆ではあった。

隠し階段に達すると、すばやく階段を昇った。てっぺんで足を止め、秘密のパネルを開ける前に耳を澄ました。

感覚が研ぎ澄まされていた。こうして感覚を鋭くしていると、真の狩人だけに可能なように、獲物がどこにいるか察知し、その動きを予測できる。

ヴェネシアにふたりが置かれた状況についていつどうやって説明しようかとそればかりが頭を占めていたために、すぐに侵入者に気づかなかったことが悔やまれた。最初に彼女のほうが侵入者に気づいたという事実は、よく言っても恥ずかしいことだ。自分の注意や集中力が別のところにあったのは明らかだった。

それでも、彼女がアーケイン・ハウスをとりまく暗い森のなかにいる侵入者の姿を見ることができたのは驚くべきことだった。次に会ったときにはそのことについて訊いてみなくてはなるまい。

今夜ここで何が起こるにしろ、自分の超能力はまちがいなく役に立つことだろう。しかし、おぞましくたぎる狩猟本能に屈しなければその能力を使えないというのは、不愉快な現実だった。それはすでに体内に湧き起こり、血を燃え立たせていたが。

父は超能力こそ人間の新たな進化だと信じていた。が、ゲイブリエルは内心、自分の場合は逆こそ真なりではないかと疑っていた。もしかしたら、自分はある意味退化しているのではないかと。

こういう状態になると、上等の服をまとい、高等教育を受けて洗練された行儀作法を身につけたうわべに反し、自分が真に現代的な人間とは逆の存在ではないかと心底不安になった。じっさいのところ、自分は原始的としか言い表しようのない気質や性格をあらわにしているではないか。

ダーウィン氏の理論が正しいとすれば、この自分は何になるのか？

今夜この場所からヴェネシアを無事に去らせたいと思ったのにはふたつ理由があった。ひとつはこの家で暮らす唯一の女、ウィラード夫人と同様に身の安全を守ってやりたかったからだ。

しかしもうひとつの理由は、狩人の熱が自分に宿ったときにそれをヴェネシアに見られたくなかったからだ。

将来妻となる女に、それはあまりよい印象を与えるものではない。

4

バース　一週間後……

ミスター・ジョーンズが死んだ。ヴェネシアは恐怖に駆られて新聞の小さな記事を見つめた。天地が引っくり返ったような感じだった。「まさか。ありえない」

叔母のベアトリス・ソーヤーと十六歳になる妹アメリアと九歳の弟エドワードはいっせいに朝食の皿から顔を上げた。

港湾情報の隣にひっそりと載っている小さな記事にすぎなかった。あやうく気づかずに見過ごすところだった。

ヴェネシアは身震いしながら、今度はテーブルについている家族のために声に出して読んだ。

北部で火事と死亡事故発生

〝修道院〟と地元で呼ばれている邸宅で大きな火災が発生し、ゲイブリエル・ジョーンズ氏という男性の遺体が発見された。悲劇が起こったのは今月十六日のことである。ジョーンズ氏は古代の遺物の収集品にうずもれて亡くなっているのが見つかった。重い美術品が落下して頭にあたり、命を落としたと見られる。

死亡したとき、故人は建物全体を焼き尽くす勢いの火の手から美術品を救おうとしていたらしい。その多くが火事で焼失した。

遺体は家政婦とその夫によって確認された。夫婦が当局に語ったところによると、ジョーンズ氏は命を奪われた恐ろしい火災が起こる少し前に修道院に居をかまえたということである。どちらも雇い主について詳しいことは知らなかったが、故人が非常に無口でかなり変わった人物だったと証言している。


ヴェネシアは茫然《ぼうぜん》として新聞を下ろし、食卓の三人に目を向けた。「十六日ってわたしがアーケイン・ハウスを発った晩だわ。ありえない。また会おうって言っていたのに。話し合わなければならないことがあるって」

「そうなの?」アメリアは見るからに興味をひかれた様子だった。きれいな顔が好奇心で輝いている。「何を話し合いたかったのかしら?」

ヴェネシアは意志の力で自分を現実に戻した。「わからない」

ベアトリスが眉をひそめて眼鏡越しに姪《めい》を見た。「大丈夫?」

「いいえ」ヴェネシアは答えた。「ショックだわ」

「気をしっかり持つのよ」とベアトリスが言った。心配そうに丸い顔に皺《しわ》を寄せている。少しばかりとがめるような顔でもあった。「たしかに、お金持ちの上流階級の顧客を失うことは打撃だけど、その紳士とは知り合ってたった数日だったわけでしょう。おまけに報酬は前払いしてくれていたし」

ヴェネシアは丁寧に新聞をたたんだ。指が震えていた。

「ありがとう、ベアトリス叔母様」と静かに言った。「いつもそうだけど、叔母様って物事を客観的に見られるのね」

ベアトリスは家庭教師を引退してヴェネシアの家族とともに暮らすようになったのだが、すぐにさまざまな芸術活動に没頭するようになった。ヴェネシアとアメリアとエドワードが、大きな列車事故が起こって両親の命が奪われたと連絡を受けたときにも、ベアトリスは家族の一員だった。ベアトリスがいてくれたおかげで、きょうだい三人はその悲劇とその後の経済的な紛糾に際しても気をしっかりもつことができたのだった。

「ミスター・ジョーンズに対して特別な感情を抱いたなんてこと言わなかったじゃないの」アメリアが目を丸くして叫んだ。「ほんの数日、一週間にも満たないあいだいっしょにいただけだって。その人のこと、完璧な紳士だったって言ってたわよ」

ヴェネシアはそれには答えないことにした。

「あなたが話してくれたことからして――」ベアトリスが言った。「新聞が伝えているふたりの使用人の話は正しいようね。ミスター・ジョーンズは異常なほど秘密主義の人みたいだもの」

「わたしだったら、異常なんてことばは使わないわ」とヴェネシアが言った。

エドワードはそれを聞いて興味をひかれたようだった。「だったら、なんて言うのさ?」

「並みはずれたとか、興味をひかれるほどとか」ヴェネシアはことばを探した。「抵抗しがたいとか、謎めいたとか、魅力的なとか」

三人の顔に啞然とするような表情が浮かんでいるのを見てはじめて、ヴェネシアは自分が心の内を明かしすぎてしまったことに気がついた。

「まったく、あなたときたら」ベアトリスの声が不快そうに厳しくなった。「ミスター・ジョーンズのこと、彼の博物館で写真におさめたっていう古代の遺物みたいに言い表したりして」

エドワードはジャムに手を伸ばした。「古代の遺物のこと、前に話してくれたけど、それと同じようにミスター・ジョーンズも解読不可能な碑文や謎めいた暗号文で覆われてたりするの?」

「まあ、いわばそうね」とヴェネシアは答え、ティーポットの近くにあったコーヒーポットをつかんだ。お茶のほうがずっと好きだったが、不安に駆られたり、おちつかない気分になったりしたときには、神経を強くするという説に従ってコーヒーを飲むことにしていた。

「謎めいた人であったのはたしかだもの」

アメリアは顔をしかめた。「その記事を読んで動揺しているのはわかるけど、ベアトリス叔母様のおっしゃったとおりよ。ミスター・ジョーンズが単なる顧客だったたってこと、忘れないでね、ヴェネシア」

「それはそうかもしれないけど、これだけは言えるわ」ヴェネシアはコーヒーを自分のカップに注ぎながら言った。「あの人がほんとうに死んだとしたら、殺されたのはたしかよ。事故で命を奪われたんじゃないわ。わたしがあの家を出た晩、家に侵入しようとしていたふたり組の話はしたでしょう。火事を起こしたのもその連中じゃないかと思うの。ミスター・ジョーンズの命を奪ったのもきっとそうよ。徹底的な捜査が行われるべきだわ」

ベアトリスはためらった。「新聞の記事には侵入者のことなんて何も書いてないわ。ただ、火事があって、古い美術品のせいで人命が失われるような事故があったってことだけよ。その晩、森で見たふたり組が強盗だったたっていうのはたしかなの？」

「悪い目的でやってきていたのはたしかよ。それだけは言えるわ」ヴェネシアは静かに言った。「おまけに、ミスター・ジョーンズも同じことを言っていた。それどころか、わたし以上にあの男たちのことを危険だと思っていたわ。だから、あの秘密のトンネルに案内して、家から逃げ出すようにわたしに強く言ったのよ」

エドワードがトーストをもぐもぐと食べながら言った。「そのトンネルを見たかったたな」

みな、そのことばは無視した。

ベアトリスは考えこむような顔になった。「暴力とか強盗とかの痕跡があったなら、きっと地元の警察がちゃんとした捜査をしたはずよ」

ヴェネシアは心ここにあらずでコーヒーに入れたクリームをかきまわした。「どうして新聞に侵入者のことが書いてないのかわからないわ」

「それに、ミスター・ジョーンズの死体を確認した使用人はどうなの？」エドワードがかしこそうな顔で訊いた。「悪党たちについて何か警察に話したはずだよ」そこで強調するように間を置いてつづけた。「もし悪党たちっていうのがほんとうにいたならの話だけど」

みないっせいに彼に目を向けた。

「うーん」ヴェネシアが言った。「それはとてもいいところをついたわ、エドワード。あの使用人たちが侵入者について報告しなかったのはなぜかしらとわたしも思うもの」

ベアトリスは淑女らしく小さく鼻を鳴らした。「忘れてならないのは、その件に関してそこに載っているのはほんの小さな記事にすぎないってことよ。新聞社というのがどういうものか考えれば、その記事には正確じゃない部分もたくさんあるんじゃないかしら」

ヴェネシアはため息をついた。「そうだとしたら、あの晩じっさいに何があったのか、たしかなことはけっしてわからないわね」

「まあ、ミスター・ジョーンズがこの世にいないということだけはたしかと言っていいんじゃないかしら」ベアトリスがきっぱりと言った。「たぶん、それだけは新聞も正しいことを伝えているんでしょうから。もうあのソサエティから実入りのいい写真の仕事が来ることはないわね」

ゲイブリエル・ジョーンズが死んだはずはない。ヴェネシアは胸の内でつぶやいた。死んだとすればわたしにはわかるはずだ。

そうじゃない？

ヴェネシアは濃いコーヒーを飲もうとした。突然はっと思い出したことがあって、カップを持つ手が途中で止まった。

「アーケイン・ハウスにいるあいだにミスター・ジョーンズのために撮った写真のネガとプリントはどうなったのかしら？」

アメリアは肩をすくめた。「きっと火事で燃えてしまったわよ」

ヴェネシアはそれについて考えた。「もうひとつ。記事では、ミスター・ジョーンズが殺された晩、あの邸宅に写真家がいたことに触れていないわ」

「それについてはひたすら感謝するだけよ」ベアトリスは身震いするほどにほっとした様子で言った。「あなたが殺人容疑でつかまるなんてことだけはごめんこうむりたいもの。とくに今、ようやくわが家の経済状態がしっかりと安定してきたときにね」

ヴェネシアはカップを磁器の皿の上にきっちりと置いた。「ゲイブリエル・ジョーンズと彼が前払いで支払われるようにしてくれた報酬のおかげよ」

「ほんとうね」ベアトリスも認めた。「ヴェネシア、ミスター・ジョーンズに関する記事がショックだったのはわかるわ。でも、もうそのことは忘れなくちゃだめよ。わたしたちの将来はロンドンにあるの。計画も立てたことだし。それを実行しなくちゃならないわ」

「もちろんよ」ヴェネシアはうつろな声で言った。

「顧客はやってきては去っていくものよ」とアメリアが口添えした。「プロの写真家は顧客にあんまり思い入れを強くしちゃだめ」

「おまけに——」ベアトリスはきっぱりと核心をついた。「その人は死んでしまったわけだし。アーケイン・ハウスでじっさい何があったにせよ、もうわたしたちには関係のないことだわ。そろそろ、もっと差し迫った問題にとりかからなくては。ロンドンでオープンする予定のギャラリーの名前は決めたの？」

「あたしはまだミセス・レイヴンズクロフトがいいと思っているわ」アメリアが言った。

「とってもロマンティックだと思わない？」

「わたしはミセス・ハートリー・プライスのほうがいいわね」ベアトリスが言った。「なんだか格式ある名前に聞こえるもの」

エドワードは顔をしかめた。「まだぼくはミセス・ランスロットが一番いいと思うよ」

アメリアは鼻に皺を寄せた。「アーサー王の物語の読みすぎよ」

「ふん」エドワードは言い返した。「よく言うよ。自分だってそのミセス・レイヴンズクロフトって名前は今読んでるきわもの小説から見つけてきたくせに。ちゃんとわかってるんだ」

「問題は——」ヴェネシアがきっぱりと口をはさんだ。「そういう名前でやっていこうという気にわたしがならないことよ。わかってもらえないかもしれないけれど、なぜか、どれもぴんとこないの」

「早く決めなくてはならないわよ」ベアトリスが言った。「自分のことをミセス・ミルトンとは呼べないもの。弟と妹が同じミルトンという名前である以上。アメリアとエドワードがきょうだいじゃなく、あなたの子供だと思われるわ。そんなのだめよ」

「そのことについてはずいぶんと話し合ってきたじゃないの」アメリアが指摘した。「未亡人として事業をおこす以外に道はないのよ」

「そのとおり」ベアトリスも言った。「三十歳にならない未婚のご婦人がちゃんとした顧客の注意をひこうと思ったら、あれこれ大変なのよ。おまけに、まちがった印象を与えずにあなたが男の人たちと仕事をするのはむずかしいと思うわ。未亡人ということにしておけば、ある程度の体面は保てる。そうじゃないと無理だけど」

「わかってるわ」と言ってヴェネシアは椅子にすわったまま姿勢を正した。「新しい名前についてはよくよく考えて、もう決めたの」

「どの名前にしたの？」とエドワードが訊いた。

「ミセス・ジョーンズにするわ」とヴェネシアは答えた。

アメリアとベアトリスとエドワードは口をあんぐり開けてヴェネシアを見つめた。

「亡くなった顧客の名前を使うつもりなの？」驚いてベアトリスが訊いた。

「どうしていけないの？」ヴェネシアは言った。心のなかに悲しみが湧き起こってきた。

「ミスター・ゲイブリエル・ジョーンズという人物からわたしがヒントを得たなんて誰が想

像する？　だいたいジョーンズという名前はとてもありふれた名前だもの」

「それはそうね」アメリアが考えこむように言った。「まあ、ロンドンにはジョーンズという名前の人が何千とまではいかなくても、何百人といるでしょうね」

「まさしく」ヴェネシアは自分の思いつきについて熱く語った。「わたしとほんの短いあいだ顧客だったアーケイン・ハウスの紳士とのあいだにつながりがあったと思う人なんていないはずよ。誰にも疑われないようにするために、うちのミスター・ジョーンズがどうして今生きていないのか、わくわくするようなお話を作っておけばいいわ。どこかはるか遠くの異国の地で息絶えたということにするのよ」

「まあ、ある意味ぴったりの名前かもしれないわね」ベアトリスが考えこむように言った。

「結局、ゲイブリエル・ジョーンズが莫大な報酬を前金で払ってくれていなかったら、こうして新しい事業の計画を立てることもなかったでしょうから」

ヴェネシアは目の奥が湿り気を帯びてくるのを感じ、何度も激しくまばたきした。それでも、胸を焼くような感覚が戻ってきてしまった。

「ちょっと失礼」とそっけなく言うと、立ち上がってテーブルをまわりこみ、ドアへ向かった。「新しい乾板を注文しようと思ってたんだったわ」

ヴェネシアは家族が心配そうな目を向けてくるのを感じたが、誰にも止められることはなかった。

貸家の二階にある小さな寝室へ駆け昇り、なかへはいった。ドアを閉めると、部屋の奥にある衣装ダンスに目を向けた。

ヴェネシアはゆっくりと衣装ダンスのところまで行き、ドアを開けてそこにしまっておいた男物の夜会用の上着をとり出した。片腕に上着をかけ、アーケイン・ハウスから逃げ出したあの晩から何度となくそうしたように、上質の生地を手で撫でた。

それから上着をベッドへ運び、ベッドに身を横たえて涙が落ちるにまかせた。


しばらくして、あふれ出た感情がおさまり、もうほとんど何も感じなくなると、ヴェネシアは身を起こして涙を拭いた。

もう充分。これ以上無益な感傷やロマンティックな白昼夢に費やす時間はない。わたしは家族の大黒柱なのだから。家族の将来はわたしがロンドンで写真家として成功できるかどうかにかかっている。家族といっしょに立てた大胆な計画以外のことに気を散らしている暇はないのだ。成功するためには重労働に耐え、頭を働かせて細かいことに気を配らなければならない。

ベアトリス叔母様の言うとおりだ。

涙のしみのついた上着を拾い上げながらヴェネシアは胸の内でつぶやいた。

死んだ顧客に行きすぎた感傷を覚える理由はない。ゲイブリエルとは知り合ってほんの数日で、愛を交わしたのはたった一度きりなのだから。

あの人は真夜中の幻想、ただそれだけのこと。
ヴェネシアは上着を衣装ダンスに戻し、扉を閉めた。

5

三カ月後

「どうしてそういうことになったのか皆目見当もつかないが――」ゲイブリエルが言った。

「どうやら私には妻ができたようだ」

「ばかを言うな」ケイレブは苛々と大股で書斎を横切り、机の反対側まで来て足を止めた。

「それがきみ流の冗談かい、いとこ殿？」

「きみだって、将来の妻という話になれば、私が冗談を言ったりしない人間であることぐらいわかっていると思うが」

ゲイブリエルは両手を机の上で組み合わせて身を前にかがめ、記事を読んでいたのだが、やがて身を起こし、その小さな記事をケイレブが読めるように新聞を反対に向けた。

ケイレブは新聞を手にとって声に出して記事を読んだ。

ノクトン街にて写真展開催

木曜日の夕方、ノクトン街に新しくできた写真展示場には大勢の人がつめかけてにぎわった。展示された写真は、写真芸術界のなかでも注目されている選り抜きの写真家たちの手によるものが幅広く網羅されていた。それらが、風景、静物、建造物、肖像など、伝統に従ってさまざまな範疇《はんちゅう》に分類されていた。どの作品も並みはずれて美しく、力に満ち、高級芸術と称えてしかるべきものばかりである。しかし、評者の考えでは、もっとも目をひいた作品は、目録のなかで『夢』と題された一連の写真のうちの最初の四枚だった。

建造物という範疇で展示されてはいたものの、これらの写真は、肖像、建築物、夢幻的としか言い表しようのないとらえがたいものなどを組み合わせている点で注目に値する。写真の一枚はこの写真展で最優秀賞に選ばれたが、選ばれて当然のできであった。最優秀賞の写真を撮った写真家、ミセス・ジョーンズも展示場に姿を見せた。ロンドンの写真界ではまだ新顔だが、すでに大きな成功をおさめつつある。彼女の顧客リストには社交界でもっとも見識ある人々が名を連ねている。

上品な未亡人はつねに喪に服した装いをしており、優美な黒いドレスにつややかな褐色の髪と琥珀《こはく》色の目が引き立って見える。撮った写真に負けず劣らず印象的な人物であることに気づいた者も少なくなかった。

ミセス・ジョーンズが未開の西部へハネムーンに出かけたときに悲劇的な死を遂げた

夫を心から偲《しの》んでいることは、写真界では有名な話である。未亡人は、人生最大の愛を失った今、二度と人を愛することはないと明言している。彼女の注意、感覚、感情のすべては今、写真芸術の完成のみに向けられ、写真通や収集家に大いなる利をもたらしている。

「なんてことだ」ケイレブは記事から目を上げた。もともと険しい顔がいっそう険しくなった。「きみがアーケイン・ハウスの収集品を記録するために雇った写真家と同一人物であるのはたしかなのか？」

ゲイブリエルは書斎を横切り、パラディオ式窓の前で足を止めると、両手を背中で組み、雨に濡れた庭にじっと目を注いだ。「偶然の一致ということもありうる」

「きみが偶然の一致というものをどう考えているかはわかっている」

「現実的にならなくてはね。ミス・ミルトンがアーケイン・ハウスの収集品を写真におさめるために雇われた三カ月後に、同じ色の髪と目の別のご婦人がロンドンで写真の仕事をはじめる可能性がどれほどある？　ミス・ミルトンがソサエティの理事会から受けとった報酬の多さに興奮していたのも知っている。その金の使い道について計画を立てているのはわかったよ。大きな計画をね。口には出さなかったが」

「同じ写真家だと断言はできないはずだ」

ゲイブリエルは肩越しに新聞にちらりと目をやった。「記事を読んだだろう。評論家は彼女の写真を人目をひく力強いものだと評し、とらえがたい部分もあるとしている。ミス・ミルトンの作品をきわめて正確に言い表しているよ。彼女はすばらしい写真家なんだ、ケイレブ。それに、名前のこともある」

「きみが正しいとしたら、どうして彼女は名前をジョーンズに変えようと思ったんだ？」

たぶん、子供を宿したからだろう、とゲイブリエルは思った。

そう考えると心が揺さぶられた。所有欲と保護本能が怒濤《どとう》のように押し寄せてくる。その瞬間まで自分のなかにそんな感情があろうとは思ってもいなかったのだが。

その可能性に思いいたってすぐに、別のことに気づいてゲイブリエルはひどくおちつかない思いを感じた。ヴェネシアが妊娠したことで体面を保つために彼の名前を使ったのだとしたら、きっと不安に駆られているにちがいない。

その問題についてはケイレブには言わないでおくことにした。

「これだけは想像がつくが、未亡人を装って仕事をするほうがうまくいくと判断したんだろうな」とだけ言った。「女が事業をはじめたり、職業を持ったりするのがどれほど大変かはきみにもわかるだろう。独身の魅力的な女であればなおさらだ」

背後にしばしの沈黙が流れた。ゲイブリエルが振り返ると、ケイレブは考えこむようなまなざしを向けてきていた。

「ミス・ミルトンが魅力的だって？」ケイレブがなにげない口調で訊いた。

ゲイブリエルは眉を上げた。「充分魅力的だと思うが」

「なるほど」ケイレブは言った。「私の質問にまだ答えてもらってないな。未亡人ということにしようと思ったときに、どうしてジョーンズの名前を使ったと思う？」

「都合がよかったからだろうな」

「都合ね」ケイレブはくり返した。

「アーケイン・ハウスでの一件ののち、新聞に載った記事を見たにちがいない」ゲイブリエルは説明した。「それでこう結論づけたのは明らかだ。彼はもはやジョーンズという名前に用がないのだから、借りてもかまわないだろうと」

ケイレブは新聞に目を落とした。「状況をかんがみると、そいつは不運だったな」

「不運どころじゃない」ゲイブリエルは窓から振り返った。「最悪のことにもなりかねない。少なくとも、われわれが慎重にことを進めてきた計画が台無しになってしまう」

「とにかく、計画はそれほどうまく進んでいないようだな」ケイレブが指摘した。「まだ盗人の手がかりはまったくつかめていないのだから」

「たしかに手がかりはほとんどない」ゲイブリエルも認めた。精力が湧き起こり、全身にかすかなうずきが走った。「しかし、そろそろそれを変えるころあいだ」

ケイレブは目をわずかに細めた。「ひとりでことにあたるつもりか、いとこ殿？」

「ほかに選択肢はなさそうだ」

「あと一カ月かそこら待っていてくれれば、私も協力できるかもしれない」

ゲイブリエルは首を振った。「待てない。ヴェネシアがからんでいる以上だめだ。きみにはきみの責務がある。それがこの問題に負けず劣らず重要であることはどちらもわかっているじゃないか」

「まあ、それはそうだな」

ゲイブリエルはドアへ向かった。「夜明けとともにロンドンへ発つ。私の死を悼む未亡人は死んだ夫がぴんぴんしているのを見てなんと言うかな」

6

死んだ夫が墓から戻ってくること以上に晴れた春の朝を台無しにする出来事はない。ヴェネシアは〈ザ・フライング・インテリジェンサー〉紙の見出しを見て、茫然として目をみはった。

亡くなったと思われていた著名なる写真家の夫、生還

——ギルバート・オトフォード

記者はまず、アメリカ西部でハネムーン中に亡くなったと思われていたゲイブリエル・ジョーンズ氏が無傷でロンドンに帰還されたことにお喜び申し上げる。ジョーンズ氏が社交界の著名な写真家、ヴェネシア・ジョーンズ夫人のご主人その人であることを知れば、読者諸兄もわくわくするものを感じられることだろう。

ジョーンズ氏はここロンドンに無事到着してすぐ、小生に手短に語ってくれた。未開の西部で不運な事故に巻きこまれ、深刻な記憶喪失症におちいったせいで、何カ月もかの地を放浪していたそうである。その間、当局に身元を告げることができなかった。しかし、記憶も健康もすっかりとり戻した今、愛する花嫁のもとへ戻るのが待ちきれないほどだと熱っぽく語ってくれた。

写真通の関心を一身に集めている著名なジョーンズ夫人は、一年近くも夫の喪に服してきた。亡くなったと思っていた夫を悼む気持ちは、顧客や彼女の作品を称賛する人々の心の琴線に触れていた。

夫が生還したと知った夫人の心にどれほどの歓喜の炎が燃え上がるものか、想像にかたくない。

「とんでもないまちがいが起こったんだわ」ヴェネシアはぞっとしてささやいた。

ベアトリスはトーストにバターを塗っていた手を止めた。「いったいどうしたの？　幽霊でも見たような顔をしているわよ」

ヴェネシアは身震いした。「そんなことばを使わないで」

「どんなことば？」とアメリアが訊いた。

「幽霊よ」とヴェネシアが答えた。

エドワードがもぐもぐさせていた口を止めた。「幽霊を見たの、ヴェネシア？」

「エドワード、口に食べ物をつめこんだまましゃべらないでちょうだい」ベアトリスが上の空で言った。

エドワードは従順にバターつきのトーストを呑みくだした。「どんな幽霊だったの、ヴェネシア？　透き通っていた？　向こう側が見えた？　それとも本物の人みたいに透き通ってはいなかった？」

「幽霊なんて見てないわよ、エドワード」ヴェネシアはきっぱりと言った。きりのない弟の好奇心を抑えようと思ったら、ぺしゃんこにやりこめてやらなければならないことはよくわかっていた。「朝の新聞にまちがった記事が載っていたの。それだけよ。新聞がまちがうことはよくあることだわ」

ぎょっとするようなまちがい、それだけのこと。それでも、どうしてこんなことが起こったのだろう？

アメリアが期待するような目を向けてきた。「そんなに動揺するような何が新聞に載ってたの？」

ヴェネシアはためらった。「ゲイブリエル・ジョーンズ氏が最近生還したって記事よ」

アメリアもベアトリスもエドワードも目を丸くして彼女を見つめた。

「なんですって？」ベアトリスは真っ青な顔になりながら、どうにかことばを押し出した。

アメリアはひどく不安そうな顔になった。「うそ、名前がまちがっているわけじゃないの？」

ヴェネシアはテーブル越しに新聞を手渡した。「自分で読んでみて」

アメリアは急いで新聞を受けとった。

「ぼくにも見せて」エドワードが椅子から勢いよく立ち上がり、アメリアの後ろに立って肩越しにのぞきこんだ。

ふたりは新聞の記事をじっくりと読んだ。

「ああ」アメリアは言った。「なんてこと。これはほんとに困ったことだわ」

エドワードの顔は落胆にゆがんだ。「幽霊のことは何も書いてないじゃないか。死んだと思われていたゲイブリエル・ジョーンズ氏がじっさいは生きていたってことだけだ。幽霊とは全然ちがうよ」

「ええ」ヴェネシアはコーヒーポットに手を伸ばした。「ちがうわ」残念ながら、と彼女は心のなかでつけ加えた。幽霊だったら、ずっと対応が簡単だったはず。

「えらく妙な話だよね?」エドワードが考えこむようにつづけた。「このジョーンズ氏ってアメリカ西部で死んだって話になってる。ぼくたちが考えたうちのジョーンズ氏の作り話とまったく同じだ」

「ほんとうに妙な話よ」ヴェネシアはコーヒーポットをつかんで言った。

ベアトリスが新聞に手を伸ばした。「わたしにも見せてちょうだい」

アメリアは何も言わずに新聞を手渡した。

ベアトリスは、生きて息をしているゲイブリエル・ジョーンズが最近ロンドンに戻ってきて、妻に会いたいと熱望しているという、小さな恐ろしい記事を読んだ。ヴェネシアはそんな叔母をじっと見つめていた。

「なんてことでしょう」読み終えてベアトリスは言った。それから、新聞をヴェネシアに返した。それ以上言うことばが見つからないようで、「なんてことでしょう」とくり返した。

「まちがいに決まってるわ」アメリアが強い口調で言った。「そうじゃなかったら、何か奇妙な偶然の一致ね」

「まちがいかもしれない」ヴェネシアも認めた。「でも、偶然の一致ってことはないわ。社交界の誰もがわたしが未亡人になったいきさつを知っているんですもの」

「それが本物のミスター・ジョーンズである可能性は万にひとつもないと思う?」ベアトリスがそわそわと訊いた。

三人の目が叔母に向けられた。ヴェネシアは内心恐怖が募るのを感じた。

「本物のミスター・ジョーンズだとしたら」ベアトリスが言った。「あなたが未亡人の振りをしていることを知ってひどく腹を立てるかもしれないわ」そう言って眉をひそめた。「コーヒーに気をつけて」

ヴェネシアは目を下に向け、カップにコーヒーを注ぎすぎていることに気がついた。コーヒーは縁から皿にあふれ出している。ヴェネシアはそっとポットを脇に置いた。

「じっさいに夫だったことのない紳士の未亡人を騙《かた》っていたことがおおやけになったら、どれほどのスキャンダルになるか考えてもみて」アメリアが口をはさんだ。「パパのことでほんとうのことがわかったとき以上に最悪の結果になるわよ。少なくともあのときは秘密を守ることができたもの。でも、今度のことが明るみに出たら、新聞がひどく騒ぎ立てることになるわ」

「写真の仕事もだめになるわね」ベアトリスが陰気な口調で言った。「また貧しい生活に逆戻りよ。ヴェネシア、あなたとアメリアは家庭教師になるしかないわ」

「やめて」ヴェネシアはてのひらを上げた。「憶測をそれ以上広げないで。この男の人が誰であれ、本物のミスター・ジョーンズであるわけがないわ」

「どうして？」エドワードが誰もが考えうる推理を披露した。「たぶん、ミスター・ジョーンズが火事のときに家で古い美術品を運び出そうとして死んだと書いてあった記事のほうがまちがっていたんだよ」

最初のショックは薄れつつあった。ヴェネシアはまたはっきりと物を考えられるようになっていた。

「本物のミスター・ジョーンズのはずはないと思う理由は、アーケイン・ハウスでいっしょに過ごしたときに、彼がひどく浮世離れした人だとわかったからよ。秘密主義にとりつかれている協会のメンバーでさえあるの」

「彼が変人であることと今回のこととどう関係があるの？」ベアトリスがわからないという顔で訊いた。

ヴェネシアは自分の推理に満足して椅子に背をあずけた。「これだけは言えるけど、新聞社の人と気軽に話をするなんて――とくに〈ザ・フライング・インテリジェンサー〉のようなゴシップ紙の記者と――本物のミスター・ジョーンズなら絶対にしないことだわ。それどころか、わたしがアーケイン・ハウスで会った紳士なら、そんな記者には極力会うまいとするでしょうね。そう、自分の写真さえ撮らせてくれなかったぐらいなのよ」

アメリアが口を引き結んだ。「もしそういうことなら、ほかの誰かがミスター・ジョーンズを騙ることにしたと考えなくちゃね。問題はその理由よ」

ベアトリスが眉根を寄せた。「もしかしたら、競争相手の誰かがでっちあげたことじゃないかしら。あなたの仕事に差し障りが出るような困った騒ぎを引き起こそうとして」

アメリアもすぐにうなずいた。「ロンドンの写真界にあなたの成功を喜ばない人たちもいることはみんなわかってるじゃない。競争の激しい職業だから、競争相手を追い落とすことをためらわない連中もいるわ」

「たとえば、バートンという名前の不愉快な小男とかね」とベアトリスがいやそうに言った。

「そうね」とヴェネシアも言った。

ベアトリスは眼鏡の縁越しに姪を見やった。「ねえ、そう考えてみれば、ハロルド・バートンだったら、あなたについてのゴシップを広めるために新聞社にとんでもない嘘をつくぐらいやりかねないわよ」

「ベアトリス叔母様の言うとおりだわ」アメリアも言った。「ミスター・バートンって恐ろしい人だもの。うちの玄関に置いていった写真を思い出すたびに、絞め殺してやりたくなる」

「ぼくもさ」エドワードが強い口調で言った。

「あの写真を置いていったのがミスター・バートンかどうか、はっきりわかってないじゃない」ヴェネシアが言った。「たしかに、そのうちの一枚には彼の特徴がはっきりと表れていたけど。とても腕のいい写真家であるのはまちがいないし、かなりユニークなスタイルを貫いているわ」

「胸がむかつく小男よ」とベアトリスが小声で言った。

「そうね」ヴェネシアは応じた。「でも、こういう手は使わないような気がする」

「じゃ、どういうことだと思うの?」とベアトリスは訊いた。

ヴェネシアはテーブルを指で軽く叩いた。「誰であれ、ミスター・ゲイブリエル・ジョーンズを騙っている人物はゆすりを考えているんじゃないかと思うの」

「ゆすりですって?」ベアトリスは恐怖に駆られた目で姪を見た。

「あたしたちが何をしたっていうの?」とアメリアが訊いた。

「ゆすり《ブラックメール》って何?」姉や叔母の顔を順ぐりに探るように見ながらエドワードが訊いた。

「黒《ブラック》い紙に書かれた手紙《メール》のこと?」

「紙やインクとは関係ないのよ」ベアトリスがぴしゃりと言った。「少なくとも直接はね。気にしないで、あとで説明してあげるから」そう言ってヴェネシアのほうに顔を戻した。

「ゆすられても払うお金なんてないわ。全部この家とギャラリーに費やしてしまったんですもの。これがゆすりだとしたら、わたしたちはもうおしまいよ」

たしかにそのとおりね、とヴェネシアは胸の内でつぶやいた。アーケイン・ソサエティから受けとったかなりの額の報酬は、最後の一ペニーまでサットン・レーンに小さなタウンハウスを借りるのと、ブレイスブリッジ・ストリートにギャラリーをかまえるのに費やしてしまっていた。

ヴェネシアは何かいい考えが浮かばないかとコーヒーをもうひと口飲んだ。

「これって毒をもって毒を制すって状況なんじゃないかしら」しばらくして言った。「たぶん、わたし自身が新聞社に行くべきなのよ」

「気はたしかなの？」アメリアがぎょっとして言った。「噂を鎮めなきゃいけないときに、あおってどうするの」

ヴェネシアは新聞を再度見て、とんでもない記事を書いた記者の名前を記憶した。「このミスター・ギルバート・オトフォードに、夫の死を悼む未亡人相手にペテン師がひどい嘘をついているんだと教えてあげたらどうかしら？」

ベアトリスは二度目をしばたたくと、ふいに考えこむような顔になった。「そうね、それはいい考えかもしれない、ヴェネシア。あなたの言うことを誰が疑える？　なんといってもあなたはミスター・ゲイブリエル・ジョーンズの未亡人なんですもの。誰よりも彼のことを知っていた人間よ。この詐欺師が自分を本物だと証明できないかぎり、世間はあなたの味方だわ」

アメリアはしばらくそれについて考えをめぐらした。「叔母様のおっしゃるとおりね。うまくやれば、悪い噂を有利に使えるわ。ヴェネシアに対する世間の関心と同情をうんと引き起こすことになるかもしれない。そう、好奇心だけでも有望な顧客を大勢ギャラリーに呼び入れることになるでしょうし。みんな刺激を求めているのよ」

ヴェネシアはゆったりとほほえんだ。計画が頭のなかで具体的になりつつあった。「それはうまくいくかもしれないわね」

ドア・ノッカーのくぐもった音が玄関ホールから聞こえてきた。それに応えて玄関のドアへ向かうトレンチ夫人の足音がした。

「こんな時間に誰かしら？」ベアトリスが疑問を口に出した。「郵便はもう来たし」

トレンチ夫人のがっしりした体が朝食の間の入口に現れた。興奮のせいでついぞ赤くなったりはしない大きな顔が真っ赤になっている。

「玄関に紳士がいらしています」彼女は告げた。「ジョーンズ様とおっしゃる方で、信じられないことですけど、奥様にお会いしたいということです。奥様のお名前はヴェネシア・ジョーンズ様だそうです。どうしていいかわからなくて。そのご婦人が家にいらっしゃるかどうかたしかめてきますとしかお答えできませんでした」

ヴェネシアは仰天した。「なんてずうずうしい。こんなふうにわが家に乗りこんでくるなんて、その神経が信じられないわ」

「なんてこと」アメリアがつぶやいた。「警察を呼ぶべきかしら？」

「警察ですって？」わくわくして赤らんでいたトレンチ夫人の顔に警戒の色が浮かんだ。

「あらあら、こちらのお仕事をお受けしたときには、危険人物が訪ねてくることがあるとはお聞きしませんでしたよ」

「おちついて、ミセス・トレンチ」ヴェネシアがあわてて言った。「きっと警察を呼ぶ必要なんてないから。その紳士を書斎にお通しして。わたしもすぐに行くわ」

「かしこまりました」トレンチ夫人は急いで部屋を出ていった。

アメリアは家政婦がいなくなるまで待ってから、身を乗り出して低い声で言った。「まさかゆすってきた相手と対決するつもりじゃないでしょうね、ヴェネシア？」

「そんなこと、考えるだけでもどうかしてるわ」とベアトリスが言った。

「どんな人間を相手にしているのか、できるだけ知っておかなければならないわ」ヴェネシアはおちついた威厳ある声を出そうとした。「敵を知るのはつねに重要だから」

「そういうことなら、あたしたちもいっしょにその人に会うわ」アメリアが椅子から立ち上がりながらきっぱりと言った。

「もちろんよ」とベアトリスも言った。

「ぼくも用心棒としていっしょに行くよ、ヴェネシア」とエドワード。

「わたしがその人と話をしているあいだ、三人にはここで待っていてもらうのがいいと思うの」とヴェネシアは言った。

「ひとりで会うなんてだめよ」ベアトリスは言い張った。

「ジョーンズ氏の名前を使うと決心してこの問題を引き起こしたのはわたしだもの」ヴェネシアはナプキンを丸めて立ち上がった。「解決法を見つけるのもわたしの責任よ。それに、このペテン師は相手がたったひとりとなれば、真の目的をもっと明らかにするにちがいないわ」

「それはそうね」ベアトリスも認めた。「わたしの経験から言って、女とふたりきりになると、男ってふつう、自分のほうが優位に立っていると思うものだから」

エドワードが顔をしかめた。「どうして、ベアトリス叔母さん？」

「さあね、わからないわ」ベアトリスは上の空で答えた。「たぶん、たいていは男のほうが体が大きいからじゃないかしら。大事なのは知性であって筋肉じゃないってこと、わかっている男はほとんどいないようだもの」

「問題は――」アメリアが心配そうに言った。「この人がじっさいにあなたに危害を加えないかしらってことよ、ヴェネシア。そういうことになったら、体の大きさがものを言うわ」

「危害を加えてくることはないと思う」とヴェネシアは言い、ドレスの黒いスカートを振った。「どういう人であれ、目的がなんであれ、この家のなかでわたしを殺すことはないはずよ」

「どうしてそんなに自信もって言えるの？」とエドワードが興味をひかれたように訊いた。

「そう、ひとつはそんなことをしてもなんの得にもならないから」ヴェネシアはしかめ面をしてみせた。「死んだ女をゆするわけにはいかないもの」そう言ってテーブルをまわりこんでドアへ向かった。「おまけに、目撃者も多すぎるわ」

「それはそうね」ベアトリスもしぶしぶ同意した。

「それでも、何か危害を加えられそうになったら、悲鳴をあげると約束してくれなくちゃ」とアメリアが言った。

「万が一に備えて、キッチンからナイフをとってきておくよ」エドワードが朝食の間とキッチンを隔てるスウィング・ドアへと走りながら言った。

「エドワード、ナイフなんて持ってきてはだめよ」ベアトリスが後ろ姿に呼びかけた。

ヴェネシアはため息をついた。「ナイフを使うような事態にはならないと信じるわ」

そう言うと、怒りと不安と決意を全身にみなぎらせて急いで廊下を渡った。脅迫など絶対に受けるものかと胸の内でつぶやきながら。それでなくても、対処しなければならない問題は山ほどあるのだ。たとえば、誰とはわからない相手から送りつけられたぞっとするような写真のせいで、眠れない夜がつづいている。

ヴェネシアは小さな書斎の閉まったドアの前で足を止めた。トレンチ夫人がそわそわとそこに立っていた。

「こちらにお通ししておきました」

「ありがとう、ミセス・トレンチ」

家政婦がドアを開けてくれた。

ヴェネシアは深呼吸して神経を集中させ、ふつうの人間の目には見えないものが見える能力を研ぎ澄まして書斎のなかへはいっていった。

7

ヴェネシアはネガフィルムの様相を呈した世界にいて、そこでは顔よりもオーラのほうがはっきり見えた。

　彼女は驚いて足を止めた。

　オーラは人によってさまざまだが、ゲイブリエル・ジョーンズのオーラほど独特のものはなかった。

　抑制がきいていて、密度が高く、力にあふれる暗いエネルギーがまわりに燃え盛っている。

「ミセス・ジョーンズだね」とゲイブリエル・ジョーンズは言った。窓のそばに立っているせいで、顔は影になっている。

　その声の響きに、揺らぎつつあった集中力がぷっつりととぎれた。ヴェネシアはまばたきした。世界はふつうの色と陰影をとり戻した。

「生きていたのね」とヴェネシアはささやいた。

「ああ、じつは」ゲイブリエルは答えた。「あの記事はきみにはうれしくない驚きだったようだね。すまなかった。しかし、私としてはこういう状況になって少しばかりほっとしているというのが正直なところだ」

彼の腕に身を投げ、彼に触れ、その香りを吸いこみたいと全身が求めていた。彼がほんとうは生きていたというすばらしい事実を満喫したいと。しかし、待ち受けている問題のあまりの大きさにヴェネシアは茫然とするしかなかった。

ごくりと大きく唾を呑む。「新聞の記事では――」

「事実関係にまちがいがあったわけだ。新聞に書いてあることを逐一信じてはだめだ、ミセス・ジョーンズ」

「なんてこと」意志の力で気をとり直し、ヴェネシアはどうにか机のところへたどり着いた。椅子にどさりと腰を下ろしたが、彼から目を離すことはできなかった。生きていたのね。「これだけは言えますけど、あなたがお元気でいらしてほんとうにうれしいわ」

「ありがとう」ゲイブリエルは窓のそばを離れなかった。窓から射しこむ光が輪郭を浮かび上がらせている。「こんなことを訊くのはなんなんだが、事情が事情だから訊かなければならない……具合はどうなんだね?」

ヴェネシアは目をぱちくりさせた。「ええ、もちろん、わたしも元気ですわ、おかげさまで」

「そうか」

彼の声に表れているのは失望だろうか？

「わたしが元気じゃないと思っていたんですの？」わけがわからずに彼女は訊いた。

「ああいう関係を結んだ結果が何かあったかもしれないと思っていたのでね」ゲイブリエルはまじめな口調で言った。

遅ればせながら、ヴェネシアにもわかった。妊娠しているかどうかを訊かれたのだ。ヴェネシアの体はかっと燃え、やがてひどく冷たくなった。

「わたしがあなたのお名前を拝借したのはなぜかとお思いでしょうね」

「未亡人として事業をはじめることにした理由はもちろん理解できる。未婚女性に対する社交界の反応を考えれば、賢明な判断だった。しかし、そう、どうして私の名前を選んだのか、興味を抱いたのはたしかだね。単に便宜上の問題かい？」

「いいえ」

「ジョーンズというのはとてもありふれた名前だから、私との関係には誰も気づかないだろうと思ったとか？」

「それだけではないわ」ヴェネシアは右手できつくペンを握りしめた。「じつを言うと、感傷的な理由から選んだんです」

ゲイブリエルの黒っぽい眉が上がった。「そうかい？　でもきみはたった今、個人的に隠さなければならないことは何もないという意味のことを言ったはずだが」

「アーケイン・ハウスの収集品を写真におさめるためにわたしを雇うことにしたのはあなたです。その仕事で受けとった気前のよい報酬のおかげで、わたしたちはロンドンでギャラリーを開くことができた。あなたのお名前を使うことは、いわば、感謝の気持ちを表すのにぴったりの方法だと思ったんです」

「感謝の気持ちをね」

「ごく内輪の個人的なやり方ですけど」彼女は強調した。「このこと、家族以外は誰も知りません」

「なるほど。これまで、単に報酬を前払いしただけのことでそれほどの栄誉を私に与えてくれた人間はいなかったが」

彼のよく響く、低くて暗い声を聞いてヴェネシアの全身に寒けが走った。おもしろがっている声ではない。

ヴェネシアはペンを吸いとり紙の上に置き、いずまいを正して手を組んだ。「ミスター・ジョーンズ、信じていただきたいんですけど、こんな状況になったこと、心から申し訳なく思っています。あなたのお名前を拝借する権利がわたしになかったことは重々承知していえます」

「今の状況を考えると、拝借とはおもしろいことばを使うね」

「でも――」ヴェネシアは意を決してつづけた。「言わせてもらえば、今ここで持ち上がっている問題は、あなたが〈ザ・フライング・インテリジェンサー〉の記者のインタビューに事細かに答えたりしなければ、まずもって起こらなかったはずです」

「オトフォードのことかい？」

「どうして彼とお話しなさったのか、訊いてもいいですか？　あなたが黙っていてくだされば、誰にも知られることなくやりすごせたはずです。世のなかにはジョーンズという名前の人は大勢いるんですから。誰もわたしたちふたりを結びつけたりしなかったでしょう」

「残念ながら、そうはかぎらないと思うね」

「ばかなことをおっしゃらないで」ヴェネシアは組み合わせていた手をほどき、大きく広げた。「あなたが新聞に何も話さなければ、たまたま名前が同じだからって、誰も注意を払わなかったわ。でも残念なことに、あなたはみずから写真家の妻と再会するのが待ちきれないと記者に熱っぽく語った」

ゲイブリエルはうなずいた。「そうさ、そういう意味のことを言ったはずだ」

「他意はないんですけど、これだけは訊かなくちゃならないわ。健全で分別あるすべてのものの名にかけて、どうしてあんな早まった愚かでくだらない真似をしたんです？　ほんとうに、何を考えていたの？」

ゲイブリエルはヴェネシアをしばらく見つめた。それからそばへ行って机に覆いかぶさるようにして目の前に立った。なんとも不安にさせる態度だった。

「ミセス・ジョーンズ、きみのおかげで人生がずいぶんと複雑になったものだと考えていたよ。おまけにきみは自分の命を危険にさらしかねない状況におちいったしね。それが私の考えていたことだ」

ヴェネシアはすばやく椅子にもたれた。「意味がわからないわ」

「複雑になるということばがかい？　それとも、危険ということばの意味がわからないのか？」

ヴェネシアの頬が燃えた。「複雑になるということばの意味ならちゃんとわかっています。とくに、文意を考えれば」

「よろしい。お互い多少の進歩はあったというわけだ」

ヴェネシアは眉根を寄せた。「わたしの命が危険にさらされかねないというのは？」

「その問題もまた複雑だ」

ヴェネシアは震える両手を開いて吸いとり紙の上に置いた。「説明してくださったほうがいいと思うわ」

ゲイブリエルは深々と息を吐くと、背を向けて窓のそばへ戻った。「やってみよう。時間はかかるだろうが」

「すぐに核心にはいってもらったほうがいいでしょうね」

ゲイブリエルは足を止め、外の小さな庭に目を向けた。「秘密のトンネルを通ってアーケイン・ハウスを脱出した晩のことは覚えているかい？」

「あのときのことを忘れることなどできないわ」ふとあることが頭に浮かんだ。「そういえば、あなたがこうして生きてらっしゃるということは、博物館で見つかった遺体は誰のものでしたの？　家政婦と庭師がゲイブリエル・ジョーンズだと確認した遺体は？」

「あの晩、きみが森のなかを近づいてくるのを見つけた侵入者のひとりさ。残念ながらもうひとりには逃げられた。仲間といっしょに盗もうと思っていた美術品を持ち去ることはできなかったが。そう、あの美術品はひどく重かったからね。ふたりがかりで運ぶ必要があった」

「新聞記事には博物館で事故があったと書いてあったわ」ヴェネシアはきっぱりと言った。

「重い石でできた美術品が不運な犠牲者の上に落ちてきたと。たしかそう書いてあった」

「そう、死因はそう報告されたはずだ」

「わからないわ。どうしてウィラードが死んだ侵入者をあなただと確認したのかしら？」

「アーケイン・ハウスの使用人はよく訓練されているからね」ゲイブリエルは表情を変えずに言った。「おまけにかなりの額の賃金を受けとっている」

　使用人たちが嘘をついたのね、とヴェネシアは声に出さずにつぶやいた。背筋にまた冷たいものが走った。とても深く暗い水のなかを歩いているような感じだった。アーケイン・ソサエティの秘密について、これ以上知りたいとは思わなかったが、経験から言って、問題が起こる可能性があることをおめでたくも知らずにいると、あとでさまざまな不愉快な事実に直面することになるものだ。

「つまり、火事もなければ、収集品が壊されることもなかったということ？」と彼女は訊いた。

「火は出なかったし、収集品はみなすばらしい状態にある。ただ、その多くは安全のために大金庫《グレイト・ヴォールト》に移されたが」

「なんの目的があって殺されたのがご自分だと新聞で発表したんです？」と彼女は訊いた。

「目的は時間稼ぎと、アーケイン・ハウスにふたり組を送りこんできた悪党の目をくらますためさ。昔からよくある手だ」

「悪人をつかまえるのは警察の仕事かと思っていたわ」

ゲイブリエルは首をめぐらして皮肉っぽい笑みを浮かべてみせた。「きっときみもアーケイン・ソサエティが変人の集まりであることは充分わかっただろうから、会員たちがソサエティの問題で警察を巻きこむことだけは避けたいと思っているのも理解できるはずだ。悪党の正体を暴くのは私の役目となった」

「どうしてあなたが悪人捜しの仕事に選ばれたんです？」ヴェネシアは懐疑的な口調で訊いた。

ゲイブリエルの口が皮肉っぽくほほえむようにゆがんだ。「祖先から受け継いだ問題だからだと言ってもいい」

「意味がわからないわ」

「いいかい、ミセス・ジョーンズ、私にはその事実がよくわかっている。残念ながら、今直面している危険をはっきりと認識してもらうために、きみにもアーケイン・ソサエティが固く守ってきた秘密を多少は話して聞かせなければと思っている」

「正直言って、聞きたくないわ」

「お互い選択の余地はないんだ。きみがミセス・ジョーンズを名乗る道を選んだ以上は」ゲイブリエルは妖術師のような目で彼女をじっと見つめた。「つまるところ、われわれは夫婦なのだから。夫婦のあいだに秘密があってはならない」

ヴェネシアは肺から空気を奪われたような気がした。気をおちつけて声を出せるようになるまで何秒かかかった。

「今はそのねじくれたユーモアを披露するにふさわしいときではないわ。わたしは説明してもらいたいんです。今すぐ。そのぐらいしていただく権利はあると思います」

「いいだろう。さっきも言ったように、今の状況のいくぶんかは祖先から受け継いだものだ」

「どうしてそんなことに？」

ゲイブリエルはゆっくりと部屋のなかを歩き出し、壁にかかったふたつの額入りの写真の前で足を止めた。まず、一方の黒っぽい髪の女の写真をまじまじと眺め、次に実物よりも大きく引きのばした頑健な男の写真のほうに目を向けた。

「お父さんかい？」とゲイブリエルは訊いた。

「ええ。父と母は一年半前に列車の事故で亡くなりました。どちらの写真も亡くなる少し前にわたしが撮ったものです」

「お悔みを言うよ」

「ありがとう」彼女は意味ありげに間を置いた。「お話のつづきは?」

ゲイブリエルはまた部屋のなかを歩きはじめた。「さっきも言ったとおり、私はアーケイン・ハウスへ侵入者を送りこんだ人間を追っている」

「ええ」

「さっきは言わなかったが、連中が家に忍びこんだのは盗みのためだ」

「きっと高価な収集品のどれかでしょうね」

ゲイブリエルは足を止め、振り向いてヴェネシアに目を戻した。「今回のことでとくに奇妙だったのは、男たちが持ち去ろうとした美術品が学術的にも金銭的にもとくに価値のあるものではなかったことだ。それは二百年前に作られた重い金庫だった。きみも覚えているかもしれないな。ふたに金が貼られていて、薬草の葉の模様とラテン語の文字が彫られている箱だ」

ヴェネシアは自分が写真におさめたソサエティの収集品のうち、心を騒がせた数々の品を思い出そうとした。金庫を思い出すのはむずかしいことではなかった。

「覚えています」彼女は言った。「ふたに使われている金以外はとくに価値のないものとみなされているとおっしゃっていました」

ゲイブリエルは肩をすくめた。「それも薄い金の板にすぎない」

ヴェネシアは咳払いをした。「おっしゃるとおりでしょうけど、ミスター・ジョーンズ、それは比較の問題でしょう。なんと言っても金は金ですわ。あなたやソサエティのほかの会員方にとってはそうでもなくても、貧しく飢えた泥棒にとってはずっと価値のあるものに見えたのかもしれません」

「金銭的な目的だけで忍びこんだ泥棒なら、もっと小さくて宝石がちりばめられた美術品を盗ろうとしたはずだ。ふたりがかりで運ばなければならないほど重い箱ではなくて」

「おっしゃることはわかります」ヴェネシアはゆっくりと言った。「でしたら、たぶん、泥棒は金庫のなかに何かとても価値のあるものがはいっていると思ったんじゃないかしら」

「箱は空で鍵もかかっていなかった。なかにはいっていたものは数カ月前に盗まれてしまっていたんだ」

「こんなことを言うと失礼かもしれないけれど、ミスター・ジョーンズ、ソサエティは美術品の保管に関して深刻な問題を抱えているみたいですね」

「正直、最近私がかかわると、必ずそういうことになるようだ」

ヴェネシアはその奇妙なことばは無視することにした。「もともと金庫には何がはいっていたんです？」

「手帳さ」

「それだけ？」

「なあ、私もきみと同じだけ首をひねっているんだ」ゲイブリエルは言った。「説明させてくれ。金庫とそこにはいっていた手帳は、十七世紀後半の著名な錬金術師が作った秘密の研究室にあったものだ。錬金術師はその隠れ家で死んだ。二世紀ものあいだ、その場所は誰にもわからなかった。最近ようやく発見されて掘り起こされたが」

「どうやって発見されたんです？」とヴェネシアが訊いた。

「ソサエティのふたりの会員が、錬金術師が最後に研究室へと姿を消す直前に残した暗号の手紙を解読したんだ。その手紙に書かれていた暗示や手がかりを組み合わせて研究室を発見した」

「今、ソサエティのふたりの会員っておっしゃったわね」ヴェネシアが言った。「研究室を発掘したのもそのふたりでしたの？」

「そうだ」

「ふたりのうちのひとりがあなたなんでしょう？」ヴェネシアは推測した。

おちつきなく歩きまわっていたゲイブリエルが足を止めてヴェネシアに目を向けた。「そうだ。もうひとりはいとこだ。計画を実行に移そうと思ったのは、その錬金術師が祖先だったからだ。彼はアーケイン・ソサエティの創設者でもある」

「そうですか。つづけて」

「その錬金術師は自分に超常的な能力が備わっていると思っていた。その能力を強める霊薬の製法を何年もかけて研究していた。じっさい、その研究にとりつかれていたわけだ。最後に書いた手紙のなかで、もう少しで製法が完成すると記していた」ゲイブリエルは片手をわずかに動かした。「いとこと私はそれが金庫から盗まれた手帳に書かれてあったのではないかと考えている」

「なんてこと、常識ある人なら、二世紀も前の錬金術師が超能力を強める霊薬の製法を生み出したなんてばかげたことを信じたりするものかしら?」

「どうだろうね」ゲイブリエルは言った。「しかし、これだけは言える。それが誰であれ、その呪わしい製法のためなら、人殺しも辞さない人間だ」

またヴェネシアの背筋に悪寒が走った。「この古い手帳のせいで殺された人がいるの?」

「研究室のなかにあったものを箱づめする手伝いをしていた男のひとりが、どうやら金庫から手帳を盗み出して誰かに渡すように買収されていたらしいんだが、のちに死体となって路地で見つかった。ナイフで刺されて殺されていた」

ヴェネシアはごくりと唾を呑みこんだ。「なんて恐ろしい」

「いとこと私は男を買収して殺した人間を見つけ出そうとかなりの時間を費やしたが、手がかりはほぼ何も見つからなかった」ゲイブリエルはつづけた。「それから三カ月後、あのふたりの男がアーケイン・ハウスに来て、金庫を盗み出そうとしたんだ」

「よくわからないんですけど、その泥棒がすでに錬金術師の手帳を手に入れているなら、どうして男たちをアーケイン・ハウスに送って手帳がはいっていた金庫を盗ませるような危険を冒したんでしょう?」

「ミセス・ジョーンズ、それはいい質問だ」ゲイブリエルは言った。「まだ答えは見つからないが」

「答えの出ない疑問が数多くあるようですね」

「たしかに。ただ、すぐにも答えを見つけないと、また誰かが命を落とすことになるかもしれない」

8

そのことばは、ヴェネシアの生き生きとした表情豊かな顔にはっきりとした影響を及ぼした。恐怖がありありと浮かんだのだ。ゲイブリエルは彼女を怯《おび》えさせざるをえなかったことを後悔したが、それは彼女のためにしたことだった。状況が非常に深刻であることを理解させなければならない。

ヴェネシアは眉をひそめた。「研究室の発掘に手を貸してくれたあなたのいとこはどこにいるの？」

「ケイレブは家族の重要な用事で田舎の邸宅に呼び戻された。手帳のありかを探し、それを盗んだ人間を見つける仕事は私ひとりの肩にかかっている」

ヴェネシアは咳払いをした。「気を悪くなさらないでもらいたいんですけど、こういった仕事に経験はあるんですの？」

「それほどは。こういう類《たぐ》いの問題がアーケイン・ハウスで起こることはあまりないからね。私は学者であり、訓練を積んだ研究者だ。探偵ではない」

ヴェネシアはため息をついた。「そうですか」

彼女とまたこうしていっしょにいられるのはこの上なくすばらしいことだとゲイブリエルは思った。彼女はここ数カ月、夢見ていた以上に刺激的で魅力的だった。しゃれたデザインの黒いドレスは、きっと相手を寄せつけない防壁として着ているのだろうが、彼の目にはびっくりするほど官能的に見えた。

ドレスの小さなボディスは優美な胸元を囲むように襟ぐりが四角く開いている。ぴったりとした胴のおかげでうっとりするようななめらかな腰や尻の曲線が強調されている。スカートは一部ピンで留めて持ち上げられ、ちらりとすねが見えるようになっていた。スカートの優雅なふくらみは少しばかり挑発的と言ってもいいぐらいだ。

写真家の敏感さを持ってしても、ありがたいことにヴェネシアは、夜の色の装いをした自分が魅惑的に男を挑発しているとは気づいていなかった。

彼女の女らしい頑固さや決断力に興をそがれる男もいるかもしれないとゲイブリエルは思った。しかし、そうした性格は形のよい細い足首と同じだけ彼を興奮させた。

「泥棒探しはどのぐらいまで進んでいるんですの？」とヴェネシアは訊いた。

それについてこちらの能力を疑っているのは明らかだなとゲイブリエルは思った。

「残念ながら、泥棒がアーケイン・ハウスから金庫を盗もうとした晩とあまり変わらない」とゲイブリエルは認めた。

ヴェネシアはつかのま目を閉じた。「そうじゃないかと思ったわ」

「ここ三カ月のあいだ、いとこと私は、金庫を盗ませようとしたのはうまく身元を隠したアーケイン・ソサエティの会員ではないかという推理のもとに捜査を行ってきた。しかし、その基本的な推理さえ疑わしいと思うようになった。残念ながら、ソサエティの会員以外がかかわっているとなると、容疑者の数はさらに増えることになる」

「それほど多いはずはないわ。あなたの祖先の錬金術師のことを知っている人がそれほど多いとは思えませんもの。錬金術師の研究室が見つかって発掘された事実はもちろん。二百年前の古い手帳に多少なりとも興味を抱く人というとさらに少ないはずだわ」

「きみの言うとおりであることを祈るしかないよ」ゲイブリエルは彼女に状況の深刻さをわかってもらいたいと思いながらじっと目を合わせた。「ヴェネシア、正直に言うが、きみがこの問題にかかわってしまったことは私にとってまったくありがたくないことだった」

「わたし自身、そのことで大喜びしているわけではないわ。お気づきでしょうけど、わたしには仕事があるんです、ミスター・ジョーンズ。錬金術やら、殺人やら、墓場から生き返ってくるようなひどく趣味の悪い夫やら、そんなスキャンダルに巻きこまれている暇はないんです。仕事がだめになる可能性もあるわ。だめになったら、家族もおしまいです。わたしの言う意味がわかります？」

「ああ。この問題に片がつくまで、きみの評判を守るために全力を尽くすと誓うよ。ただ、私にこの家から出ていけとは言わないでくれ。あまりに危険だからね」

「いったいどうして危険なんです？」ヴェネシアは苛立ちもあらわに訊いた。

「きみがゲイブリエル・ジョーンズの未亡人として社交界に登場したからだ」

「あなたがあの記者と話などしなければ――」

「ヴェネシア、わたしがあの記者と話をしたのは、急いで行動を起こす必要があったからだ。きみがしたことを知って、きみを守るためにすぐに行動を起こす以外に選択肢がなかったんだ」

「守るって誰から？」とヴェネシアが訊いた。

「手帳を盗み、金庫を盗もうとした人間さ」

「どうしてその悪人がわたしに関心を持つんです？」

「なぜなら」ゲイブリエルは慎重にことばを選びながら答えた。「そいつがきみの存在に気づいて、私とのつながりを知ったら、おそらくはすべてが見かけどおりではないと疑うからだ。まだ自分が狩られているかもしれないと勘繰るようになるのはまちがいない」

ヴェネシアの優美な眉と眉が寄った。「狩られる？　妙なことばを使うんですね」

ゲイブリエルは自分の顎《あご》がこわばるのを感じた。「ことばはどうでもいい。問題は遅かれ早かれ、そいつがきみに注意を向けるだろうということだ。そうなるのも時間の問題だろう。手がかりが多すぎる」

「その人がわたしをどうするっていうんです？　わたしはただの写真家だわ」

「アーケイン・ハウスの収集品を記録におさめた写真家だ」ゲイブリエルは意味ありげに言

った。「私と結婚していると主張している写真家だ」

ヴェネシアは目をみはった。「まだよくわからないわ」

いや、わかりつつあるはずだとゲイブリエルは思った。目にそれが現れている。

「そいつはなんらかの理由で金庫をほしがっている」ゲイブリエルはつづけた。「アーケイン・ハウスから盗み出そうという試みが失敗に終わって、今はそれがグレイト・ヴォールトにおさめられているだろうとわかっている。もう手出しはできないと悟っているはずだ。しかし、金庫の写真が存在するかもしれないということもわかっている」

ヴェネシアは咳払いをした。「そうですか」

「きみが収集品の写真を撮った写真家だと推理したら、きっとネガを持っているにちがいないと思うはずだ。きみも前に指摘したように、写真家のほとんどは撮った写真のネガを手元に置いておくものだからね」

「なんてこと」

「きみの身が危険にさらされているかもしれない理由がわかったかい、ミセス・ジョーンズ？」

「ええ」ヴェネシアはペンをきつく握りしめた。「でも、それで、どうしようというんです？」

「私の懸念どおり、その悪党がきみを監視することにしたならば、きみのまわりをうろついて、ほんとうにきみが私の未亡人なのか、それともまだ私が生きているのか、たしかめようとするだろう」

「どうしてそれがわかるの？」

「私だったらそうするからさ」

ヴェネシアは目を見開いた。

その驚愕の表情をゲイブリエルは無視した。「とにかく、私の推理が正しければ、その悪党がこれ以上悪さをしないうちに身元をつきとめることができるはずだ」

「何をするつもりなんです？　家の正面と裏の出入口に警備の人間を置くとか？　肖像写真を撮りたいとやってくるすべてのお客さんを尋問するの？　冗談じゃないわ。そんなことをしたら、とんでもなく悪い噂や憶測が広がります。そういった悪評を頂戴することはできません」

「もっと人目につかない方法をとるさ」

「ご自分の驚くべき生還をおおやけにし、妻と再会するのが待ちきれないと新聞社の人間に熱っぽく語るのが人目につかないやり方なんですの？」

「今のこの状況を引き起こしたのがきみだということを忘れないでほしいね」

「あら、わたしのせいにしないでいただきたいわ。あなたがご自分の死を偽ったこと、わたしに知りようがあって？」ヴェネシアは机をはさんで彼と対決するように立ち上がった。

「じつは生きていて元気でいると、手紙や電報で知らせてくださることもしなかったじゃない」

ヴェネシアが怒り狂っていることにゲイブリエルは気がついた。

「ヴェネシア」

「あの新聞を読んで、あなたが亡くなったと知ったときのわたしの気持ちがおわかりになって？」

「この問題にきみを巻きこみたくなかったんだ」ゲイブリエルはひるまない口調で言った。「きみに連絡しなかったのは、そのほうがきみの身が安全だと思ったからだ」

ヴェネシアは肩を怒らせた。「ずいぶんとお粗末な言い訳だこと」

ゲイブリエルも苛立ちを感じはじめた。「アーケイン・ハウスでともに過ごした晩のことは誰にも知られたくないと言い出したのはきみじゃないか。たしかきみは、ちょっとした情事を持って、あとは忘れてしまうつもりでいた」

ヴェネシアは口を引き結び、椅子に腰を戻した。「こんなのおかしいわ。あなたが生きているということについて言い争っているなんて信じられない」

ゲイブリエルは彼女の気分が変化したことに気づいてためらった。「きみがショックを受けているのはわかる」

ヴェネシアは手を組み合わせて彼に目を向けた。「わたしにどうしてほしいのか、はっきり言ってくださらない、ミスター・ジョーンズ？」

「きみ自身が作り出した役割をそのまま演じてほしい。私を夫として世間に紹介してくれ」

ヴェネシアは答えなかった。おかしくなったのかとでも言いたそうな目で、ただじっと彼を見つめた。

「単純明快な計画さ」ゲイブリエルは請け合った。「何もむずかしいことはない。私が驚くべき生還をはたしたことはすでに新聞に載っている。きみはそれに同調してくれればいい。きみの夫として、私はきみを守るだけでなく、きみの身辺をうろつくであろう悪党をつかまえるための絶好の立場を手に入れるというわけだ」

「何もむずかしいことはないですって」彼女は顔をしかめた。「教えてもらいたいんですけど、夫が死んだと世間を納得させるのに大変な思いをした人間が、今度は生きている夫を持つ振りをするなんて、いったいどうしたらそんなことができるんです？」

「ごく簡単なことだ。私はここできみときみの家族といっしょに暮らすつもりだ。われわれの関係について誰も疑念を抱いたりしないさ」

ヴェネシアは目をぱちくりさせた。「この家に移ってくるおつもりなの？」

「信じられないかもしれないが、夫に別居するようきみが求めたとしたら、そのことを尋常ならざる驚くべきことと思う人もいるはずだ」

ヴェネシアは頬を赤らめた。「ええ、でも、こういう状況ではほかにしようがないですもの。ここに住んでもらうわけにはいかないわ」

「分別をきかせるんだ、ミセス・ジョーンズ。きみにだってわかっているはずだ。男にとって家庭とは城だとかそういったことをね。きみが私をほかの場所に住まわせたりしたら、社交界はびっくり仰天するだろうよ」

「この家は城とはとても言えないわ」ヴェネシアは言った。「それどころか、今でも人口密度が高いぐらいよ。空いている部屋なんてありません」

「使用人は？　使用人はどこで寝起きしているんだ？」

「使用人は家政婦のミセス・トレンチだけよ。キッチンの隣の小部屋を使っているわ。その部屋を明け渡せなんて言えない。その場で辞めるって言われるでしょうから。いい家政婦を見つけるのがどれほど大変か、ご存じ？」

「私が寝起きする場所はきっとあるさ。大丈夫、私はそれほどうるさい人間じゃないからね。これまで外国を旅してまわることも多かった。粗末な寝床には慣れている」

ヴェネシアはとても長いあいだじっと彼を見つめていた。

「そう、使っていない部屋がひとつだけあるわ」しばらくしてようやく口を開いた。

「その部屋で結構だ」ゲイブリエルはドアのほうを振り返った。「さて、ご家族の方々に紹介してもらったほうがよさそうだな。きっと玄関ホールで待っているだろうから。ここで何が起こっているのか心配しているはずだ」

ヴェネシアは眉をひそめた。「どうして玄関ホールにいるとわかったの？　まあ、いいわ」

そう言って立ち上がり、机をまわりこんでドアへ向かった。ヴェネシアがドアを開けると、ゲイブリエルの目に不安そうに寄せ集まった顔が見えた。家政婦、未婚の叔母といった見かけの年輩の女性、十六歳ぐらいのかわいらしい少女、九つか十ほどの少年。

「こちら、ミスター・ジョーンズよ」ヴェネシアが紹介した。「しばらくここに滞在することになったの」

　ホールにいた面々はそれぞれ驚愕や好奇心をあらわにした顔でゲイブリエルをじっと見つめた。

「こちらは叔母のミス・ソーヤー」ヴェネシアは紹介しはじめた。「妹のアメリア、弟のエドワード、それに、家政婦のミセス・トレンチ」

「ご機嫌よう、ご婦人方」と言ってゲイブリエルは丁寧にお辞儀した。それから、両手で刃の鋭い包丁の柄を握りしめているエドワードのほうに笑みを向けた。「ああ、それに、ご立派な若者も」

9

「あの人を屋根裏部屋に住まわせることにしたですって?」アメリアが修整用の道具が載ったトレイを下に置いた。「でも、旦那様じゃないの」

「とんでもない誤解があるようね」ヴェネシアはイタリア風庭園を描いた背景画を支える大きな金属製のスタンドをつかんだ。「ミスター・ジョーンズはわたしの夫じゃないわ」

「ええ、もちろん、それはわかってる」アメリアが苛立った口調で言った。「問題は、世間の人たちがあなたの旦那様だと信じてるってことよ」

「そういう状況になったのは――」ヴェネシアは背景画を椅子の後ろに運びながら言った。

「わたしのせいじゃないわ」

「あたしに言わせれば、それは考え方の問題ね」アメリアはたくさんある小道具を整理しはじめた。「あなたがミスター・ジョーンズを屋根裏部屋に押しこめていると近所の人に知られたら、どう思われるかしら?」

「まるでわたしに選択の余地があったみたいに言うわね」ヴェネシアは背景画を支えるスタンドから手を離し、後ろに下がってできばえをたしかめた。「自分の寝室を明け渡してわたしが屋根裏に移るなんてことは絶対にないわ。あなたやエドワードやベアトリス叔母様に階《う》上《え》に移ってもらうつもりもないし。そんなの正しいこととは思えないもの」

「いずれにしても、ミスター・ジョーンズだってあたしたちの誰かに不便な思いをさせてもいいとは思っていないはずだしね」とアメリアは言い、小道具のなかからイタリア風の花瓶を選んだ。「とても紳士らしい人だもの」

「自分にとって都合のいいときにはね」ヴェネシアが陰険な口調でつぶやいた。

ヴェネシアはまだ、ゲイブリエルが生きていると知って最初に感じた喜びのあとに心を占めた怒りと、押しつぶされそうになるほどの幻滅を振り払えないでいた。彼が自分のところへ戻ってきたのは、自分といっしょにいたいからではないと気づくのに長くはかからなかった。ああ、いやだ。彼女は胸の内でつぶやいた。あの朝、彼が家を訪ねてきたのは、泥棒をつかまえる計画にわたしが干渉してきたと思ったからだ。

ゲイブリエルに関するかぎり、今回のふたりの関係は完全に事務的なものであり、戦略上必要なものにすぎない。それを忘れないようにしなくては。もう二度と傷心の思いを味わわされたりはしない。

アメリアが考えこむような口調になった。「あなたの旦那様が屋根裏部屋で暮らしていることを近所の人に知られることはないかもしれないわね。彼らが家のなかを見てまわることはまずないでしょうから」

「あたりまえよ」ヴェネシアはスタジオを横切り、三脚の上に設置したカメラのところへ向かった。そして、レンズを通して見える情景をたしかめた。

ベアトリスの画家としての才能のおかげで、イタリア風庭園の背景画は驚くほど本物らしかった。ヘルメスの古風な彫像からローマの寺院の優美な廃墟にいたるまで。花瓶をちょっと足すぐらいで、思ったとおりの情景が完成するはずだ。

サットン・レーンから歩ける距離にあるギャラリーの賃料は、住まいとしている家よりも高額だった。しゃれた店が建ち並ぶ通りにあったからだ。ヴェネシアも家族もそれだけの賃料を払う価値がある場所だと思っていた。世間にスタイリッシュなイメージを与えるためには、そうした場所にあるということが必要不可欠だったのだ。

ヴェネシアたちが選んだその建物は、かつては小ぢんまりとした優美な二階建てのタウンハウスだった。家の持ち主はそれをふたつの店用の建物に造りかえていた。別の入口からはいる二階は今のところ空家となっている。

ヴェネシアとベアトリスとアメリアは一階の正面の部屋を写真販売用のギャラリーにしていた。壁にはヴェネシアの写真が飾られ、展示を見た顧客が写真を買えるようになっている。

そのほかの部分は暗室や倉庫や顧客の更衣室に使っていた。

スタジオそのものはもともとは小さな温室だった。ガラスの壁や屋根のおかげで、天気のよい日には自然光をたっぷりとり入れることができた。霧の日やくもりの日に肖像写真を撮る必要に迫られたときには、ガスランプやマグネシウムの炎といった弱い光を最大限利用した。

最近新たに登場した電気の明かりを試すために、小さなガス燃料式の発電機を買い入れることも考えた。しかし、これまでのところ、小さな電球がもたらす弱々しい光にはまったくもって感心できなかった。おまけにそれは高くついた。

ともあれ、ヴェネシアはガラスの壁の部屋のある小さな家を見つけられたことをきわめて幸運だと思っていた。同業者の多くは居間や応接室やその他の明かりのとぼしい部屋を改造した暗いスタジオで撮影することを余儀なくされ、天気の悪い日にはまったく仕事ができなかった。

困りきって、マグネシウムにほかの物質をまぜた爆薬を使う写真家も多数現れた。しかし、純粋なマグネシウムならば、一定の時間同じように燃やすことができたが、爆薬の混合物は予測がつかず、危険だった。写真雑誌には日常的に、そうした爆薬の使用による家屋の破壊や死傷者の記事が載っていた。

温室の自然光を調整するために、ヴェネシアとアメリアとベアトリスはひもと滑車を使った複雑なしくみの暗幕装置を編み出していた。さまざまな色の布で覆われたいくつかの大きなパラソル型の装置と種々の背景画が、光を拡散させるのに一役買っていた。鏡と磨きこまれたたくさんの反射板も、芸術的におもしろい効果を生み出した。

その日は肖像写真の予約がふたつはいっていた。どちらの顧客も、ヴェネシアの仕事に満足したチルコット夫人という顧客から紹介を受けた裕福なご婦人たちだった。その朝、動転するような出来事があったにもかかわらず、ヴェネシアは顧客を満足させる仕事をしようと意を決していた。流行の写真家という評判が急速に高まりつつある今、将来の仕事をたしかなものにするには、社交界で広い人脈を持つ人に紹介されるのが一番だ。

「ご婦人方の更衣室は準備できた？」とヴェネシアが訊いた。

「ええ」アメリアは花瓶を持ってスタジオを横切り、それを椅子の脇に置いた。「モードが今朝掃除してくれたわ」

婦人用更衣室にはかなりの出費を余儀なくされたが、大理石のテーブルやヴェルヴェットのカーテン、カーペットや鏡は備えただけの価値があった。新たな顧客のなかには、高価なものの置かれた小さな部屋でゴシップを交わしたいがために肖像写真を撮る予約を入れる人もいるからだ。

「ミスター・ジョーンズが探しているその泥棒が見つかるまでどのぐらいかかるかしら」とアメリアが思案顔で言った。

「自力でどうにかしようと思っているなら、永遠にかかるかもしれないわね」ヴェネシアは答えた。「この手のことにはほとんど経験がないって認めてたもの。おまけにこれまでのところ、幸運にも恵まれていないって言ってたし。もう三カ月も探しているのによ。どうやらわたしが手を貸すしかないようだわ」

アメリアははっと顔を上げた。「泥棒を探すのに手を貸すつもりでいるの？」

「ええ」ヴェネシアは三脚をほんの少し直した。「手を貸さなかったら、いつまでも出ていってもらえないでしょうから。永遠に屋根裏に住まわせるわけにはいかないわ」

「ミスター・ジョーンズはその危険な人物を見つけるにあたって、あなたが手助けしようと思っていることは知っているの？」

「まだ話していないわ」ヴェネシアは言った。「今日はいろいろあって、その問題についてじっくり話し合う機会がなかったから。今日の夜、写真展が終わってから話してみる。あの人、写真展にいっしょに行くって言ってきかないの」

アメリアは姉を見つめた。「ふうん」

「今度は何？」

「正直、ミスター・ジョーンズとは知り合ったばかりだけど――」アメリアは言った。「助言されたり指図されたりするのはあまり好きじゃない人って気がする」

「だとしたら、最悪ね」ヴェネシアはパラソルのひとつを正しい位置に動かした。「この家に住むと決めたのは彼自身よ。わたしたちといっしょに暮らしたいと思うなら、わたしの意見にも耳を貸さざるをえないんだから」

「今晩の写真展と言えば――」アメリアが言った。「大勢の人が集まるはずよ。みんな死んだはずのミスター・ジョーンズが奇跡的に生還したことに興味津々だもの」

「そんなのよくわかってるわよ」とヴェネシアは答えた。

「ドレスはどうするの？　未亡人ということになっていたから、持っている衣装はみんな黒ばかりじゃない。ほかの色のおしゃれなドレスがないわ」

「今晩着ようと前から決めていたドレスを着るわ」ヴェネシアはまたパラソルをわずかに動かした。「襟元に黒いサテンのバラのついた黒いドレスよ」

「ようやく夫が戻ってきて屋根裏に住まいを定めたっていうのに、夫人はまだ黒を着つづけるっていうの？」アメリアは首を振った。「あたしに言わせれば、ずいぶんと妙なことね」

「ミスター・ジョーンズ自身、かなり妙な人じゃない」とヴェネシアは応じた。

アメリアは訳知り顔の笑みを浮かべてヴェネシアを驚かせた。「お姉様、あなたのふつうじゃない能力を知ったら、あなたのことをとても奇妙だと思う人もきっといるわよ」

ヴェネシアは最後にもう一度三脚を引っ張った。「少なくとも、わたしには上品な人たちから自分の奇妙なところを隠しておくだけの慎みもお行儀もあるもの」

10

「悪くとらないでいただきたいんですけど」家の最上階へ昇る長い階段のせいで少しばかり息を切らしながら、トレンチ夫人はドアを開けた。「ミセス・ジョーンズがこのひどい部屋をあなたにあてがったのは、ただ、われを失っているからなんです。正気をとり戻したら、きっと気が変わりますわ」

「それは興味深い意見だね、ミセス・トレンチ」ゲイブリエルは言った。エドワードの手を借りて、旅行用のトランクのひとつを荷物でいっぱいの狭いスペースに押しこもうとしているところだった。「少し前に書斎でミセス・ジョーンズと話をしたときには、覚えているのと寸分たがわず、非常におちついた女性だったよ」そう言って重いトランクのもう一方の端を持っているエドワードに目を向けた。「ここに下ろそう」

「ええ」とエドワードは答え、トランクの自分が持っているほうの端を慎重に床に下ろした。男らしい仕事に手を貸してくれと言われたことがうれしくてたまらないのが傍目《はため》にも明らかだった。

　トレンチ夫人はたったひとつしかない窓の色褪《いろあ》せたカーテンを開けた。「きっとミセス・ジョーンズはあなたがお帰りになったことで気が動転してしまったんですよ。わたしが聞いた話では、結婚したばかりの新婚旅行のときに、あなたを奪われてしまったということでしたから。そういったことは、繊細な心を持ったご婦人には多大な影響を与えるものです。慣れるのに時間をあげてくださいな」

「その助言はありがたく聞いておくよ、ミセス・トレンチ」ゲイブリエルは手のほこりをはたいてエドワードにうなずいてみせた。「手を貸してくれてありがとう」

「どういたしまして」エドワードははにかんだ笑みを浮かべた。「屋根裏で暮らすのに心配はいりません。クモの巣もなければ、ネズミもいませんから。ときどき雨の日にここに上がって遊ぶから知ってるんです」

「そう聞いてほっとしたよ」ゲイブリエルは長い灰色の外套《がいとう》を釘にかけた。

　トレンチ夫人は鼻を鳴らした。「もちろん、クモの巣やネズミの心配なんてありませんよ。わたしがこの家の掃除を受け持っているかぎりは」

「あなたには何よりの信頼を置いているよ、ミセス・トレンチ」とゲイブリエルは言った。

「恐れ入ります」トレンチ夫人は労働のせいで皺の寄った大きな手を腰にあて、狭いベッドを見まわした。それからゲイブリエルに目を向け、値踏みするように爪先から頭のてっぺんまで眺めまわした。「これはどうですかね」

「何がどうなんだい、ミセス・トレンチ」

「ベッドがあなたには小さすぎるんですよ。寝心地がよくないでしょうに」

「しばらくは我慢するさ、ミセス・トレンチ」

彼女は不満そうにため息をついた。「前の住人なら、この部屋に家政婦を置いたんじゃないかしら。家長がここに住むなんて正しいことじゃないですよ」

「ぼくはこの部屋好きだけどな」エドワードは窓のところへ行き、ガラス越しに見える屋根の連なりを手を振って示した。「ここからは公園までずっと見晴らせるんです。風の強い日には空にたこもたくさん飛んでるし。ときどき夜に花火も見えますよ」

ゲイブリエルは両手を広げてトレンチ夫人にほほえみかけた。「あなたのおかげでこの部屋は非常にすばらしい状態だ、ミセス・トレンチ。家全体のなかでもっともよい部屋だよ」

トレンチ夫人は首を振った。「まったくふさわしくありませんよ。でも、それについてはどうしようもないですから、しばらく愚痴は言わないでおきましょう。さて、朝食は八時きっかりに出されます。ミセス・ジョーンズがギャラリーでのお仕事を早くはじめられるように。朝の光が仕事にいいそうです。夜は七時に夕食です。エドワード様がごいっしょに食卓につけるように。それでかまいませんか？」

「それでいいよ、ミセス・トレンチ」食事の時間のような基本的な家庭の決まりを変えようとしたらヴェネシアがどういう反応を見せるか、考えてみるまでもなかった。

「かしこまりました」トレンチ夫人はドアへ向かった。「ご用がありましたらお知らせください」

「ありがとう、ミセス・トレンチ」

家政婦はゲイブリエルとエドワードを残して部屋を出ていった。

ドアが閉まると、エドワードが静かに言った。「あなたがほんとうは義理の兄さんではないことはわかってます。ヴェネシアがすべて話してくれましたから」

「そうかい？」

エドワードは急いでうなずいた。「あなたがここにいるあいだ、ごっこ遊びをすることになるって言ってます」

「きみはいやかい？」

「いいえ、全然」エドワードは答えた。「本物のあなたがここにいるのはおもしろいはずだから」

「本物？」

「ええ。だって、あなたが亡くなったって話をこしらえるのに協力していたら、今度はあなたがじっさいここに来たわけでしょう。作り話がほんとうになったかのように」

「きみの言いたいことはわかる気がするよ」ゲイブリエルはしゃがみこんでトランクの鍵をはずした。「作り話のどの部分がきみの創作なんだ？」

「未開の西部で崖から落ちて、荒れ狂う川に呑みこまれたって部分を少し」エドワードは自慢するように肩をそびやかして答えた。「その部分は気に入ってもらえましたか？」

「なんとも言えずうまく作ったな」

「ありがとう。ヴェネシアは列車強盗に遭って無法者の集団に銃で撃たれて死んだことにしたいって言ったんです」

「それも悪くないね。なあ、私は弾丸が空になるまで銃を撃って応戦し、未開の西部の真の英雄として死んだってわけだろう?」

エドワードは顔をしかめた。「あなたが銃を持っていたとは言ってなかったな」

「彼女が武器も持たせずに私を無法者たちに立ち向かわせたというのかい?」ゲイブリエルはトランクを開けた。「そうだとしたら、私に絶対に生き延びてほしくなかったにちがいないな」

「ぼくはすばらしい話だと思ったんだけど、ベアトリス叔母さんが上品な人たちに聞かせるにはあまりに残酷だって言うもので。だからヴェネシアはあなたが野生の馬の群れに踏み殺されたことにしようと思いついたんです」

「そいつはきわめて不愉快な末路だな。そういう運命におちいらなくてすんだのはどうしてだい?」とゲイブリエルは訊いた。

「アメリアが、ふたりは新婚旅行に行ったんだから、もっとロマンティックな死に方を考えるべきだって言ったんです」

「それで、崖から落ちた話を思いついたわけか?」

「ええ。気に入ってもらってうれしいな」

「ほんとうによかったよ」ゲイブリエルはトランクに手をつっこみ、ひげ剃《そ》り道具のはいった革の袋をとり出した。「無法者に銃で撃たれたり、野生の馬に踏みつぶされたりしたんだとしたら、今こうして家にいることを説明するのがもっとむずかしかっただろうからね」

エドワードはトランクの中身を見ようと近づいてきた。「そうなったとしても、きっと何か言い訳を思いついたはずです。いつもそうですから」

ゲイブリエルは立ち上がってひげ剃り道具を洗面台の上に置いた。それから振り返ってエドワードをじっと見つめた。

どれほどどかしこいとしても、幼い男の子にとって姉が未亡人だという嘘をつきつづけるのはやさしいことではなかったはずだ。

「ごっこ遊びはずいぶんと得意みたいだね」とゲイブリエルは言った。

「ええ」

「どうやったらうまくできるのか、こつを教えてくれてもいいな」

「もちろんです」エドワードはトランクの中身をしげしげと見ていた目を上げた。「でも、ときどきむずかしいこともあります。ほかの人がそばにいるときにはうんと気をつけなくちゃならないから。とくにミセス・トレンチにはね。彼女はぼくたちの秘密を知らないはずなんです」

経験から言って、家族の秘密を使用人から隠しておくのはふつう不可能だ。ゲイブリエルは胸の内でつぶやいた。ヴェネシアと家族が三カ月ものあいだロンドンで暮らしながら、秘密を守っていたのは驚くべきことだった。とはいえ、永遠に秘密にしておくことはできなかっただろうが。

「私もうんと気をつけるよ」ゲイブリエルは約束した。

それからまたトランクに手をつっこみ、きちんとたたまれたシャツの束をとり出した。低く斜めになった天井に頭をぶつけないように身をかがめながら、彼はシャツを古びた衣装ダンスにしまった。

エドワードは魅入られたようにその一挙一動を見守っていた。「いつかあなたがあまり忙しくないときに、公園に行ってたこ揚げをしてもいいな」

ゲイブリエルは少年に目を向けた。「なんだって？」

「男の子と義理の兄っていうのはそういうことをするものでしょう？」エドワードは不安そうな顔になった。

ゲイブリエルは斜めになった天井に片手をついた。「最後に公園に行ったのはいつだい？」

「ベアトリス叔母さんやヴェネシアやアメリアとたまに行くんですけど、たこ揚げをしたことはないんです。一度ほかの子たちにいっしょに遊ばないかと誘われたんだけど、ベアトリス叔母さんがだめだって言って」

「どうしてだめなんだ？」

「ほかの人とあんまり話をしちゃいけないからです。とくにほかの子とは」エドワードはしかめ面をしてみせた。「ぼくが約束を忘れて誰かに秘密を話してしまうんじゃないかってみんな不安に思っているから」

秘密ということばを口に出すたびに、エドワードは複数形を使った。いったいこの少年はいくつの秘密を守っているんだ？

「何カ月も姉さんが未亡人だって振りをするのは大変だったろうね」とゲイブリエルが言った。

「エドワード様？」屋根裏に昇る階段の下からトレンチ夫人の声が聞こえてきた。「ミスター・ジョーンズのお邪魔をしてはいけないと叔母様からことづてですよ。キッチンへ降りていらっしゃい。プラムタルトを切り分けてさしあげますから」

エドワードは目をむいたが、いやいやながら言われたとおりにドアへ向かった。ドアのところまで来ると、足を止めてゲイブリエルのほうを振り向いた。

「ほんとうを言えば、ヴェネシアが未亡人だって振りをするのはそれほど大変じゃなかったんです」彼は言った。「毎日、黒い服ばかり着ているから」

ゲイブリエルはうなずいた。「彼女の衣装を見れば、日々それを思い出せたというのはわかるね」

「みんなが一番心配しているのはもうひとつの秘密のほうだと思うんです」エドワードが言った。「父に関する秘密です」

そう言って踵《きびす》を返すと、ドアから姿を消した。

ゲイブリエルはネクタイを手にしばらくその場に立ち、階段を降りていくエドワードの足音に耳を澄ました。

まったく、秘密の多い家だな。しかし、秘密のない家などあるのだろうか？

11

魚がまた二匹死んでいた。

ガスランプの明かりを受けて、くすんだ銀色に輝く青白い腹を見せ、水面に浮かんでいる。

新しい水槽は以前の水槽に比べて巨大だった。三つのバスタブを横に並べたほどの大きさと深さのある水槽は、木とガラスでできており、頑丈な金属の縁で補強されていた。水槽の正面は一面ガラスになっていた。水のなかには水草の森が据えられ、食う者食われる者双方に栄養と自然の隠れ場所を提供している。

殺人者は網を手にとり、死んだ魚をすくい上げた。病気なのか、ほかの自然要因によるものかたしかめるために、死体を調べることは必要だろうが、見た感じでは、新しい水草が充分な酸素を提供していないせいらしかった。ここ二日で水槽の半分の魚が死んでいた。自然の法ダーウィンの世界の縮小版を作ることは、想像していた以上にむずかしかった。

則は、頭のなかで考えているときには、まばゆいばかりに明確で単純に思えたのに、じっさいに試してみると、さまざまなむらがあった。現実の世界では、気温や気候、病気、食べ物、偶発的な出来事すらも考慮に入れなければならなかったのだ。

しかし、むらがあっても、自然の法則そのものは不変だった。他を圧するもっとも偉大な法則は、適応能力の一番高いもののみが生き残るということだ。

殺人者はその明々白々な結論に特別な満足を覚えていた。適応能力の一番高いもののみが、生き残り、繁殖する資格を有する。

もちろん、自然は獲物にも多少の身を守るすべを与えてやっている。つまるところ、バランスを維持するのに必要だからだ。食われる者がいなくなったら、食う者はどこへ行けばいい？

しかし、自然の無慈悲で過酷な力によって、どの集団が支配する側に置かれているかは疑う余地がなかった。

自然によって、食う者と食われる者が決められているというのは非常に愉快なことだった。強者が弱者を支配し、思いどおりに動かす権利を持ち、その責任と運命を負っていることは自明の理だった。あわれみや慈悲をかけるのは自然の法則を否定することだ。

適応能力の高い者は、身に備わった強さを次に受け継ぐ義務もある。自分にぴったりの相手——同様に優秀な能力を持つメス——を見つけることが必要不可欠となる。

最初に選んだ相手にはがっかりだった。殺人者は思い返した。しかし、ほかにもっとふさわしい相手がきっと見つかるはずだ。自分の子供の母親にしたいと思えるほど、独自の能力を身に備えている女が。

アーケイン・ソサエティが昔から守ってきた伝統は社交界でも有名だった。ゲイブリエル・ジョーンズが写真家のようなつまらない女——金もコネもない女——を選ぶはずはない。その女が強力な超能力を持っているとすれば別だが。

殺人者は死んだ魚を実験台の上に置き、ナイフに手を伸ばした。

神経も感情も持たない冷酷な目が、部屋の一方の壁際に並べられた、シダをつめたガラスのケースのなかから殺人者を見つめていた。

昆虫や爬虫類や水生動物の世界は、自然淘汰の大いなる力の究極の例を、もっとも純粋な形で示してくれる。そこには人間の世界にあるような、情緒も感情も家族の絆《きずな》も情熱も政治もない。生というものがもっとも基本的な原則に基づいている。殺すか殺されるか。

殺人者は魚にとりかかった。実験に失敗するのはいつも腹立たしいことだが、興味をひかれないものでもない。

12

「クリストファー・ファーリーは今夜、あなたの恩恵を大いに受けましたね、ミスター・ジョーンズ」アダム・ハロウは手袋をはめた手をゆったりと動かし、グラスのシャンパンをまわした。「そう、あなたがいらっしゃらなくても、奥さんのすばらしい写真のおかげで成功をおさめたのはまちがいないでしょうが、それでも、あなたが驚くべき帰還をはたしたという知らせがあったせいで、入場者の数が大幅に増えたのはたしかだと思いますよ」

ゲイブリエルはしげしげと見ていた額入りの写真から目を離し、隣に寄ってきた優美だが覇気のないやせた男に目を向けた。

展示場に到着してまもなく、ヴェネシアにハロウを紹介されたのだった。それからヴェネシアは同業者や写真好きや興味本位で見物に来た客が入り混じったグループに連れ去られた。今は部屋の反対側で客たちに愛想を振りまいている。ゲイブリエルはすぐに、今夜はひとりでいることになりそうだと気づいた。展示会は表面上は社交の集まりだが、写真芸術について熱く語ったり、最近のゴシップを交換したりする裏で、妻は仕事をはたさなければならないのだ。

幸い、ハロウはいっしょにいておもしろい相手だった。声も低く上品で、クラブや愛人から芸術やワインにいたるまで、すべて最高のものに慣れている紳士として、クールで魅力的な雰囲気をかもし出している。ズボンとウィングカラーのシャツは最新流行のスタイルだった。明るい茶色の髪を額から後ろに撫でつけ、ポマードを適量つけてつやを出している。

ハロウの顔立ちは優美と言ってもいいほど整っていた。バーン＝ジョーンズの絵に描かれたきわめてハンサムな騎士のひとりを思い起こさせる顔立ちだ。画家の名前を思い出したことで、ゲイブリエルはジョーンズという名前がいかにありふれたものであるか、また思い知らされた。ヴェネシアがロンドンにもうひとりジョーンズがいても誰も気がつかないだろうと思ったとしても不思議はない。

「ファーリーというのはこの展示会の主催者ですね？」ゲイブリエルは訊いた。

「ええ」ハロウはシャンパンをひと口飲み、グラスを下ろした。「かなりの資産を持つ紳士で、写真家の世界ではパトロンのような存在になってきています。写真家としてデビューしたばかりの人間を気前よく援助してくれる人物として知られていましてね。自分で装置や薬品を買う余裕のない写真家のために、この建物のなかに設備の整った暗室まで用意しているほどです」

「なるほど」

「ファーリーは写真というものを真の芸術としてとらえるべきという考えの大きな後ろ盾となってきました」ハロウは細い眉を上げた。「残念ながら、そうした考えにはまだ論議の余地ありとする人もいますが」

「今夜のこの混み具合を見れば、そうも思えませんが」とゲイブリエルは言った。

明るく照明された展示場は着飾った客でいっぱいだった。客たちは手にシャンパンやレモネードのグラスを持って展示場内を歩きまわり、壁にかけられた写真を熱心に鑑賞する振りをしていた。

展示会に出品された写真は、さまざまな写真家たちの作品で、賞を競い合うカテゴリー別に展示されていた。田園風景、肖像写真、ロンドンの歴史的建造物、芸術的にとらえたテムズ川。ヴェネシアは肖像写真と歴史的建造物の部にエントリーしていた。

ハロウは情報を集めるのに役に立ってくれるかもしれないとゲイブリエルは思った。盗人《ぬすっと》がヴェネシアの同業者の輪のなかにいるとしたら、今夜ここに来ていることもありうる。

「今夜ここに来ている人たちのことを多少教えていただけるとありがたい」ゲイブリエルは言った。「妻はずいぶん上流の方々と親しくしているようですが」

ハロウは探るような目でゲイブリエルをちらりと見たが、やがて肩をすくめた。「喜んで。もちろん、全員を知っているわけではありませんが、目立った方々をお教えすることはできますよ」ハロウは人目をひく中年の夫婦のほうへ顎をしゃくった。「ネザーハンプトン卿と夫人です。芸術の目利きと自認していらっしゃる。彼らが今夜ここにいらしたことで、この展示会の評判もかなり高まるでしょうな」

「なるほど」とゲイブリエルは言った。

ハロウはかすかな笑みを浮かべた。「ずっと昔、レディ・ネザーハンプトンは女優だったと言われています。今はネザーハンプトン卿夫人であるという事実を踏まえ、彼女の出自についてはみな都合よく忘れてしまっていますが」

「演技の才能があるというのは、きっと社交界を渡っていくのにすばらしく役に立つことでしょうね」

ハロウは笑った。「しかり。たしかに、仮面やみせかけの世界ですからね。そうでしょう？」それから別の女性を顎で示した。「部屋の向こう側にいるピンク色に着飾りすぎたご婦人はミセス・チルコットです。二年前にご主人が都合よく亡くなり、彼女に財産を遺しました。あなたの奥様の最初の顧客のひとりで、その後自分の友人も何人か紹介しています」

「紹介を受けたら、慇懃《いんぎん》な態度で接するように気をつけなければ」

ハロウは値踏みするような目で人ごみを見まわしていたが、ある一点でその目を留めた。

「あの杖を持った年輩の紳士がわかりますか？　いつ何時《なんどき》倒れるかしれないといった様子のご仁です。あれがアクランド卿です」

ゲイブリエルは白髪頭でふさふさとしたひげの腰の曲がった老人に目を移した。ずっと若く、人目をひく美貌の女といっしょにいる。杖に加え、さらなる支えが必要だとばかりに、アクランドはその若い女の腕をつかんでいる。ふたりは肖像写真の部に飾ってある写真を眺めていた。

「ああ、わかります」とゲイブリエルは言った。

「アクランド卿は何年も前に田舎に隠遁《いんとん》しました。跡継ぎを作らなかったので、財産はきっと遠い親戚に行くことになると思います」

「支えになっているあのきれいなご婦人が彼を説得して妻におさまれば話は別なのでは？」とゲイブリエルは訊いた。

「もちろん、そういうことも考えられます。アクランドは耄碌《もうろく》しかかっていて、健康状態もよくないが、今横にいるあのきれいなご婦人のおかげで、あの世へつづく扉から引っ張り戻されているともっぱらの評判ですから」

「医者がさじを投げた病人に対してすらも、美しいご婦人がどれほどの作用を及ぼすかは驚くほどですね」とゲイブリエルは言った。

「まさしく。そうした驚くべき治癒力を持ったあの女性はミセス・ロザリンド・フレミングです」

ハロウの声の調子が変わったことにゲイブリエルは気がついた。これまで声にこめられていたからかうような愉快な響きが消えていた。冷たくにべもない声になっている。

「ミスター・フレミングはどうされたと？」とゲイブリエルは訊いた。

「いい質問ですね」ハロウは答えた。「もちろん、あのご婦人は未亡人です」

ゲイブリエルは自分でも集まった人々に探るような目を向けていた。狩猟本能が獲物だけでなく、自分と同じ狩人をも探していたのだ。洗練された見かけの下に狩猟本能を隠している人間を。

「鉢植えのやしの木のそばにひとりで立っている男性は？」ゲイブリエルは訊いた。「気安い会話をたのしみにここへ来たわけではないようだが」

鉢植えのそばに立っている男は、部屋のなかでひとり遠く離れたちがう空間にいるように見えた。危険にさらされている者のみがそういう空間にはいりこむものだとゲイブリエルにはよくわかっていた。

ハロウはそちらにちらりと目を向けて少しばかり顔をしかめた。「あれはウィロウズです。彼についてはあまりお話しすることはありません。社交界に姿を現したのは数カ月前です。美術品とアンティークの収集家です。人とうちとけるタイプではないが、資産家であるのは明らかです。私的な美術館のために、ミセス・ジョーンズの写真も何枚か手に入れたはずですよ」

「既婚者ですか？」

「ちがいます」ハロウは答えた。「少なくとも、われわれの知るところでは」

ゲイブリエルはわれわれとは誰のことだろうと思ったが、それについては訊き返さないほうがいいと本能に命じられた。

そこでただ男の名前を記憶にとどめ、その男と同じように、どこか孤立し、危険をはらんだ雰囲気をかもし出している者はいないかと部屋を見まわした。

つづく何分かのあいだ、ハロウは人物評をつづけ、ゲイブリエルは心のリストにさらに三つ名前をつけ加えた。ヴェネシアの作品を収集しているとハロウが教えてくれた人物には特別な関心を払った。

「社交界の噂《うわさ》にずいぶんと詳しいようですね」ようやくひととおり説明を終えたハロウにゲイブリエルが言った。

「クラブで耳にする噂ですよ」ハロウはもうひと口シャンパンを飲んだ。「どういうものかはよくおわかりでしょう」

「しばらく街から離れていたもので」ゲイブリエルは言った。「世間にうとくなってしまったようです」

それは嘘ではないとゲイブリエルは胸の内でつぶやいた。世捨て人さながらの生活を送るジョーンズの一族はほぼ誰も社交界に興味がなかった。その事実は今、ゲイブリエルにとって有利に働いていた。というのも、社交界で知っている人間に遭遇する危険がほとんどなかったからだ。

「ああ、そうでしょうとも」ハロウは言った。「それに、事故のせいでひどい記憶喪失になってしまわれたんでしたね。そのせいでいっそう記憶が薄れてしまったのかもしれない」

ゲイブリエルはあれこれ質問しすぎたことに気がついた。ハロウは好奇心に駆られつつあった。よくない兆候だ。

「ええ」とゲイブリエルは言った。

「奥様がいたことを最初に思い出したのはいつなんです?」とハロウは訊いた。

「たしか、ある朝サンフランシスコのホテルで朝食をとっているときに、記憶が蘇ってきたんです」ゲイブリエルは急場しのぎの嘘をこしらえた。「突然、お茶を注いでくれるはずの妻がそばにいないと気がついて。妻がどこかにいるはずだという気がしました。妻とはぐれたんだろうかと思いはじめ、それから、目がくらむような感じで、瞬時に記憶が戻ってきたんです」

ハロウの眉が上がった。「ミセス・ジョーンズを忘れるなど、頭によほど強い打撃を受けたにちがいありませんね」

「まさしく」とゲイブリエルは応じた。「谷底に頭から落ちれば、そういうことにもなるでしょう、残念ながら」

そう言って部屋の反対側に目をやった。ヴェネシアが人に囲まれて立っている。その後ろの壁には、彼女の〝夢〟シリーズの最新作、〈夢見る少女〉が飾られていた。

その写真は、ひだの寄った薄手の白いドレスに身を包んで眠る少女の雰囲気のある肖像写真だった。ゲイブリエルはそれを先ほどじっくり眺め、モデルがアメリアであることに気がついていた。写真の横には最優秀賞を示すリボンがピンで留められている。

ハロウがゲイブリエルの目を追った。「あなたが生者の国に戻ってきたというのに、ミセス・ジョーンズはまだ黒い衣装に身を包んでいるんですね」

「ほかの色ではしゃれたドレスを持っていないというようなことを言っていました」ゲイブ

リエルは答えた。「今夜の展示会用にドレスを買う暇もなかったようでしてね」

「きっと喪服を全部色とりどりのドレスに換えたくてたまらないことでしょうね」

ゲイブリエルはそれについては何も言わずに聞き流した。ヴェネシアが夫の生還を祝って急いで婦人服店に行くようなことはなさそうな気がしたのだ。

そのとき、ヴェネシアをとりまいている人垣のなかのひとりの男が、さらに身を近づけて耳もとで何かささやき、彼女をほほえませた。

ゲイブリエルは突然、そこへ行って男の喉をつかみ、表へ放り出してやりたくなった。

ハロウが彼にちらりと目を向けた。「ミセス・ジョーンズに今宵先約があったことを知って、ひどくがっかりされたことでしょうね」

「なんですって？」ゲイブリエルはまだヴェネシアに近寄りすぎて立つ男に気をとられたまま、上の空で訊き返した。

「これほど長いあいだ花嫁と離れ離れだった夫が、生還した最初の晩を写真の展示会で過ごしたいなどと思うはずはありませんからね」

ハロウは立場を逆転させようとしているとゲイブリエルは思った。年若い男は今や質問する側に立っていた。

「私にとって幸いなことに、妻の写真は驚嘆すべきものですから」とゲイブリエルは言った。

「まことに。今夜ここに展示されているほかの写真のほとんどがそういうお褒めのことばをもらえないものであるのは残念です」ハロウは壁に飾られた写真のほうに目を戻した。「ミセス・ジョーンズの作品は見る者にとらえがたいある種の力を及ぼすとは思いませんか？そこに写っているものをもっと深く見ようとさせるんですよ」

ゲイブリエルはハロウがほれぼれと眺めている写真をよく見た。建造物の範疇にはいる作品だった。そのそばにあるほかの写真とちがって、人物が写りこんでいる。女性——またアメリアで、手袋をした手に帽子をつかんでいる——が古い教会の石で造られたアーチ型の入口に立っている。その情景には何か心に残るものがあった。

「ここに写っているご婦人は、みずからの意思でわれわれの前に姿を現した幽霊のような気がします」ハロウは感想を述べた。「建造物の不気味なゴシックっぽさが強調されると思いませんか？」

「ああ、そうですね」と答えてゲイブリエルは写真から目を離し、正面のドアへ向かおうとしているウィロウズを見守った。

「ミセス・ジョーンズは撮ったすべての写真に、名状しがたい情緒のようなものを与えています」ハロウはつづけた。「そう、彼女の作品は何度となく拝見したんですが、何に心ひかれるのかいまだわからずにいます。一度ご本人に直接お訊きしたこともあります。作品が見る者の感情に強い影響を及ぼすのはなぜかと」

ウィロウズが姿を消した。ゲイブリエルはハロウに目を戻して訊いた。

「なんと言っていました？」

「照明のなせるわざでしょうとだけ」ハロウは答えた。

「賢い答えですね」ゲイブリエルは肩をすくめた。「写真家の芸術性は光と影をどうとらえ、それをどう紙に表すかということだから」

ハロウの形のよい口が皮肉っぽくゆがんだ。「写真家はみなそういいますね。そのことばに大いなる真実が含まれているのはたしかです。光の加減がきわめてむずかしく、複雑な技術であり、直感と芸術的な目を必要とするものであることもわかっています。しかし、ミセス・ジョーンズの作品の場合、何かほかの才能もかかわっているように思えてならないんです」

「才能とはどんな?」ゲイブリエルは急に興味をひかれて訊いた。

ハロウは幽霊のような女の写真をじっと見つめた。

「まず、被写体のなかに何か独特のものを見ている感じがあります。傍目にはまったくわからないものを。それから、写真術の知識や技術を総動員してそれをなにげなく写真に表す」

ゲイブリエルは教会の入口にたたずむアメリアの写真をもう一度見た。

「彼女の写真は秘密を撮ったものですから」と彼は言った。

ハロウはゲイブリエルにぽかんとした目を向けた。「なんですって?」

ゲイブリエルはアーケイン・ハウスでヴェネシアが撮った写真を思い出していた。彼女は詳細な記録として写真を撮っていながら、それぞれの収集品が持つ謎の部分をとらえていた。

「妻の写真は隠しながらもあらわにしているんですよ」とゲイブリエルは言った。妻ということばが簡単に口に出たのは驚きだった。「だからこそ人の目をひくわけです。つまるところ、人というのは、知ってはいけないとされるものに何よりも興味をひかれるものだから」

「ああ、そうですね、もちろん」ハロウが小声で言った。「禁じられたものの魅力。しっかりと守られた秘密以上に興味をひかれるものはないというわけでしょう？」

「ええ」

ハロウは考えこむように首をかしげた。「まさしくそういうことでしょうね。私ももっと前にわかってしかるべきでした。奥様が秘密を撮っているということを」

ゲイブリエルは写真にもう一度目をやって肩をすくめた。「それは明々白々だと思っていました」

「まったく逆です。評論家の書いた論評をいくつかお読みになればわかりますよ。奥様の写真の魅力を語ろうにも、ときおりことばが見つからないというわけです。じっさい、テーマがあまりはっきりしていないという批評が新聞に載ったこともあります」

「彼女の写真を批評する者がいると？」

ハロウは笑った。「ずいぶんとお怒りの口調ですね。怒っても時間とエネルギーの無駄ですが。芸術のあるところには、かならず批評する者がいるんです。自然のなりゆきですよ」

ハロウは部屋の奥に目を向けた。「向こうのビュッフェのテーブルのそばにそのいい例がいますよ」

ゲイブリエルはハロウの視線の先を追った。「ああ、そう、〈ザ・フライング・インテリジェンサー〉紙のミスター・オトフォードですね。彼とは会っている」

「ええ、あなたが奇跡の生還を遂げたという刺激的な記事を朝刊に載せた記者ですよね？きっとミセス・ジョーンズの作品について彼が書いたもっともらしい批評が明日の朝刊に載りますよ」

「彼の感想を読むのがたのしみですね」とゲイブリエルは言った。

「ふん」ハロウは嫌悪もあらわな顔をした。「時間を無駄にしてはいけません。あなたの小指一本でも、あの男の脳みそ全体よりも洞察力にすぐれているのはたしかです。それどころか、私の知っているほとんどの収集家よりもあなたのほうが芸術的な直観にすぐれていると言ってもいい」彼はしばし間を置いた。「大多数の夫たちよりすぐれているのは言うに及ばず」

「恐れ入ります。ただ、あなたが何を言いたいのかわからなくなってきている気がしますよ」

「私が言いたいのは、あなたのようなお立場の紳士が家に戻ってきて妻が事業をおこしていると知ったら、たいていの場合、それをおもしろくないと思うはずだということです」

たしかにそうだろうとゲイブリエルは思った。ヴェネシアとベアトリスとアメリアは、ギャラリーを開くことで非常にあぶない綱渡りをしていると言える。過去五十年のあいだに世のなかはだいぶ変化したが、ほかに比べて変化の遅いものもある。女性に開かれた職業というのはまだとても少なかった。事業をおこすというのは、上流社会で生まれ育った淑女にはふさわしくないことだと思われている。そして、ヴェネシアとその家族が上流社会の出であることはまちがいなかった。

「妻は芸術家です」とゲイブリエルは言った。

ハロウは身をこわばらせた。「その、私を威圧する必要はありませんよ。それに異を唱えるつもりはありませんから。私は奥様の芸術をこよなく愛する人間です」

ゲイブリエルは手に持ったグラスからシャンパンを飲んだだけで、何も言わなかった。

「嘘いつわりなくそう思っているんです。信じてください」ハロウは慎重にまた身を寄せた。「じっさい、あなたの現代的な考え方には感銘を受けているんです。あなたのように進歩的な考えの夫は少ないですからね」

「私自身、自分を現代的な人間とみなしたいと思っていますよ」とゲイブリエルは言った。

13

ヴェネシアがまわりに集まったアマチュア写真家の一団から離れるときに、またハロルド・バートンの姿が目にはいった。

彼女は人ごみをかき分けて進む彼のあとをついていこうとした。容易なことではなかった。一瞬姿を見失ったが、またすぐに見つけた。展示場の反対側にあるドアの近くにいる。

彼はあたりをはばかるように何度かまわりに目を向け、急いでドアの向こうに消えた。

ああ、だめよ。ヴェネシアは胸の内でつぶやいた。今度ばかりは逃がさないわ。はた迷惑な小男め。

ヴェネシアは黒いスカートをつかんで持ち上げると、できるだけ目立たないように人ごみのなかを進み、バートンが姿を消したドアへ向かおうとした。

行く手にアガサ・チルコットが現れた。全身ピンクの装いだ。何枚も重ねられ、後ろで束ねられたピンクのひだスカートが、花瓶でも置けそうなほどに広い腰当から重そうに垂れている。ドレスの深い襟ぐりによってあらわになった広い胸元は、ピンクの石のついた大ぶりのネックレスで隠れていた。

入念に編んだ髪を頭に王冠のように結い上げていたが、その色は白髪が多くなってきている髪のほかの部分に比べて濃い褐色だった。かつらはたくさんのガラス細工のヘアピンでしっかりと頭に留められていた。

アガサは裕福で顔の広い有閑夫人だった。暇な時間をロンドンの上流社会に飛び交うおもしろそうな噂話を集めたり広めたりに費やしていた。

ヴェネシアはアガサに深い感謝の念を抱いていた。最初の重要な顧客のひとりだったからだ。ヴェネシアがクレオパトラに似せて撮った自分の肖像写真をいたく気に入り、嬉々《きき》として彼女を友人たちに紹介してくれたのだった。

「ミセス・ジョーンズ、今朝の朝刊でご主人がお戻りになったというびっくりする記事を読みましたわ」アガサはヴェネシアをさえぎるように目の前で足を止めた。「ミスター・ジョーンズが生きていると知って、さぞかし心をかき乱されたことでしょうね」

「たしかにびっくり仰天の出来事でしたわ」と言って、ヴェネシアは礼儀正しく少しずつアガサの脇をすり抜けようとした。

「あなたが今夜の展示会にご出席しようと思うなんて、ほんとうに驚きですわ」アガサは心配でたまらないという雰囲気をただよわせてつづけた。

「どうして出席しないなんてことが？　こんなに元気ですのに」ヴェネシアは爪先立ちにな

って、人ごみの頭越しにバートンが部屋に戻ってきていないかどうかたしかめようとした。

「出席できないかもしれないなんて少しも思いませんでしたわ」

「ほんとうに?」アガサは意味ありげに咳払いをした。「今日あなたが受けたようなショックを受けたら、回復するのに一日か二日ベッドにはいっていなくてはと思うはずよ」

「そんなばかな、ミセス・チルコット」ヴェネシアは目を裏口から離すまいとしながら、黒いシルクの扇で何度か顔をあおいだ。「精神的にまいったからといって、義務をはたさないでいいわけはありません」

アガサはホールの反対側へ目を向けた。そこでは、ゲイブリエルがこの展示会の主催者である眼鏡をかけた白髪頭のクリストファー・ファーリーと話していた。

「あなたの精神的な強さには脱帽だわ」とアガサは言った。

「ありがとうございます。誰しもはたすべき義務がありますから。失礼します、ミセス・チルコット」

アガサのくっきりと描かれた眉が上がった。「でも、あなたに約束をはたす精神的強さがあったとしても、ミスター・ジョーンズには今宵の過ごし方に別の考えがあったかもしれないと誰しも思うものよ」

ヴェネシアはそう聞いて当惑し、動きを止めた。泥棒をつかまえようというゲイブリエルの計画にアガサが気づいているはずはない。

「なんですって?」用心しながらヴェネシアは訊いた。「どうしてミスター・ジョーンズに別の考えがあるんです？」

「あれほどにお元気で、見るからに精力に満ちた紳士が、愛する妻への情熱をずいぶんと長いあいだ抑えていなければならなかったのよ。ロンドンでの最初の晩は家で過ごしたいと思うものじゃないかしら」

「家で？」

「つまり、家族の胸のなかでということ」アガサは手袋をはめた手を自分の巨大な胸の前で組み合わせた。「妻との親密な関係を新たにして」

ようやくヴェネシアにも合点がいった。まるで電気が走ったようだった。頬が突然熱くなり、恐怖が全身を貫いた。ここにいる誰もが、わたしとゲイブリエルが親密な関係にあると考え、どうして今宵をベッドでともに過ごさないのか訝《いぶか》っているというの？

ヴェネシアは目の前に立ちふさがるさまざまな問題で頭がいっぱいで、人々が自分の置かれた状況をロマンティックだと考えてうっとりしているとは思ってもみなかったのだ。

「そういうことならご心配いりませんわ、ミセス・チルコット」ヴェネシアは相手を安心させるような明るい笑みを浮かべた。クレオパトラ風の肖像写真のできあがりには顎の大きなほくろは写っていないようにするとアガサに請け合ったときと同じ笑みだった。「ミスター・ジョーンズとわたしはさっきたのしくおしゃべりしましたから。お互いの近況については全部わかっています」

「おしゃべり？　でも、〈ザ・フライング・インテリジェンサー〉によれば、ミスター・ジヨーンズは愛する花嫁のもとへ戻るのが待ちきれないほどだと熱っぽく語ったそうだけど」

「あら、ミセス・チルコット。あなたほど世間のことに詳しい方が。きっとおわかりと思いますが、待ちきれないほどの再会でも、それほどの時間は必要としないものですわ」

「そうかもしれないけれど、ミセス・ジョーンズ、ミスター・ジョーンズが今宵ずっとホールの反対側で過ごしてらっしゃるのが気になるわ」

「どうしてです？」

「ふつう、今夜はあなたのそばを離れたくないと思うものじゃないかしら」

「ご心配なく。ミスター・ジョーンズはひとりでいてもまったく問題ない人ですから」

アガサはヴェネシアに冷たい目をくれた「そうかしら？」ふとそこで、その表情がやわらいだ。「ああ、何が問題なのかわかったわ」

「問題なんてありませんわ、ミセス・チルコット」

「嘘ばっかり。恥ずかしがる必要はないのよ。長いこと離れ離れでいなければならなかった夫婦のあいだには多少のぎごちなさがあるものだということは理解できますもの」

「ええ、そうですの」ヴェネシアはその説明に飛びついた。「とてもぎごちなくて」

「とくにこういった状況ではね」アガサがほのめかすように言った。

「状況？」

「たしか、ミスター・ジョーンズは新婚旅行先で行方不明になったのよね」

「ええ、そのとおりです」ヴェネシアは答えた。「そう、突然いなくなってしまって。崖から足を踏みはずして峡谷に落ちてしまったんですけど、川は流れが速く、遺体は見つかりませんでした。それで、亡くなったとみなされたんです。とても悲しいことでしたけど、そういうことってよくあることですから。とくに未開の西部のような場所では」

「つまり、あなたは結婚にともなう義務に慣れる暇もあまりなかったということね」

ヴェネシアの口のなかはからからになった。「結婚にともなう義務？」

アガサは手袋をはめた手でヴェネシアを軽く叩いた。「今夜はきっと緊張して不安になっていることでしょうね」

「きっとおわかりいただけないほどに」

「そう、あなたが新婚旅行のときに感じたのと同じ不安を今感じているとしても意外ではないわ」

「ええ、まったく」ヴェネシアは明るい笑みを作った。「ありがたいことに、ミスター・ジョーンズはわたしの繊細な感情をとても大事にしてくれています」

「そう聞いて喜ばしいわ、ミセス・ジョーンズ。それでも、年上で、おそらくは多少世知に長《た》けた女性からの忠告も聞いてもらいたいわ」

「ありがたいんですけど、ご忠告が必要な状況ではないと思うので」

「これだけは言えるけど、久しぶりに花嫁と再会した健康で精力的な紳士は、ある種の自然の衝動に駆られるものよ」

ヴェネシアは雷に打たれたようになってアガサを見つめた。「衝動？」

アガサは身を近づけ、声をひそめた。「忠告するけど、殿方のそういう自然の衝動には逆らわずに従ったほうがいいわ。ミスター・ジョーンズがよそでなぐさみを得ることになるのはあなたもいやでしょうから」

「なんてこと」ヴェネシアは頭が真っ白になる気がした。

「その顔を見ると、ミスター・ジョーンズが崖から落ちるなんて恐ろしいことになる前には、あまり結婚の義務に慣れる暇がなかったようね」アガサはヴェネシアの手首を扇で軽く叩いた。「これはほんとうだけど、妻がはたすべき結婚の義務は、どこかで聞いてあなたがそう信じているほどいやなものではないわ」そう言ってウィンクした。「ミスター・ジョーンズのような健康で精力に満ちていそうな男性が夫の場合は」

にっこりとほほえむと、アガサは振り返り、人の集まっているほうへと戻っていった。

ヴェネシアはあんぐりと開けていた口をどうにか閉じた。意志の力で気をとりなおすと、目当ての人物が姿を消したほうへと向かった。

しかし、自分にそれとなく向けられるまなざしや好奇の目がひどく気になり出した。みな自分とゲイブリエルとの親密な関係について憶測をたくましくしているのだと思うと、顔が燃えるように熱くなった。

そんな状況におちいった皮肉にヴェネシアは歯ぎしりしたくなった。夢のような恋人の腕のなかで過ごしたひと晩の記憶を胸に蘇らせ、失われた希望を嘆きながら、眠れずに過ごしたたくさんの長く孤独な夜のことは考えるのも耐えられなかった。

じつはゲイブリエル・ジョーンズは単にアーケイン・ソサエティの任務をはたしに行っていたのだ。自分の死の知らせがわたしの精神にどんな作用を及ぼすか、一瞬たりとも考えることなく。

じっさい、男というものは、これほどに考えなしになりうる生き物なのだ。

ヴェネシアはバートンが姿を消した裏口のドアのところまで行って足を止め、数分前までゲイブリエルがクリストファー・ファーリーと話していたほうを振り返った。もはやそこに彼の姿はなかった。おそらく、新鮮な空気を吸いに外へ行ったのだろう。ヴェネシア自身、新鮮な空気を吸いに行きたい気分だった。

しかし残念ながら、彼女にははたすべきより重要な仕事があった。チルコット夫人と〝結婚の義務〟について話すはめにおちいっているあいだに、バートンが展示場から帰ってしまっていないことを祈るしかなかった。

ヴェネシアはドアを開け、明るく照らされたホールから暗い廊下へ忍び出た。

ドアを閉めると、しばらく静かにその場に立って目が暗さに慣れるのを待った。通路の端にある階段の上に高窓があり、そこから射しこむ月明かりだけが、閉じたドアの並びを照らし出している。

ヴェネシアはバートンの足音がしないかと耳を澄ましたが、聞こえるのは壁の向こうからかすかに聞こえてくる人々のくぐもった話し声だけだった。

バートンはなぜここへ来たのだろうと訝りつつ、彼女はゆっくりと歩き出した。

ファーリーの展示会場へ来たのははじめてではなかった。最近ひそかに何度か打ち合わせに訪れていた。クリストファー・ファーリーは、ヴェネシアが写真を見せに来た最初のころから彼女の作品に興味を持ってくれていた。この仕事について金銭面で助言をしてくれ、初期の重要な顧客に紹介してくれたのも彼だ。お返しとして、ヴェネシアは自分の写真を彼の展示場で展示販売していた。

ファーリーとの打ち合わせに来ていたおかげで、この階の部屋や事務室がどのような配置になっているかはだいたい見当がついた。

今立っている廊下は途中で別の廊下と交差している。ファーリーの大きな事務室がその廊下に面していた。

ヴェネシアは静かに角まで行き、交差するさらに暗い廊下をのぞきこんだ。ファーリーの事務室のガラスのドアからは、ガス灯の明かりはもれていなかった。部屋のなかの窓から射しこむ月明かりを受けて、暗闇のなか、ドアの不透明なガラスがぼんやりと灰色に光っている。事務室の隣の部屋はファーリーのふたりの事務員が使っていたが、そこにもやはり明かりはなかった。

ヴェネシアは広い廊下へ戻った。そこに三つの事務室があるのはわかっていた。同じ方向に大きな倉庫と暗室があることも。

暗室は会社の事務員たちが展示室で売りに出されている写真の焼き増しを作るのに使われていた。ファーリーが才能はあるが貧しい写真家たちに暗室の設備を使わせているということも有名な話だった。ハロルド・バートンが倉庫や暗室にはいっていく理由は見当もつかなかった。彼自身、小さなギャラリーの所有者で、そこにはそれなりの設備が備わっていたからだ。

もちろん、廊下の端にある階段から展示場を出ようとしたこともありうる。しかし、帰るつもりならば、正面の入口から優美なロビーへ降り、人通りの激しい通りへ出るほうがずっと早いはずだ。

廊下の端にある階段は裏の路地につながっていた。

バートンがこの階段から建物の外へ出たのだとしたら、今夜彼と対決するのはあきらめたほうがいいだろう。

しかし、別の可能性もあった。バートンの倫理観はけっして高いとは言えない。ヴェネシアはひとりつぶやいた。もしかしたら、ファーリーの事務室へ行って何か物色しているのかもしれない。あの部屋にはかなりの数の顧客情報がしまわれているはずだ。自分の利になりそうなものがあったら、バートンはためらわずに拝借することだろう。

相手に気づかれないようにと、できるだけ静かに動いて、ヴェネシアはファーリーの事務室へつづく廊下を歩き出した。

暗闇に二歩足を踏み出すと、もうひとつの廊下のほうでドアが開く音がした。

ヴェネシアは急いで踵を返し、バートンの行く手をふさごうともうひとつの廊下へ駆け戻ろうとした。が、直感から寒けを感じ、足が止まった。

あれがバートンだとしたら、彼は胡散臭《うさん》いとしか言えない行動をとっていることになる。何をしようとしているのかたしかめてみてもいいかもしれない。こちらにとって有利に使えることはどんな小さなことであれ手に入れておきたい。

ヴェネシアは忍び足でふたつの廊下が交差するところまで戻り、広い廊下の手前で足を止めた。

かすかに聞こえてきていた展示場の人々の話し声が突如としてひどく遠いものに思えた。暗闇のなかにたったひとりでいることが意識され、意気地がくじけそうになるほどだった。もうひとつの廊下から足音が聞こえてきた。バートンはこちらへ向かってくるのではなく、反対側にある階段のほうへ向かっている。あと数秒で出ていってしまうだろう。今すぐ行動を起こさなければ、逃げられてしまう。

しかし、何かがヴェネシアをためらわせた。バートンなど怖くないじゃないと彼女は自分に言い聞かせた。彼のしわざにちがいないことで怒り心頭に発してはいたが、恐れてはいなかった。どうしてためらっているの？

ヴェネシアは勇気を振りしぼり、スカートをつまみ上げて前に一歩踏み出し、もう一方の廊下をそっとのぞきこんだ。

ぼんやりとした月明かりが長い外套と高い帽子をかぶった男の輪郭を浮かび上がらせていた。男は階段のほうへ大股ですばやく遠ざかろうとしている。

バートンではない、とヴェネシアは判断した。この男はもっと背が高い。バートンのようにせかせかとした足取りでもない。なめらかで調和のとれた驚くほど優雅な足取りで、たくましく力強い人間であることがわかる。ゲイブリエルの歩き方に似ていなくもないとヴェネシアは思った。

ヴェネシアは遠ざかっていく人影を見ながら神経を集中させた。これから肖像写真を撮る被写体のオーラを感じとろうとするときのように。

光と影が入れ替わる。廊下はネガフィルムの様相を呈した。廊下の端にいる男のまわりに脈打つオーラが現れた。暗闇のなかでエネルギーの熱を示す色が光った。

恐怖がヴェネシアの全身に走った。これまで多種多様なオーラを見てきたが、これほどに不安を感じさせるオーラははじめてだった。

その瞬間、異様な情欲が発する常軌を逸した荒れ狂うエネルギーを目にしていることがわかった。このいまわしいほどの欲望を満足させられる女などひとりもいないだろうという気がした。このけだものが渇望を満足させるために何を必要とするのか、自分は知らずにすみますようにと祈らずにいられなかった。

ヴェネシアが心底ほっとしたことに、人影は階段を降りて姿を消した。

それから何秒か、ヴェネシアは交差するほうの安全な廊下に留まっていた。体が震えて動けなかったのだ。

しかしやがて、ハロルド・バートンのことを思い出した。

身の内に胸の悪くなるような恐怖が湧き起こってくる。

ヴェネシアは狭い廊下から出て暗室へと広い廊下を渡った。

「ミスター・バートン？」彼女はドアを一度ノックした。

応答はなかった。

「そこにいるの？」

広がる静寂にうなじの毛が逆立つ気がした。

これ以上待っていてもしかたがない。暗室のなかで何か恐ろしいことが起こったのはたしかな気がした。どれほど強くノックしても、ハロルド・バートンがそれに応えることはないだろう。

ヴェネシアはノブをまわしてゆっくりとドアを開けた。

いつもは暗室の小さな窓をおおっている分厚いカーテンが開けられていた。月明かりが斜めに射し、倒れて動かないバートンに三角形の光を投げかけている。彼はあおむけに床に転がっており、うつろな目を天井に向けていた。

「なんてこと」

ヴェネシアはそばに膝《ひざ》をついた。スカートが床に広がった。震える指先で脈をとる。バートンの喉元に脈はなかった。肌はすでに異常に冷たくなっている。

そのとき、カウンターの上にブランデーの瓶と引っくり返ったグラスがあるのに気がついた。なかの液体がカウンターの端から垂れ、床にしたたり落ちている。ブランデーの香りもあたりにただよっていた。

「いったいここで何があったんだ?」ゲイブリエルの低く不穏な声がした。

ヴェネシアは飛び上がってくるりと振り向いた。悲鳴はどうにか抑えた。

「ここで何をしているの?」と彼女は息を呑んで尋ねた。

「きみが展示場を出ていくのを見たんだ。いつまでたっても戻ってこないから、何をしているのかたしかめることにした」

ヴェネシアは彼の手がドアノブをひどくきつくつかんでいるのに気がついた。何かおかしなことが起こっているのだ。つかのま神経を集中させると、彼のまわりで暗いエネルギーが脈打っているのがわかった。

「きみは大丈夫か?」と彼は訊いた。

すぐに答えが返ってこないと見て、ゲイブリエルはドアノブをつかんでいた手を離して彼女の手首をつかんだ。

「答えてくれ」とやさしく言う。「大丈夫なのか?」

「ええ」ヴェネシアはどうにかおちつきをとり戻した。即座に通常の視界が戻ってきた。

「ええ、大丈夫」

ゲイブリエルは近くのテーブルの上にあったガスランプをつけ、死体を見下ろした。

「この男が誰か教えてくれ」と彼は言った。

「ハロルド・バートンよ。写真家なの」

「きみはこの男に会いにここへ?」

凍りつくほど冷たい訊き方だった。

「いいえ」ヴェネシアはわずかに身震いして答えた。「まあ、そうね。正確にはそうじゃないけど。まさかこんなふうには」説明するのはあきらめたほうがよさそうだ。「たまたまこの部屋に足を踏み入れて彼を見つけたの」

「傷はあるか？」

「ないと思うわ。血が出てないもの」

「自然死ではないな」とゲイブリエルは言った。

どうしてそれほどたしかなことが言えるのだろうとヴェネシアは訝ったが、口に出しては賛成した。

「そうね」

ゲイブリエルはヴェネシアに目を向けた。「このことについてきみは何を知っている？」

「わたしがここへ来る直前に部屋を出ていく人がいたの。その人物が何か関係していると思うわ。少なくとも、ここで何が起こったかは知っているはずよ」

「その人物を見たのか？」ゲイブリエルは鋭い声で訊いた。

「階段を降りていく姿をちらりと見ただけ」

「知っている人間だった？」

「いいえ」

「きみのほうは見られたのか？」その質問はそれまでよりももっとせっぱつまった口調で発

せられた。

ヴェネシアは首を振った。「きっと気づかれなかったと思う。さっきも言ったけど、向こうはわたしには背を向けていたから。わたしはもうひとつの廊下にいて、角からのぞきこむようにして見ていたの。ええ、絶対に見られていないと思う。その人も足を止めようとしなかったし」

ゲイブリエルはこぼれたブランデーがしたたり落ちているカウンターに歩み寄った。

「その液体にさわっちゃだめ」ヴェネシアは急いで言った。「そういう意味ではグラスにも」

ゲイブリエルは動きを止めてヴェネシアのほうを振り向いた。

「なぜ？」

こういう状況で女に命令をくだされたら、不快に思う男がほとんどだろう。女というものは、死体がかかわるような状況に直面したら、ヒステリーを起こして気を失い、気つけ薬のお世話になるものなのだから。

しかし、ゲイブリエルはわたしの常識や判断力を疑おうとはしていない。ヴェネシアは胸の内でつぶやいた。どうしてこぼれたブランデーにさわってはいけないと警告したのか理由を知りたいと思っているだけだ。

ヴェネシアは深呼吸した。「可能性はふたつしかないから」そう言って空のグラスから床に横たわっているバートンの死体に目を移した。「自殺ということもありうると思う。こういう状況ではたしかにそれがもっともありふれた説明ですもの。でも、ハロルド・バートンという男を知っているから、自分で自分の命を奪うとは信じがたいわ」

「こういう状況ではもっともありふれた説明とはどういう意味だい？」

「おそらく、ミスター・バートンが青酸カリ入りのブランデーを飲んで亡くなったことがわかると思うの」

ゲイブリエルは片手をこぶしに握り、指についた不愉快なものを落とそうとでもするかのようにさっと軽く開いた。いつもおちつき払っている男にしては、奇妙なほどそわそわとした動作だった。

「たぶん」彼は口を開いた。「ここで何をしていたのか、ほんとうのことを話してくれたほうがいいな」

「ちょっと入り組んだ話なの」

「手短に話してくれ。警察に通報する前に」

「ああ、なんてこと。警察ですって。ああ、もちろんそうね」これからどんなスキャンダルが巻き起こるか心配しなきゃならないのね。

ヴェネシアは匿名の相手から送りつけられた二枚の写真のことを、かなりかいつまんで説明した。

「バートンが何をたくらんでいたのかたしかなことはわからないけれど、わたしを怖がらせて写真家を辞めさせようとか、もしくはもっと悪いことをたくらんでいたんじゃないかと思うの」

「もっと悪いこと？」

「その写真を送ってきたのは、脅迫の予告だったんじゃないかと思って」とヴェネシアは正直に言った。

「その写真はきみの名誉を傷つける類いのものだったのか？」

「いいえ。ただ……不吉な感じがして。あなたもご覧になればわかるわ」

「あとで見せてもらおう。今はその写真のことは警察には言わないでおこう」

「でも、手がかりになるかもしれない」

「殺人の動機ともとられかねないんだ、ヴェネシア」

彼のことばの暗示するところに気づいてヴェネシアは驚愕《きょうがく》した。突然軽いめまいを感じたほどだ。

「警察にわたしがバートンを殺した犯人にされるっていうの？　彼があの恐ろしい写真を送ってきた相手だからって？」とヴェネシアはささやいた。

「心配はいらない、ミセス・ジョーンズ。この事件できみが容疑者にされないようにあらゆる手を打つつもりだから」

ヴェネシアの胃は不安にしめつけられた。「でも、写真のことを警察に言わなくても、わたしがしばらく廊下にひとりでいた事実は変えられないわ。死体を見つけたのもわたしよ。わたしが来る前にここにほかの誰かがいたことも証明できない。わたしが飲み物に青酸カリを入れたかもしれないと疑われないためにはどうしたらいいの？」

「警察がこの件を自殺ではなく殺人事件だと判断したとしても、きみが犯人ではないかと疑われることはないと断言できるよ」

ゲイブリエルのあまりに冷静で威圧的な態度がヴェネシアの気に障り出した。「どうしてそんなに自信を持って言えるの？」

「なぜなら、きみにすばらしいアリバイを提供できる人物がいるからさ」ゲイブリエルは辛抱強く言った。

「ほんとうに？　それで、その人物はどなたですの？」

ゲイブリエルは両手を広げた。「そう、もちろん、最近墓場から戻ってきたばかりのきみの夫さ」

「でも、わたしには——」ヴェネシアは突然ことばを切った。「ああ、あなたね」

「そうさ、ミセス・ジョーンズ。私だ。少しふたりきりになりたくて人いきれの展示場から外へ出たところで、死体を見つけたというわけだ。きっとみんな納得するさ」

「そうかしら？」

「きみは忘れているかもしれないが、新婚旅行で不幸な事故に遭って以来、私にとって今夜は自宅で過ごすはじめての夜だからね。そんな状況に置かれた男が、これだけ長いあいだ離れ離れになっていた花嫁とほんの数分でもふたりきりになれるなら、どんな苦労もいとわないはずだというのは非常にまっとうな考え方だと思うね」

14

「写真術というものが長いあいだ闇の芸術と思われていたのには、理由があるの」ヴェネシアは暖炉の前に置かれた椅子に腰を下ろし、ゆっくりと手袋を脱いだ。「じっさい、理由はふたつあるわ」

「青酸カリを使うのはその理由のひとつかな？」ゲイブリエルは外套を机の隅に放った。夜会用の上着は脱がなかったが、ネクタイをゆるめ、シャツの一番上のボタンをはずした。

ヴェネシアは試練にさらされたばかりにしては、驚くほどおちついていた。それでも、不安と緊張に肩を怒らせているのはゲイブリエルにも見てとれた。

「ええ」と彼女は答えた。「長年、写真誌は青酸カリを固定液として使うことに反対してきたの」ヴェネシアは黒いキッド革の手袋を小さな脇テーブルの上にきちんとそろえて置いた。「まるで、完全に満足のいく安全な代替品があるとでもいうように」

「きみがアーケイン・ハウスで使っていた薬品は？　たしか、ハイポと呼んでいたはずだが」

「次亜硫酸塩《ハイポサルファイト》ソーダね。媒体として初期のころからある薬品だけど、青酸カリのほうが固定液としては向いていると言い張る人は昔からいたわ。おまけに、何年か前に新たに乾板が開発される前には、硝酸銀水溶液がこぼれてカーペットや手などにできる黒いしみをとり除くのに、青酸カリがとても役に立ったものなの」

「そのしみの問題も、写真術が闇の芸術とみなされる理由のひとつなんだね」

ヴェネシアはまじめな顔でうなずいた。「つい最近まで、指を見れば写真家かどうかわかると言われていたわ。コロジオンを用いる古い湿板用に硝酸銀を使うせいで、指が真っ黒になることが多かったから。わたしが写真家になったのは、商業用の乾板が出まわったあとだから、硝酸銀のしみの問題に悩まされることはなかったけれど」

「まだ日常的に青酸カリを使う人もいるのか？」

「残念ながらいるわ。多くの暗室でまだ必需品とされているの。今夜、ミスター・ファーリーの暗室でそれが簡単に手にはいったことを奇妙に思う人はいないでしょうね」

ゲイブリエルは暖炉の前にしゃがみこみ、小さな火をおこした。「青酸カリによる写真家の死について、ときどき新聞に記事が載っているのには気がついていたよ」

「写真家だけじゃないわ。家族の誰かが犠牲になることもよくあるの。たとえば、好奇心から子供が飲んでしまったり、失恋して生きるのがいやになったメイドが口にしたり。飼い犬が死ぬこともたまにあるわ。偶然にせよ、故意にせよ、青酸カリのせいでどれほどたくさんの人が命を落とすかしれないほどよ」

　ゲイブリエルは立ち上がってブランデーのデキャンタを置いたテーブルのところへ行った。「バートンが生者の世界からすばやく立ち去りたいと思っていたとしたら、ふつうは青酸カリをそのまま飲むだろうと思うね。そうではなく、薬は強い酒に混ぜてあった」

　ヴェネシアはためらいながら答えた。「そのほうが飲みやすいと思ったんじゃないかと言う人もいるでしょうね」

「たしかに」ゲイブリエルは一瞬、ファーリーの暗室のガラス製のドアノブに動揺を覚えるような凶暴な意図の残滓《ざんし》が貼りついていたのを思い出した。「しかし、さっきも言ったように、今夜の出来事に関してはきみの言うとおりだと思うよ。バートンは殺されたんだ」

「ひと口飲むだけで充分だったはずよ」ヴェネシアは静かに言った。「致死量の青酸カリがはいっていればすぐに効果があったはずだから」

　ゲイブリエルはブランデーの瓶を手にとり、中身をふたつのグラスに注いだ。注ぎ終えると、しばらくグラスをじっと見つめた。

「そう聞くとちょっとためらいを覚えないか？」彼はグラスを手にとって訊いた。

　ヴェネシアは差し出されたブランデーに目を向けた。「ええ、そうね」

　そう言って組み合わせていた手をほどいてブランデーを受けとった。その指がかすかに震えているのにゲイブリエルは気がついた。

　彼はもうひとつの肘かけ椅子に腰を下ろし、グラスの中身を少し飲んだ。ヴェネシアは大きく息を吸い、鼻に皺《しわ》を寄せて、少しばかりもったいぶった仕草でブランデーを飲んだ。

ゲイブリエルはそれをおもしろがるように見ていた。「上等の酒に恐怖心を抱きたくはないな」

「ええ、もちろん」

「命の支えとなることもあるのだから」

「たしかに」

ふたりは火を見つめてしばらく黙りこんだ。ゲイブリエルは家のなかが静まり返っていることを意識した。もう夜も更けた時間だ。少し前に家に帰ってきたときに、すでにトレンチ夫人も含め、みなベッドにはいっていることがわかった。それはそれでかまわなかった。説明する時間は明朝たっぷりあるはずだ。

ゲイブリエルは椅子の背に頭をあずけ、警察とのやりとりを思い返した。

「どうもあの刑事はバートンは自殺したという結論に大きく傾いている感じだったな」と彼は言った。

「それが一番簡単な説明であるのはまちがいないもの。でも、そうなると死体を見つける直前に暗室を出ていった人物の説明がつかないわ」

「ああ」とゲイブリエル。「そうだね」

刑事は階段で見かけた人物についてヴェネシアに事細かに質問した。が、彼女はその人物についてあまり有益な説明はできなかった。

ゲイブリエル自身は、ドアノブに貼りついていた暴力のエネルギーの残滓に気づいたことについて説明することもほとんどできなかった。説明しても、おかしくなってしまったのかと刑事に思われたことだろう。いずれにしても、そうした感覚は逃げた人物の特定には役に立たない。そのエネルギーは非常に強いものではあったが、胸に殺意を抱いてあの部屋にはいった人物ならば、誰のものであってもおかしくなかったからだ。

ゲイブリエルはヴェネシアに目を向けた。「今晩きみがバートンを追って展示場を抜け出したのは、彼が送りつけてきたと思われる不愉快な写真について問いただすためだと言ったね？」

「ええ」

「彼がそんなことをした理由に思いあたるふしは？」

ヴェネシアはため息をついた。「たぶん、わたしのことをうらやましく思ったんじゃないかしら」

「きみの成功をねたんだと？」

「理由として思いつくのはそのぐらいだったわ」ヴェネシアはまたブランデーをひと口飲んだ。「ミスター・バートンは苦々しい思いでいたはずよ。彼の写真家としての才能が正しく評価されることはなく、作品が認められることもなかったから。そう、写真家の世界は競争がとても激しいの」

「今晩、たしかにそんな印象を受けたよ」

「流行に敏感な顧客をひきつけるだけの名声を得るためには、いい写真を撮る腕を持っているだけではだめなの。上流社会の人たちはとても気まぐれだから。写真家として成功するためには、それなりのスタイルを持っていて、うんと高級な感じをかもし出していないといけないのよ。ほんとうは商売なんだけど、そうじゃなくて、顧客に芸術の恩恵を分け与えているという印象を与えないといけないわけ」

「推測するに」ゲイブリエルが言った。「バートンはそういうイメージをかもし出していなかったと？」

「ええ」

「彼よりも商業的に成功している写真家は数多くいたはずだ。どうして特別きみにねたみの矛先《ほこさき》を向けたんだ？」

「たぶん、わたしが女だからよ」ヴェネシアは静かに言った。「彼にとっては、男に負けるだけでも最悪なのに、写真家としてデビューしたばかりの女がすぐさま成功をおさめたとなったら、はらわたが煮えくり返る感じだったにちがいないわ。何度か面と向かってはっきり言われたこともある。これは女がする仕事ではないと」

「その不愉快な写真が届いたのはいつ？」

「最初の写真が玄関に置かれていたのは今週のはじめよ。二枚目はその二日後だった。すぐにバートンじゃないかと疑ったわ。今夜彼も展示会に来ることはわかっていたから、絶対に問いつめてやろうと思っていたの」ヴェネシアは目を閉じ、こめかみをもんだ。「こうなると、どう考えていいかわからないわ。どうやらバートンは自分を殺した人間と邪悪な取引をしていたみたいだし」

ゲイブリエルは火のほうへ脚を伸ばした。「彼を殺した男について心あたりは？」

ヴェネシアは目を開け、顔をしかめた。「つまり、わたし以外にってこと？　いいえ。バートンが人に好かれるタイプじゃないということだけは言えるけど。写真家の世界でも最低のクラスに属する、倫理観のかけらも持ち合わせていない策略家だったわ。町のあまりはやらない地域に小さなギャラリーを持っていたけど、ほんとうのところ、どうやって生計を立てていたのかはわからない」

ゲイブリエルはグラスを両手で包んで揺らした。「彼から送りつけられた写真を見たいな」

「机の一番下の引き出しにはいっているわ。ちょっと待って」

ヴェネシアはグラスを脇に置いて立ち上がり、カーペットの上を横切って机のところへ行った。

ゲイブリエルは彼女がドレスのウエストに金鎖でぶら下げている優美な小袋から小さな鍵をとり出すのを見守った。ヴェネシアは鍵を使って引き出しを開け、二枚の写真をとり出した。

それから、何も言わずにもとの場所に戻って椅子にすわり、写真の一枚を彼に手渡した。

ゲイブリエルはしばし写真を伏せて持った。五感ではわからないことを感じとる感覚を働かせて。怒りと傷ついた感情はかすかにわかったが、それはほぼまちがいなくヴェネシア自身が残したものだろう。そうした感情を抑えている感じもあった。

　写真に貼りついているそうした感情の下に、もっとかすかではあるが別の激しい感情の残滓もあった。狂おしいほどの怒りとしか言い表しようのない感情。その感情が、ヴェネシアの家の玄関に写真を届けるよう手配した人物のものであることはまずまちがいなかった。

　ゲイブリエルは写真を引っくり返し、暖炉の火の明かりに照らしてよく見た。

「これは最初に届いた写真かい？」と彼は訊いた。

「ええ」

　一見あまり害のない写真に思えた。陰鬱《いんうつ》なのはまちがいないが。二頭の黒い馬に引かれた黒い葬儀用の馬車を先頭とする葬列を写した陰気な写真。馬車は墓地の鉄門の前に停まっている。墓地をとり囲む高い鉄柵のあいだから、墓碑や地下聖堂への入口や墓石の並びが不気味に見えていた。

　写真をよく見てみると、しゃれた黒いドレスを身につけ、つばの広い黒い帽子をかぶった女性が端に写っているのがわかる。

　ゲイブリエルの腹のあたりに冷たい感覚が宿った。

「これはきみか？」彼は静かに訊いた。

「ええ。その写真に写っている墓地はこの通りからすぐそこにあるの。ギャラリーへ行くのに毎日通る場所よ」ヴェネシアは二枚目の写真を差し出した。

　ゲイブリエルは写真を受けとり、またしばし動きを止めて何か強い感情の残滓がないかと探った。ヴェネシアの怒りと害された感情の名残に感覚が揺さぶられたが、今度は別のものも宿っていた。恐怖。

そうした感情の下には、一枚目と同じいまわしい狂気が残っていた。

ゲイブリエルは写真を引っくり返した。今度の写真は凝った装飾の墓碑の写真だった。しばらく彼にはその意味するところがわからなかった。が、やがて墓石に彫られた名前が目にはいった。身の内に宿った寒けが氷に変わった。

「ヴェネシア・ジョーンズの碑」ゲイブリエルは声に出して読んだ。

ヴェネシアは顔をゆがめた。「写真の修整に熟練した人がどれほどのことをなしうるかを示したすばらしい例だわ。その写真が届けられてから、アメリアといっしょに墓地に行って、そこにこの墓碑があるかどうかたしかめたの」

「あったのか？」

「ええ」ヴェネシアは指をきつく組み合わせた。「でも、石に彫られた名前はロバート・アダムソンだった」

「ハロルド・バートンが何者であったにしろ、いやらしいくそ野郎だったのはたしかだな」

ヴェネシアはまたブランデーを少し飲んだ。「わたしもそう思っていたわ」

ゲイブリエルはまた最初の写真に目を向けた。「こっちも修整されているのかい？」

「いいえ。その日、わたしが墓地の前にいたのはたしかなの。公園へいつもの散歩に行った帰りだったわ。門の脇を通り過ぎるときに、ちょうど葬列が到着したのよ」そこで彼女は言いよどんだ。「こう言うと被害妄想に聞こえるでしょうけど、最近バートンにあとをつけられている気がしていたの」

ゲイブリエルは写真を椅子のそばにあるテーブルに置いた。「彼が撮った写真であることはまちがいないのかい？」

ヴェネシアは写真にちらりと目を向けた。「絶対的な証拠はないけどたしかだと思うわ。写真のスタイルとか構成とかを考えると。バートンはじつはとても腕のいい写真家なの。作品をいくつか見たことがあるけど、建造物をテーマとした作品に特別才能を発揮していたわ。最初の葬列の写真は明らかに一瞬を狙って撮られたものよ。この一枚だけだったら、彼が撮ったものとは断言できなかったでしょうけど、二枚目はじっくり時間をかけて撮られたものだわ」

ゲイブリエルは墓石の写真をじっと見た。「きみの言いたいことはわかる。とても劇的なアングルから被写体をとらえている」

「光の加減も印象的で、どう見ても彼のスタイルだわ。その墓碑については、そう、バートンは修整の腕もたしかだった」ヴェネシアは首を振った。「その二枚目の写真については、わたしを怖がらせると同時に感心させようとしたんだと思うの。カメラに関しては自分のほうがプロなんだと見せつけたかったんだわ」

「バートンにつけられている気がしていたと言ったね？」

「その日、葬列の写真が撮られたときに彼の姿を見たわけじゃないの。でも、その前後の数日のあいだに何度も見かけたわ。わたしの行く先々に彼がいる感じだった」

「どこで見たのか具体的に言ってみてくれ」

「ここからそう遠くない公園で少なくとも二度。彼はいつも一定の距離を保ってわたしには気づかない振りをしていたわ。それから、ちがう日の朝、アメリアとオクスフォード・ストリートで買い物をしているときに。そこでバートンを見かけたのはたしかよ。店の戸口のところに立っていたわ。近くへ行って何をしているのか訊こうとしたら、人ごみにまぎれてしまった。最初はそうして何度も姿を見るのも偶然なんだと思っていた。でも、ここ数日、狩人につけまわされる鹿になった気分だったわ」口が引き結ばれた。「じつを言えば、だんだんひどく気に障るようになっていたの」

おそらく、スコットランド・ヤードの目から見れば、それも殺人の動機になりうるのだろう、とゲイブリエルは思った。

「バートンの死に関してまた警察の尋問を受けたとしても、彼につけまわされていたかもしれないということは言わないでおこう」ゲイブリエルは口に出してはそう言った。「それでいいかい？」

ヴェネシアは目をそらすことなくゲイブリエルをじっと見つめた。「ひとつお訊きしてもいいかしら、ミスター・ジョーンズ？」

「もちろん。質問にもよるがね」

「証拠はたしかにあると思えるはずよ」――ヴェネシアはそこで間を置き、人差し指を立てた——「そう、それほど重大なものではないけれど、あれこれつなぎ合わせたら、この状況ではわたしを容疑者として指し示すものになるかもしれない」

「それはわかっている」

「あなたもお気づきでしょうけど、あなたがバートンの死体のそばにいるわたしを見つけたときには、わたしが姿を消して数分たっていたわ。ブランデーをグラスに注いで青酸カリを入れる暇は充分にあった。わたしが彼を殺していないとどうしてそれほど確信を持って言えるの?」

ゲイブリエルは彼女にどこまで話していいものか考えた。暗室のドアや内部には強い超常的なエネルギーの残滓がどんよりと貼りついていた。妄念や邪悪な興奮や恐怖が、なんと判別しがたく入り混じり、煮えたぎって渦巻いていたのだ。自分が感じとったのが、そのすぐ前に引き起こされた感情が幾層にも重なったものであることはわかった。バートンも少なくとも一度はドアノブに触れたはずだ。殺人者も触れた。ヴェネシアもそうだ。三人の残した感情が入り混じって渦巻いていたのだ。

しかし、ひとつだけたしかなことがあった。ヴェネシアは殺人者ではない。彼女とはアーケイン・ハウスでいっしょに過ごした際に、非常に近くで非常に親密に時を過ごした。彼女がこういう血も涙もない残酷な犯罪に手を染められる人間であるならば、そうとわかったはずだ。

「きみが暗室に行く前にそこから出てきた人がいたと言っていただろう」ゲイブリエルは言

った。「そのきみのことばを信じているんだ」

「ありがとう。信じてくれてうれしいわ。でも、わたしがほんとうのことを言っているとそこまで確信を持ってくれるのはなぜなのか、訊いてもいいかしら？」

「アーケイン・ハウスでいっしょに時を過ごしたおかげで、きみが清廉潔白な人間であると大いに信頼を寄せられるだけ、きみのことがよくわかったとだけ言っておこう」それはけっして嘘ではなかった。

「自分の性格についてそこまでの好印象を残せたとわかってうれしいわ」ヴェネシアはそっけなく言った。

私のことばを信じていないのだな。ゲイブリエルは胸の内でつぶやいた。まあいいさ。彼女のほうも秘密を隠しているのはわかっている。

「ほんとうさ、奥さん」ゲイブリエルは言った。「それに、警察に何度同じことを訊かれても、まったく問題なく同じ供述ができるし、今回のことはまちがいなく朝の新聞に載るだろうが――」

「新聞。そこまで考えてなかった。そういえば、〈ザ・フライング・インテリジェンサー〉のミスター・オトフォードが今夜の展示会に来ていたわ。今度のことが新聞に載ったらどんなふうに思われるかしれたものじゃないわね」

「そのことについてはあとで考えよう。今は、きみがどうして階段で見かけた男について知らない男だと私と警察に嘘をついたのか、その理由のほうがずっと知りたいね」

15

その疑問にヴェネシアは完全に虚をつかれた。ゲイブリエルの思惑どおりだった。ヴェネシアはすばやく首をめぐらして彼を見た。目に浮かんでいるのは驚愕と警戒の色だった。まるで驚かされて秘密の隠れ場所から追い立てられた動物のようだ。

「でも、知らない人だったのよ」少しばかり速すぎる口調だ。「言ったでしょう。顔をよく見たわけでもないって。知らない人であるのはまちがいないわ」

ゲイブリエルは立ち上がって鉄製の火かき棒を手にとると、暖炉の火をつついた。

「何かは見たはずだ」と穏やかに言った。

「長い外套と高い帽子を身につけていたわ。そのことは言ったはずよ」ヴェネシアはそこで口をつぐみ、思い出すようにしてつけ加えた。「少なくとも、男の人だったとは思う」

そのことばがゲイブリエルの注意をひいた。「それも定かではないと？」

「確信を持って言えるのは、わたしが目にした人物は紳士らしい装いをしてたってことだけ。刑事にも話したように、その人物がやせていて並みの背丈だったのはたしかよ。でも、明かりがあまりにとぼしくて、それ以外細かいことはわからなかったわ」

「殺人者が女だったかもしれないときみがその可能性を認めること自体が興味深いね」ゲイブリエルは火かき棒を脇に置いて言った。「男の装いをしていたとしたら、きみが目にした人物が男だったとする仮定に誰も疑問は発しないはずだ」

「そのことをよくよく考えてみれば、明らかに、自分の身元を隠すもっとも簡単な方法は異性に扮することね」

ゲイブリエルはそのことをよく考えてみた。「それに昔から、毒は女が選ぶ人殺しの方法だとよく言われている」

「今回の状況から考えて、必ずしもそれがあたっているとは思えないけど。この件では犠牲者が写真家だから、じっさい殺人者もすぐに青酸カリを思いついたはずよ」

「きみの言いたいことはわかる」ゲイブリエルはマントルピースに片腕を載せた。「逃げた人物がきみに気づかなかったのはたしかなのか？」

「ええ、絶対に」ヴェネシアは答えた。「わたしが見ているあいだは振り向かなかったから。振り向いたとしても、わたしの姿は見えなかったはずよ」

「どうして？」

「わたしは廊下の一番暗いところにいて、角から向こうをのぞきこんでいたから。わたしの後ろにはほぼまったく明かりはなかったわ。明かりを受けていたのは殺人者のほうで、それもごくわずかだった」

「それだけはたしかだと言いたそうな口ぶりだな」

ヴェネシアは口の端をゆがめた。「お忘れかもしれないけれど、わたしは写真家よ。光と影の効果に関しては綿密な研究を重ねてきたの」

「きみの写真家としての専門知識を疑う気はないよ」ゲイブリエルは彼女と目を合わせた。「ただ、もう一度訊いておかなければならない。今夜目にしたことで、警察に話さなかったことはなんだ？」

ヴェネシアは指をきつく組み合わせた。「あなたってとてもしつこいのね。どうしてわたしが目にしたことをあなたや刑事に隠していると思うの？」

「男の勘と言ってもらってもいい。アーケイン・ハウスでのつかのまの出来事のあいだに、きみについていくつか学んだことがあるんだ、ミセス・ジョーンズ。ひとつは、写真を撮るときにほかの人が気づかないことを感じとるということだ。それにあの晩、きみがどうやって森にひそんでいたふたりの男を見つけたのか、いまだに不思議に思っている」

「男たちが月明かりが射しているところを通ったときに気づいたのよ」

「木の下まで月明かりは届いていなかったはずだが、そのことはひとまず置いておこう。しかし、状況の深刻さから考えて、今回の件についてはそう簡単に片づけられない。真実を教えてもらえるとてもありがたいね。だから、もう一度訊く。今晩何を見たんだ？」

ヴェネシアが答えを口にするまで長い時間が流れ、話したくないと拒まれるのではないかとゲイブリエルは思いはじめた。彼女を責めるわけにはいかない。話さなければならない義理はないのだから。それでもなぜか、秘密を打ち明けてもいい相手と思ってもらえないことには苛立ちを覚えた。自分が彼女にはまた信頼してほしいと思っているのがわかった。アーケイン・ハウスでは信頼してくれていたようなのだから。

「逃げた人物についてわたしが感知したことは警察の役には立たないわ」ヴェネシアは静かに口を開いた。

ゲイブリエルは身動きしなかった。「でも、殺人者について何か気づいたことがあるんだね？」

「ええ」ヴェネシアは彼と目を合わせた。「ほんとうのことを言ったら、きっとあなたもわたしの想像力が行きすぎているとか、幻覚を見ていただけとか思うはずよ。よくてもわたしのことをとんでもない嘘つきと思うわ」

ゲイブリエルはヴェネシアに二歩近づき、両肩をつかんで立たせた。「きみが何を言うにしても、そういう結論には達しないと約束するよ」

「ほんとうに？」ゆがんだ懐疑的な表情が彼女の顔をよぎった。「どうしてそんなに自信を持って言えるの？」

ゲイブリエルは彼女の腕をつかむ手の力を強めた。「きみは忘れているようだが、三カ月前、われわれはともに何日か過ごしただろう」

「いいえ、ミスター・ジョーンズ、忘れてなんかいないわ。一瞬たりとも」

「私もさ。すでに言ったはずだが、私はきみの人格についてはこれっぽっちも疑いを抱いていない。正気についても同様さ」

「ありがとう」

「しかし、きみが私に話す気になってくれたことがなんであれ、それを信じようと思う理由は別にある」

「その理由とはなんですの？」

「きみに関するかぎり、疑うことをみずからに許すには、あまりにきみを求めすぎているんだ」

ヴェネシアの唇が開いた。「ミスター・ジョーンズ」

尋問はあとでつづければいい。あまりに長いあいだおあずけだったのだから。ゲイブリエルはもはや誘惑に逆らえなかった。

彼は頭をかがめ、彼女の口をとらえた。

16

抱き寄せられた衝撃でヴェネシアの五感に火がついた。何週間も何カ月も、彼の身の上に何があったのかはっきりとわからないまま、ゲイブリエルが生きていたとしても、自分のところへ来てくれることはないのだと絶望に打ちひしがれていたというのに、今またキスされているのだ。

体にまわされた腕の感触は覚えているよりも刺激的だった。彼の体の熱、口の官能的な味わい、うっとりするような腕の力強さ。そうしたすべてが体の奥底にぞくぞくするような興奮を呼び起こした。

「きみにはわからないだろう――」ゲイブリエルはささやいた。「きみにまたキスをしたらどんな感じだろうかと想像しながら、私が幾晩眠れぬ夜を過ごしたことか」

「わたしにとってはどうだったとお思いなの？　あなたがいわゆる事故にあったという記事を見て、どれほど打ちのめされたか。どうしても信じられなかったわ。あなたは絶対に生きていると思って、死んだのだとしたら、きっとわたしにはそれがわかると自分に言い聞かせていた。でも、あなたからはなんの知らせもなかった」

「すまなかった、ヴェネシア」ゲイブリエルは片手で彼女の顔をそっとあおむかせ、喉に唇を寄せた。「誓って言うが、私が死んだという知らせをきみの耳に入れるつもりはなかったんだ。ロンドンの新聞に載ったあんな小さな記事をまさかきみが目にするなど、私には知りようもないだろう？　きみはバースで安全に暮らしていると思っていたんだから」

「連絡をくれてもよかったのに」と彼女はなおも言った。

「すまなかった」彼は耳もとでささやいた。「何週間も前にこのいまわしい問題にけりをつけて、危険につきまとわれることなくきみのもとへ来られると思っていたんだ」

ゲイブリエルは彼女の髪を指で梳《す》いた。ピンがそっとはずれてカーペットの上に落ちた。その親密な仕草にヴェネシアは身震いし、ゲイブリエルの肩をつかんだ。ぱりっとしたシャツの白いリネンの感触と生地の下にある盛り上がった筋肉の硬さが意識された。

ヴェネシアの髪ははらりと肩に落ちた。次に彼の指はドレスの前の留め具にかかっていた。ドレスを脱がされようとしているのだとわかって彼女はつかのまパニックに襲われかけた。

何もかも速すぎるとヴェネシアは思った。ゲイブリエルはわたしを求めているように振舞っているが、彼が情熱以外の目的で戻ってきたことを忘れてはならない。おまけに、ここはふたりのあいだに何があったか誰にも知られることのない、人里離れたアーケイン・ハウスではない。ゲイブリエル自身、もはや後事を憂うことなくむさぼれる安全な夢のなかの男ではない。

今ふたりはあろうことか、わたしの書斎にいるのだ。アメリアとベアトリスとエドワードが二階にいる。トレンチ夫人はキッチン脇の小部屋で眠っている。誰かが起きていたら、音を聞いてたしかめに来ることだろう。

ここは現実の世界なのだ。ヴェネシアは自分に言い聞かせた。ここでは事情もちがってくる。

しかしゲイブリエルにドレスのボディスについた留め具をはずされながら、口を覆われているせいで、神経を集中させることも、まともにものを考えることもできなくなっていた。

ヴェネシアは震えながら目を閉じ、よろめかないために彼にしがみついた。

「私の勘ちがいではなかったんだな？」ゲイブリエルはかすれた声を出した。欲望のせいで荒っぽい口調になっている。

「何が？」ヴェネシアはようやくの思いで声を出した。

「あのアーケイン・ハウスでの最後の晩だ。きみは私に抱かれたがっていた。私を求めていたんだ」

不安が胸の内で渦巻いた。あの晩は完璧だった。ほぼ完璧と言ってよかった。しかし、今夜は完璧とは言えない。今置かれている状況は最悪で、ゲイブリエルも都合よく目の前から消えてくれる謎めいた秘密の愛人ではない。なんと今は屋根裏の住人で、明日の朝になれば朝食の席で顔を合わせなければならないのだ。しかも家族全員の目の前で。

「ええ」ヴェネシアはささやいた。「でも、あのときはあのときで今とはちがうわ」

ゲイブリエルは動きを止めた。「ほかに誰かいるのか？　あれからさほどたっていないのだから、きみが私に対する興味を失うことはないはずだと自分に言い聞かせてきたんだが。正直、今夜きみが展示場から姿を消したときには、目算を誤ったのかと思ったよ」

目算を誤るとは変わった言い方をするのね、とヴェネシアは胸の内でつぶやいた。目算を誤るとは、立てた作戦がうまくいかなかったときに使う表現だ。恋人同士が使うことばではない。少なくともヴェネシアにはそう思われた。

彼女はゲイブリエルの首にまわした腕をほどき、てのひらを彼の胸にあてた。

「ほかに誰かいるのか？」ゲイブリエルは抑揚のない声で再度訊いた。暖炉の火に照らされて、目が得体の知れない危険な色を帯びた。

「いいえ」ヴェネシアは正直に答えた。「とんでもないわ。この三カ月、ロンドンに移り住んで写真家として仕事をはじめるので精いっぱいだったもの。ほかの誰かを見つける暇なんてなかった。そういうことじゃないの」

ゲイブリエルの顔に笑みが浮かんだ。体の筋肉のこわばりがゆるむのがわかる。

「わかるよ」ゲイブリエルは指で彼女の喉を愛撫しながら言った。「今日はいろいろとあったから、きっと気が動転しているんだろう」

それは弁解としてはもってこいだとヴェネシアは思った。

「ええ、ほんとうにそう」ヴェネシアはゆっくりと一歩下がった。「ごめんなさい。今日はほんとうに驚くようなことがたくさんあったから。そう、まるでいろいろな出来事が頭の上から滝のように降りかかってきた感じだわ。あなたが戻ってきたのにもびっくりしたし、錬金術師の手帳のこともそう。バートンの死体も見つけた。ただもういろいろありすぎて。こんな状況で頭がはっきり働くとは思えないわ」

ゲイブリエルはおもしろがるように口の端を上げた。「それどころか、論理的で明晰《めいせき》な思考に頼りきってはいけないまれな状況と言えるだろうね、ミセス・ジョーンズ」彼はドレスのボディスの端をつかんでいた手をそっと離した。「それでも、こういう状況で無理はしないでおくよ。きみにとってショックの連続だったのは明らかだから、そこから回復する時間が必要だろう」

「ええ、ほんとうに」ヴェネシアはドレスのボディスをつかんだ。彼の理性的な態度に自分が安堵《あんど》しているのか傷ついているのかよくわからなかった。少し前に激しく燃え上がった情熱が本物だとしたら、もう少しそれらしく振る舞うものではないかしら？「お気づかいありがとう」

ゲイブリエルはわずかに身をかがめ、彼女の口にかすめるようなキスをした。「気をつかっているというよりは懐疑的になっているのさ、奥さん」彼女の心を読んだかのようにそう言った。「ようやくもう一度愛を交わすことになったときには、きみの心に疑念や後悔が残るようにはなってほしくないからね」

ヴェネシアにはそれもどうとっていいかわからなかった。今夜はふたりの関係にからむすべてが突然ひどくあいまいになった気がした。彼が夢の人であったときのほうが物事はずっと単純だった。

「では、おやすみなさい」片手でボディスの前を合わせ、ヴェネシアは急いでドアへ向かった。「気が動転しているのもそうだけど、ほんとうに疲れたわ」

最後のことばはまぎれもない真実だと彼女は思った。奇妙なほどにへとへとだった。それでも、今夜は眠りがなかなか訪れてくれないだろうという予感もあった。

「おやすみを言う前にひとつだけ、ミセス・ジョーンズ」

冷静な口調でやんわりとくだされた命令に、ヴェネシアはドアノブにかけた手を止めた。ひどく警戒しながら振り返ると、暖炉の火に照らされた彼の輪郭は危険なほどに官能的で、前の開いたシャツとほどけたネクタイに目が吸い寄せられた。全身にまたむずむずとした感じが走った。

「なんでしょう？」とヴェネシアは礼儀正しく言った。

「きみは私の質問に答えていない」ゲイブリエルはブランデーの載った小さなテーブルのところへ行き、デキャンタを手にとってグラスにおかわりを注いだ。「今夜、殺人者が階段を降りて逃げていくときに、きみは何を見たんだ？」

その点に関してあきらめるつもりはないのね、とヴェネシアは胸の内でつぶやいた。こうと目的を定めたら、ゲイブリエル・ジョーンズが追求の手をゆるめることはめったにないのだろう。獲物を見つけた狩人のように。そのイメージには心が騒いだ。妙にわくわくするものも感じたが。まるで自分の根元にかかわる挑戦を受けたかのようだった。

ヴェネシアは質問への直接的な答えをどうにか避けようと、考えをめぐらした。自分が尋常ならざる能力を持っていると説明しても、きっと信じてはもらえないだろう。それでも、何かふつうでないものを見たにちがいないと疑うだけ彼が鋭敏であるという事実にはそそられずにいられなかった。男にしても女にしても、知っている人間のなかにここまで推測する人はほとんどいなかった。

真実を知ったら彼がどう反応するか知りたいという好奇心も突然湧き起こった。

「言っても信じてもらえないと思うわ」ヴェネシアは言ったそばから疑われることを覚悟して口を開いた。「でも、逃げていく男のまわりに超常的なエネルギーのオーラを見たの」

ゲイブリエルはグラスを口に持っていこうとしていた手を止めた。

「ちくしょう」としばらくしてほとんど聞こえないような声で言った。「そうじゃないかと思っていたんだが、確信が持てなかった」

「なんですって？」

「気にしないでくれ。きみが見たその〝オーラ〟について話してくれ」

ヴェネシアは信じてもらえないとばかり思っていて、理性的な問いが返ってくることに心の準備ができていなかった。考えを整理するのにしばし時間がかかった。

「エネルギーのオーラが波型に人をとり囲み、脈打っているように見えるの」と彼女は答えた。

「会う人すべてにそのオーラが見えるのかい？　だとしたら、ずいぶんとわずらわしいだろうに」

「神経を集中させてよく見ようとしなければ見えないわ。そうするとネガフィルムに焼きついた世界を見ているような感じになって、はじめてオーラを見分けることができるのよ」

「おもしろいな」

「わたしの言おうとしていること、あなたに理解してもらえるとは思っていないけど、またあの殺人者に遭遇して、オーラを見る目で見れば、きっとその人とわかるはずよ」

「今も？」とゲイブリエルは小声で訊いた。

その反応をどう考えていいかわからなかったので、ヴェネシアはその問いは無視して最後まで説明をつづけることにした。

「このことをスコットランド・ヤードにひとことも話さなかった理由はおわかりでしょう。信じてもらえたとはとうてい思えないわ。わたしが刑事にどんなふうに扱われていたかは見たでしょう。わたしがショック状態におちいっていて、今にもヒステリーを起こしそうになっていると思っていた」

「たしかに」ゲイブリエルは彼女の机の端に腰をかけた。「質問のほとんどは私に向けて発せられていたね」

「あなたが男だからよ」

「それに、私がきみの夫だと信じていたからだ」

「それもあるわ」ヴェネシアは顔をしかめた。「逃げた男のオーラについてわたしが知らせたとしても、刑事にとって役に立つ情報ではなかったでしょうしね。オーラが見えない人に、超常的なエネルギーの型を説明しようとしても無駄ですもの」

ゲイブリエルはしばらく彼女をじっと見つめた。「オーラというのが人によってちがうと？」

「ええ。個人個人でまったくちがうわ。色もあるんだけど、その濃淡を説明するのは無理ね。ふつうの世界で見ている色とは一致しないものだから。それを言い表すのに、自分だけの表現を生み出してはいるけど、あなたが聞いてもまったく意味をなさないはずよ。オーラで見えるエネルギーの強さと型にも個性があるし」

「オーラによって性別もわかるのかい？」

「いいえ。だから、逃げた人影が男か女か、はっきりはわからないって言ったの」

「その人の性質や性癖は？」

ずいぶんと鋭い質問をするわね、と彼女は胸の内でつぶやいた。「それなりの強さがあれば、そういったことは驚くほどはっきりわかることも多いわ」

「今夜、廊下で見かけた人物の性質については何がわかった？」

ヴェネシアは大きく息を吸った。「その人物が動物だったら、捕食動物と言ったでしょうね。目的を達するためには殺しもいとわない生き物。動物の世界ではそういう獣にも正当な存在理由があるわ。自分が生きるために殺すわけだから。でも、人間の世界ではそういう人は化け物とみなされる」

ゲイブリエルは身を凍りつかせた。顔からは表情がすっかり失われている。

「なるほど」彼は言った。「化け物ね」

「逃げていく人物はわたしにはそう見えたの。冷血でとても恐ろしい人間だと。正直に言って、その人物が男であれ、女であれ、もう二度とお目にかかりたくないわ」

ゲイブリエルは何も言わなかった。

彼がかもし出す暗い静寂のなかに何かを感じ、ヴェネシアのうなじの産毛が立った。殺人現場から逃げ出す殺人者を見たときと同じだった。

「おやすみなさい、ミスター・ジョーンズ」と彼女は言った。

「おやすみ、ヴェネシア」

ヴェネシアは廊下に出てドアを閉めると、急いで階段を昇った。ゲイブリエルに説明しようとした捕食動物のごとき人間に追われているかのような足取りだった。

安全な自室にたどりつくころには、息が切れていた。ドレッシング・テーブルの鏡に映った自分の姿を見てヴェネシアはショックを受けた。髪の毛は落ち、ドレスは前が開き、目の下にはくっきりとくまができている。

鏡に映った姿に官能の名残を見て、体の芯《しん》が揺さぶられる気がした。こんなふうにゲイブリエルの目に映っていたのね、とヴェネシアは胸の内でつぶやいた。

鏡にくるりと背を向けると、急いでドレスを脱いだ。

数分後、ネグリジェに身を包んだヴェネシアは、上掛けの下にもぐりこみ、ランプを消した。そして、家のなかの静けさに耳を澄まして待った。

ゲイブリエルが階段を屋根裏まで昇る音は聞こえなかったが、しばらくして頭上でかすかな物音がし、彼がベッドにはいったことがわかった。

胸騒ぎのする暗い夢に落ちていこうとするころになってはじめてヴェネシアは、ゲイブリエルが訪ねてきて以来心を悩ませていた疑問を自分にぶつけた。

彼は任務を遂行するにあたって協力が必要なのだと明言していた。その目的をはたす手段として誘惑することもあるのだろうか？

そう考えた瞬間、心のなかでもやもやともつれ合っていた感情が、クリスタルほどもくっきりと明確になった。

ゲイブリエルとの関係が複雑で心騒がせるものとなってしまったのは、もはやそれが自分の思いのままにならないからだ。

アーケイン・ハウスではふたりの関係について、わたしが暗黙の決まりをすべて作っていた。完璧なロマンスを経験したいという秘めたる思いを遂げるために自分からゲイブリエルを誘惑したのだ。

しかし今、決まりを作っているのはゲイブリエルのほうだ。これからはよくよく慎重にならなければならないだろう。

17

屋根裏の踊り場で足音がした。

ゲイブリエルは顔に残ったひげ剃り用石鹸《せっけん》の泡を拭きとってタオルを脇に放ると、部屋の狭く窮屈な空間を横切り、ドアを開けた。

目の前にエドワードが立っていた。少年は丁重にノックしようと手を上げたところだった。

「おはよう」とゲイブリエルは言った。

「おはようございます」エドワードは興味津々で彼を見上げた。「まだ着替えがすんでないんですね」

「すっかりはね」

「ミセス・トレンチに言われて、もうすぐ朝食の準備ができますと伝えに来たんです」

「ありがとう。家庭的なうまい食事がたのしみだ。すぐに行くよ」

ゲイブリエルはドアに背を向けると、壁の釘から清潔なシャツを手にとった。

「ここで待ってます」エドワードは部屋に少しずつ足を踏み入れて言った。「朝食の間まで案内できるように」

「そうしてもらえると助かるな」ゲイブリエルは言った。「家じゅうを探しまわる手間がはぶける」

ゲイブリエルはシャツのボタンをはめるあいだ、鏡越しにエドワードの様子を見守った。

少年はまわりを見まわし、ゲイブリエルが荷ほどきした品々をまじまじと見つめていた。とくに洗面台の上に並べられたひげ剃り道具に気をひかれたようだった。

「パパがこれとそっくりの革袋にひげ剃りの道具を入れてました」とエドワードが言った。

「そうかい?」ゲイブリエルはシャツのボタンをはめ終え、ネクタイが必要かどうか考えていた。自宅にいるころには、いつも朝食には気軽なシャツ姿で降りたものだ。しかし、そこは独身者の住まいだった。

「ええ」とエドワードは答えた。

「お父さんがずいぶんと恋しいことだろうな」

エドワードはうなずき、しばらく黙りこんだ。ゲイブリエルはカラーにネクタイをまわし、前に垂れるようにして結んだ。

エドワードはネクタイを結ぶ様子をじっと見つめていた。

「パパは投資家だったんです」と唐突に言った。

「そうかい？」

「アメリカへ出張に行くことが多かったけど、家にいるときには釣りに連れていってくれたし、いろんなことを教えてくれました」

「父親というのはそういうものだからね」とゲイブリエルは言った。

「義理のお兄さんも同じようなことをしてくれるものでしょう？」

ゲイブリエルはエドワードに目を向けて言った。「ああ、そうさ」

エドワードは顔を輝かせた。「あなたがほんとうの義理のお兄さんじゃないってこと、秘密にしなきゃならないのはわかってます。でも、どうせそういう振りをしているんだから、パパが教えてくれなかったことを教えてくれてもいいんじゃないかと思って」

「そうしていけない理由はないね」とゲイブリエルも言った。

「よかった」エドワードはにやりとした。「心配しないで。言ったけど、ぼくは秘密を守るのは得意なんです」

「ああ、わかってるさ」

「パパとママが天国へ行ってから、ずいぶんと経験を積んできたから」エドワードは少しばかり誇らしそうな口ぶりで言った。「あなたが義理の兄さんだって振りをするのは、パパの秘密を守るのとどこか似てるし」

「なるほど」

「パパは大きな霧《ビッグミスト》だったんです」

ゲイブリエルはぽかんとした。「大きな霧？」

「奥さんがひとりじゃない男の人をそう呼ぶんです」

「重婚者《ビガミスト》だな」とゲイブリエルはやさしく言った。ヴェネシアの書斎の壁にかかっていた実物よりも大きな肖像写真が思い出された。

それで多くの謎が解けるとゲイブリエルは思った。

「パパは年に二度仕事で行っていたニューヨークに別の奥さんと子供がいたんです。ママとパパが列車事故で亡くなるまでぼくたちはそのことを知らなかったけど。パパが重婚者《ビガミスト》だったから、つまり、ヴェネシアとアメリアとぼくはパパのほんとうの子供じゃないってことなんです」

「それはちがうな、エドワード。きみの両親の関係がどうであれ、きみたちがお父さんのほんとうの子供だったのはたしかだ」

「ベアトリス叔母さんによれば、ぼくたちは婚外――」エドワードはことばにつまった。

「婚外なんとかなんです」

「婚外子かい？」

「ええ、それです。とにかく、ママとパパが死んでから、ミスター・クリートンがぼくたちのものになるはずだったお金を持っていなくなってしまったのがわかりました。ベアトリス叔母さんはとんでもない災難だったって言ってます。それなりのお金があれば、世間の目から多くの罪を隠せたはずだからって。ヴェネシアに写真の腕がなかったら、きっとぼくたちはみんな路頭に迷うことになってただろうって言ってます」

　ヴェネシアが一家の大黒柱であることは想像がついていたが、彼女の肩にそれほど大きな責任がかかっている理由もそれでわかった。

「ミスター・クリートンとは？」とゲイブリエルは訊いた。

「パパの秘書です。遺産を盗んだんです。パパはいつも、自分に何か恐ろしいことがあっても、ぼくたちがお金に困ることはないって言ってました。でも、ミスター・クリートンがぼくたちのお金を持って逃げちゃったから、ぼくたちは困ることになったんです」

「最低の野郎《バスタード》だな」とゲイブリエルは言った。

「ええ、ぼくが妾の子《バスタード》なのはわかってます」エドワードの下唇が震えた。「それって婚外子と同じ意味ですよね？　ベアトリス叔母さんとヴェネシアとアメリアはぼくが知らないと思っているけど、ベアトリス叔母さんがヴェネシアとアメリアにこう言ってるのを聞いちゃったんです。パパがママとほんとうには結婚していなかったことがばれたら、みんなぼくをそう呼ぶって」

　ゲイブリエルは少年の前にしゃがみこんだ。「私はミスター・クリートンのことを言ったんだ。エドワード、きみじゃなくてね」

　エドワードの額に縦皺が寄った。「ミスター・クリートンも婚外子だったの？」

「それはわからないが、そんなことはどうでもいい。彼のことを言い表すのに私がまちがった単語を使ってしまっただけだ。妾の子なのは悪いことじゃない。単なる事実だ。髪が赤いとか目が青いというのと同じでね。それによってその人の人格が決まるわけじゃない。私の言っている意味がわかるかい？」

「ええ、たぶん」

「さあ、よく聞くんだ。これから私がきみの年に父に言われたことを話して聞かせるからね。とても大事なことだから、心に留めておいてくれ」

「ええ」

「きみのお父さんが正式にお母さんと結婚していたかどうかはどうでもいいことだ。お父さんがしたことについてきみに責任はない。でも、きみ自身がすることについてはきみに責任がある。男はみな自分の名誉を疵《きず》つけないようにしなければならない。きみもそうだ。それが大事なんだ」

「わかりました」

ゲイブリエルは立ち上がってエドワードの肩に手を置いた。そして、少年の体をドアのほうへ向けた。「そのことがはっきりしたなら、階下《した》へ朝食をとりに行こう」

「ええ、行きましょう」少し前までしょんぼりしていた顔をふいにうれしそうに輝かせてエドワードはにっこりした。「いつも水曜日はバター入りのオムレツとトーストだけなんですけど、今日は家に大人の男の人がいるから、燻製《くんせい》サーモンもつけるってミセス・トレンチが言ってます。大人の男の食事には身になるものが必要だからって」

「ミセス・トレンチは賢い女性のようだな」

ふたりはドアを出て狭い屋根裏の階段を降りた。

踊り場でエドワードはゲイブリエルを見上げた。「正しいことばを教えてくれてませんね」

「正しいことば？」

「ミスター・クリートンですよ。バスタードは彼を言い表すのに正しいことばじゃないって言ったでしょう」

「そうだ」

「じゃあ、正しいことばは？」

ゲイブリエルは義理の兄としての義務を思い出した。「彼を言い表すのにふさわしいことばを教えてやるが、紳士はそういうことばをご婦人たちの前で使うものじゃないということは覚えておかなくちゃならないぞ。わかったか？」

エドワードは男同士にしかわからない秘密のことばを教えてもらえるという期待に顔を輝かせた。「ええ。ベアトリス叔母さんや姉さんたちの前では言わないって約束します」

「ミセス・トレンチの前でもだめだ。きちんとしたご婦人なんだから、叔母さんや姉さんたちに対するのと同じように礼儀正しく接しなくてはならない」

「わかりました。ミセス・トレンチの前でも言わないと約束します」

「ミスター・クリートンを言い表すのにふさわしいことばはくそ野郎《サン・オヴ・ア・ビッチ》だ」

「サン・オヴ・ア・ビッチ」エドワードは正しく覚えたいらしく、一語一語区切るように繰り返した。「つまり、彼のお母さんは雌犬《ビッチ》だってことですか？」

「ちがう」ゲイブリエルは答えた。「そんなことを言ったら、雌犬たちを侮辱することになる」

18

「昨日の晩、展示場であなたたちふたりがミスター・バートンの遺体を見つけたですって？」ベアトリスが胸に手をあて、椅子にすわったまま体を揺らした。「それで、彼が殺されたらしいっていうの？　ああ、なんてこと。わたしたちはおしまいだわ」

その声にショックと恐怖がありありと表れていたため、ゲイブリエルは燻製サーモンから目を上げた。

長いテーブルの反対側の端にすわっているベアトリスをまじまじと見つめる。ゲイブリエルはテーブルの上座につこうとは思っていなかったのだが、トレンチ夫人に、上流社会において家長がすわるべきとされている場所にすわってもらいたいとはっきり示されたのだった。少しあとに部屋にはいってきた黒い装いのヴェネシアの表情から、その席がふだん彼女がすわっていた席であることがわかった。

「そういうことにはならないと思いますよ」とゲイブリエルは言い、エドワードに目を向けた。「ストロベリー・ジャムをとってもらえるかい？」

「ええ」エドワードはバター入りのオムレツを口いっぱいに頬張ったまま答え、礼儀正しくジャムの瓶をゲイブリエルに手渡した。

「殺された人ってどんな様子でした？」

「エドワード」ベアトリスがきつく言った。「もうたくさんよ。朝食の席で話題にするようなことじゃないわ」

「でも、ベアトリス叔母さん、そのことを持ち出したのは叔母さんじゃないか」

ベアトリスはため息をついた。「卵を食べていなさい。大人の話に口をはさむんじゃないの」

エドワードはおとなしくまた卵を食べはじめたが、ゲイブリエルが思うに、会話をひとことももらさず聞いているのはたしかだった。殺された人といった猟奇的な話題を気にしないでいるのはむずかしい。

「ベアトリス叔母様」ヴェネシアがきっぱりと言った。「パニックを起こさないでね。事態はうまく収拾できているんだから」

「どうしてそう言えるの？」ベアトリスが非難するように言った。「とんでもないスキャンダルになるかもしれないのよ。そう、昨日の晩、展示場で死体を見つけたのがあなただってことがおおやけになったら、延々と噂されることになるわ」

「残念ながら、もうおおやけになってるわ」アメリアが〈ザ・フライング・インテリジェンサー〉紙を振りながら部屋にはいってきた。「それにこの記事を書いたのが誰か、きっと思いもよらないわよ」

ヴェネシアは顔をしかめ、コーヒーポットに手を伸ばした。「ミスター・オトフォード？」

「あたり」アメリアはエドワードの隣に腰を下ろした。「控え目に言ってもぞくぞくするような記事よ。みんな今朝これを読むでしょうね。なんと言っても、写真展で死体が見つかるなんてめったにないことだし」

「おしまいだわ」ベアトリスが歌うように言った。「このすてきな家からも追い出されるし、ギャラリーも明け渡さなければならない。何もかも失うのよ」

ゲイブリエルはアメリアに目を向けた。「記事をみんなに読んでくれないか？」

「いいわ」アメリアは咳払いをした。

写真展での驚愕の出来事

——ギルバート・オトフォード

火曜日の晩に開かれた写真展のさなかに、写真家の遺体が発見された。遺体はグリーンストン・レーン在住のハロルド・バートン氏と確認された。

バートン氏は、写真の世界で成功をおさめられなかったことと、近年金銭的に困窮し、借金がかさんでいたことがあいまって、青酸カリを服用するという悲しい行動に出たと考えられている。

遺体は著名な写真家のジョーンズ夫人によって偶然発見された。遺体発見の際には、夫のジョーンズ氏も現場に居合わせた。本紙の読者諸兄は覚えておいでと思うが、ジョーンズ氏は一年ものあいだ亡くなったとみなされていたが、最近ロンドンの愛する花嫁の腕のなかへと戻ったばかりの人物である。

言うまでもなく、バートン氏の遺体が発見されたことで、展示会は陰鬱な空気に包まれた。そのすばらしい作品が訪れたすべての人々の称賛の声を集めていたジョーンズ夫人ではあるが、非常に狼狽《ろうばい》した様子であった。気を失うのではないかと心配になるほどに。夫人は献身的な夫によって展示場からそっと連れ出された。


「あら、ひどい」ヴェネシアは怒りの声をあげた。「気を失いそうだったなんて、全然そんなことなかったのに」

「あなたがひどく狼狽していたというのと、そっと展示場から連れ出されたというのが悪くない感じね」アメリアが新聞を脇に置いて言った。「ミスター・ジョーンズの言うとおりよ。この記事のせいで深刻な問題が起こることはないと思うわ。それどころか、顧客が多少増えたとしても不思議じゃないわね。みんな謎めいた未亡人の写真家にいっそう興味をひかれるでしょうから」

「元未亡人だ」ゲイブリエルが穏やかに訂正した。

「あ、そうだった」と言ってアメリアは卵を自分の皿によそった。「すみません、あなたの奇跡的な生還を忘れてはいけなかったのに。それは謎めいたミセス・ジョーンズの伝説に新たに加わった一節ですもの」

「お役に立ててうれしいよ」とゲイブリエルは言った。

ベアトリスは途方に暮れたように眉をひそめた。「よくわからないんだけど――」そう言ってゲイブリエルを見やった。「ミスター・バートンは殺されたって聞いた気がするのに」

「ヴェネシアと私がそういう結論に達したのはたしかです」とゲイブリエルは答えた。

「でも、新聞の記事ではミスター・バートンがみずから命を絶ったというように書かれているわ」

「ええ、そうですよね？」ゲイブリエルはサーモンをもうひと口食べながらそのことについて考えをめぐらした。「それに、ヴェネシアが廊下で見かけた逃げていく人影についても言及されていない。殺人者に殺人の疑いは生じていないと思わせるために、警察が詳細を伏せようと決めたのかもしれませんね。もしくは、ほんとうにバートンの死を自殺によるものとみなしているか」

「理由はもうひとつ考えられるわ」ヴェネシアが口をはさんだ。「ミスター・ジョーンズ、昨日の晩、あなたとわたしは自分たちの置かれた状況ばかり心配して忘れていたけど、あの建物にいた人のなかには、殺人が起こったなんて噂が立って展示場の評判に疵《きず》がつくことだけは避けたいと思う人がいたはずよ」

「もちろんよ」ベアトリスがすぐさま応じた。「展示会の主催者であるクリストファー・ファーリー。ミスター・ファーリーは芸術の世界でも社交界でも、とても影響力の強い紳士よ。彼が殺人ではなく自殺が疑われると発表するよう警察に圧力をかけたとしても不思議はないわ」

ゲイブリエルは思った。いずれにしても、目下の問題がひとつ減った。ヴェネシアが犯罪現場から逃げていく人影を目撃したことを記者が知らないということは、おそらくは殺人者自身も知らないであろうとみなせるからだ。

ヴェネシアは思いめぐらす顔でゲイブリエルを見ていた。「今日は何をなさるおつもり、ミスター・ジョーンズ？」

彼女はいつまでこんな耐えがたいほど堅苦しい態度をとりつづけるつもりだろうとゲイブリエルは思った。

「じつはリストを作ったんだ」ゲイブリエルはポケットから一枚の紙をとり出してテーブルの上に置いた。「まず、きみがアーケイン・ハウスにいるときに撮った金庫の写真のネガをきみに渡す。それをすぐに現像してもらえるとありがたい」

ヴェネシアは首を縦に振った。「わかったわ。その写真をどうするつもり？」

「金庫のふたに刻まれていた暗号はすでに解読ずみだが、それは私にとってもいとこにとっても無意味な薬草の名前の羅列にすぎなかった。それが重要なものとはどうしても思えない。しかし、ロンドンにいるアーケイン・ソサエティの会員のなかに、錬金術師の書き残したものを綿密に研究してきた人間がいるんだ。その人なら、薬草のまわりに刻まれた図案を見て何かわかるかもしれない」

「その人に金庫の写真を見せるつもりなんですか?」とエドワードが訊いた。

「ああ」とゲイブリエルは答えた。「しかし、そのミスター・モントローズはかなり高齢でね。彼が写真をなくしたり、写真が悪者の手に渡ったりした場合にそなえて、安全のために写真に少しばかり修整を加えてもらおうと思っている。薬草の名前をひとつかふたつ変えてもらいたいんだ。それは可能かな?」

「修整はわたしがしてさしあげますわ」とベアトリスが申し出た。

「助かります」とゲイブリエル。「もちろん、ミスター・モントローズには欠けている部分について説明し、正しい情報をもとに作業にとりかかってもらうつもりだ」

エドワードが称賛するような笑みを浮かべた。「とても賢いやり方ですね」

「まあ、やってみるさ」ゲイブリエルは言った。「しかし、正直に言って、私といとこがすでに推測している以上のことをモントローズから教えてもらえるとは思っていないんだ。それでも、別の点で調査の助けになってもらえるかもしれない」

「別の点って?」とヴェネシアが訊いた。

ゲイブリエルは彼女に目を向けた。「モントローズは長年アーケイン・ソサエティの会員名簿の維持をまかされてきた。名簿にはソサエティに入会した人間の名前のみならず、その身内の名前も載っている」

ヴェネシアはわずかに眉をひそめた。「調査の対象を会員の家族にまで広げるつもりなの？」

「ああ」ゲイブリエルはコーヒーを片手に椅子にもたれた。「容疑者の範囲を、錬金術師の研究室の発掘について知っていたと思われる会員の身内にまで広げるつもりだ。さらには、昨日の晩の展示会に来ていた人間の名前もいくつか記録しておいた。そのなかにアーケイン・ソサエティとつながりを持つ者がいないか気になるんでね」

ベアトリスの顔が不安にくもった。「あなたが探しているその泥棒がヴェネシアを監視していたというのはたしかなんですの？」

「ええ」ゲイブリエルは答えた。「残念ですが、その可能性がきわめて高いと思います。だからこそ、私は墓から戻ってこなければと感じたわけです」

「ひとつたしかなことがあるわ」ベアトリスが物思わしげに言った。「その悪人がヴェネシアのまわりをうろついていたとしても、今その関心はあなただけに向けられているはずよ。あなたが何者かはわかっているはずだし」

「ええ」ゲイブリエルは言った。「そのはずです」

ヴェネシアはフォークを置いた。それでわかったというような暗い光が目に宿った。「つまり、あなたは自分が戻ってくれれば、悪人の関心はまた自分に向けられると踏んだのね。わたしではなく自分のほうに注意をひきつけられるだろうと」

ゲイブリエルは肩をすくめ、二枚目のトーストに手を伸ばした。

ベアトリスが突然陽気な声をあげた。「ええ、もちろんそうよ。それですっかり納得がいったわ。なんてすばらしい作戦なの、ミスター・ジョーンズ。あなたがまた姿を現した以上、悪人にとってヴェネシアはもう用無しだわ。金庫の暗号について知っている人がいるとすれば、あなたをおいてほかにないと当然泥棒だって思うでしょうし。結局、ヴェネシアはただの写真家なんですもの」

「たしかに単純な作戦です」ゲイブリエルも認めた。「しかし、経験から言って、単純が一番だ」

ヴェネシアは食べ物に注意を戻した。ベアトリスの推測を聞いても安堵の表情は浮かべなかった。それはつまり、夫の身の安全を心配してくれているからだろうかとゲイブリエルは思った。

昨晩、書斎から歩み去る彼女を見送るのはたやすいことではなかった。身の内のすべてが彼女をひきとめたいと熱望していた。お互いがお互いのものであることを彼女はわかっていないのか？　アーケイン・ハウスでの最後の晩、激しく情熱を燃やしながら誓ったことばを忘れてしまったのか？

わたしはあなたのものよ。

19

ハロルド・バートンの小さなさびれた写真ギャラリーは闇に沈んでいた。まるで持ち主が戻ってこないのを悟ってギャラリーがみずから扉を閉ざしてしまったかのようだ。

　濃い霧もその場の雰囲気を明るくする役には立っていない、とヴェネシアは胸の内でつぶやいた。彼女はバートンの写真ギャラリーの入口と狭い通りをへだてた反対側の家の前に立っていた。まだ昼過ぎだったが、霧が濃いせいで小さな店を見分けることはほとんどできなかった。ヴェネシアはギャラリーの階上《うえ》にあるいくつかの部屋の窓を見上げた。そこにも人のいる気配はなかった。それらの部屋がバートンの住まいであったのはたしかだ。

　今日、急に思いついてここへやってきたのだった。好評を博している〝シェークスピアの男たち〟シリーズの次の肖像写真のモデル選びは、アメリアとギャラリーを管理している店員のモードにまかせてきた。

　死ぬ前に送りつける暇がなかっただけで、バートンがほかにも写真を撮っていたかもしれないと、朝、目が覚めたときから心を悩ませていたのだ。思いがけず命を落とす前に、バートンが修整の道具を使ってどんなひどい写真をこしらえていたかについては知るよしもなかった。そういう恥ずかしい写真が競争相手の手に渡ったり、もっと悪いことに、顧客の家に送りつけられたりすることは、あってはならないことだ。

家の前の通りはひっそりとしていた。バートンの写真ギャラリーの両隣の店はどちらも開いていたが、客ははいっていなかった。この濃い霧のなか、外へ出る勇気のあった数少ない人々は、さまよう亡霊のように歩いている。みな壁につきあたったり、歩道の石につまずいたりしないように気をつけるのに精いっぱいで、ヴェネシアが民家の戸口にたたずんでいることには気づきもしなかった。頭から爪先まで真っ黒の装いで、顔に黒いヴェールをかけているために、誰の目にもつかないのだ。

ヴェネシアは空のハンサム馬車が通り過ぎるのを待ってから、ゆっくりと霧のなかを進み、道を渡ってギャラリーへ向かった。

店の正面の扉にしっかりと鍵がかかっているのは意外ではなかった。窓のシェードはすべて降りている。昨晩バートンはしっかり店じまいをしてから展示会へやってきて、殺人者と遭遇したのだ。

ヴェネシアは角のところまで行き、店の裏口がある狭い路地にはいった。路地にただよう霧はいっそう濃く感じられた。

ギャラリーの裏口が見つかったが、そこにも鍵がかかっていた。ヴェネシアは髪からヘアピンをとって鍵を開けにかかった。写真術を生業《なりわい》にしていると、道具や機械の扱いに上達するものだ。たいていいつも間に合わせですませなければならないからだ。

ドアは開いた。ヴェネシアは最後に一度まわりに目をやって誰にも見られていないことをたしかめてから店のなかにはいった。路地に濃く垂れこめる霧のなかで動くものはなかった。

ヴェネシアは物音を立てないようにギャラリーの裏手にある部屋にはいり、ドアを閉めた。そこでしばらく足を止め、散らかった陰鬱な部屋を眺めまわした。

その部屋には写真ギャラリーにはつきものの品々が置かれていた。古いネガのはいった箱が天井に届くほど高く積まれており、さまざまな色とデザインの色褪《いろあ》せた背景幕が壁のところに寄せてある。部屋の片隅には、使い古され、脚が一本折れたモデル用の椅子が置いてあった。サイズの小さな婦人用の靴が椅子の下に押しこまれている。少なくとも二年前には流行遅れとなったデザインの靴だ。

思いがけず憐憫《れんびん》の情が心をよぎった。かわいそうなバートン。最新の流行に乗ることがどれほど重要かわかっていなかったのか、それとも、流行が変わっても新しい靴を買うお金がなかったのか。

ヴェネシア自身のギャラリーには三足の婦人靴が置いてあった。どれも最新流行のスタイルで、バートンのギャラリーにある靴よりもずっとエレガントなものだ。しかし、バートンのところの靴とひとつだけ共通点はある。どれももっとも小さく華奢《きゃしゃ》な女性の足に合うサイズだった。

バートンがその靴に金を投じたのが、ヴェネシアが小さすぎて家族の誰の足にも合わない靴を三足も買うことになったのと同じ、現実的な理由からであるのはたしかだった。全身の肖像写真を希望しながら、自分の大きな足は見せたくないという女性客を撮る場合、優美でエレガントな靴は非常に役に立つ。

その小さい靴をモデルのほんとうの足の前に置き、ドレスの裾から華奢な靴の爪先がのぞくようにスカートを直す。それだけで修整の手間が大幅に減らせるのだ。

近くのテーブルの上には額に入れた写真が二枚置いてあった。額のガラスはどちらも割られていた。不思議に思ってヴェネシアはよく見ようとそばへ寄った。

ひと目見ただけで自分に対するバートンの恨みの深さがよくわかった。

写真はテムズ川を写したものだった。両方とも見覚えがあった。バートンが以前のファーリーの展示会に出品していたものだ。その展示会では、ヴェネシアの〈夜明けの川の眺め〉が最優秀賞を獲得し、バートンはその晩怒り狂って会場をあとにしたのだった。賞を逃した写真を抱えて自分のギャラリーに戻ってきたバートンの姿が想像できた。おそらく、ここへ憤然とはいってきて、ガラスが割れるほど思いきり作業台に写真を叩きつけたのだろう。そして、割れたガラスの破片を片づけようともしなかった。もしかしたら、日々それを目にしてひねくれた喜びを感じ、ミセス・ジョーンズなる者への憎しみを新たにしていたのかもしれない。

ヴェネシアは心を乱す作業台の上の光景から目をそむけた。靴の爪先が床の上に置かれた何かにあたった。板の上に立てられた長い鉄の棒に足があたって棒が音を立てたのだ。不気味なほどに静まり返ったなかで、その音が異常に大きく聞こえた。

心臓の鼓動が速まり、体が凍りついたようになった。おちつくのよ、と彼女は自分に言い聞かせた。この小さな音をギャラリーの外にいる人に聞かれることはない。

何秒かすると、鼓動も鎮まった。下に向けた目が、モデルの頭を固定する鉄製の支えと長いスタンドをとらえた。銀板写真法や鉄板写真の時代には、写真を撮っているあいだ、モデルが動かないようにこうした器具で固定する方法が広く用いられていた。新しく速い写真法が開発され、カメラが改良されたおかげで、こうした器具は技術的には不要となったが、モデルが身動きしないようにするために、まだ使いつづけている写真家は多かった。おちつきのない小さな男の子の肖像写真を撮るときには、頭を固定する器具を使いたい思いに駆られるのはたしかだ。

ヴェネシアは部屋を横切り、ドアを開けた。換気の悪い場所に長いあいだ立ちこめていた薬品の強いにおいに、あやうく気を失いそうになった。

きっとバートンは、暗室の薬品の安全な保管方法に関する写真誌のまっとうな忠告など無視していたのだろう。いつも咳ばかりしていたのもうなずける。ここに何時間もこもりつづけ、新鮮な空気をとりこむ設備のない狭い部屋で、密度の濃い臭気を吸いつづけていたのだ。ヴェネシアはため息をついた。危険を多くはらむ職業に共通した問題だ。

しばらくドアを開けっ放しにして濃い臭気を追い出してから、暗室にはいった。狭い部屋にはぼんやりとした明かりがななめに射していて、固定液のトレイと薬品の瓶が見てとれた。

バートンの器具は光り輝いており、新しいものに見えた。品質も悪くない。棚にはまだ封の開いていない瓶もいくつかあった。

部屋が薄暗かったため、ヴェネシアは作業台の下におさめられた木の物入れを見落とすところだった。しゃがみこんで開けてみると、なかにはいくつかの乾板のネガがはいっていた。

そのひとつを見ただけで、それがなんであるかわかった。

ヴェネシアは背後でかすかな足音がしたことにまったく気づかなかった。たくましい男の手に口をふさがれたときには、悲鳴をあげるには遅すぎた。

体を持ち上げられ、ヴェネシアは使えそうな唯一の武器をつかんだ——現像液から写真をとり上げるのに使うトング。

20

「よせ」ゲイブリエルが耳もとでささやいた。「音を立てるな」

ヴェネシアはほっとして体の力を抜き、勢いこんでうなずくと、トングを放した。

ゲイブリエルは口から手を離して彼女を振り向かせた。薄暗い暗室のなかで、彼はとても大きく、とても苛立っているように見えた。

「いったいここで何をしようとしていた？」問う声はやさしすぎるほどだった。「ギャラリーにつめているものと思っていたぞ」

ヴェネシアはどうにかおちつきをとり戻そうとした。「それを訊きたいのはわたしのほうよ。あなたは今朝、アーケイン・ソサエティの年輩の会員に話を聞きに行くはずじゃなかったかしら」

「モントローズとはすでに話をしてきた。サットン・レーンに戻る途中だったんだが、この場所に寄ってみようと思ったんだ」

「ここに何があると思っていたの?」うんざりした口調でヴェネシアは尋ねた。

「バートンのことをもっと知りたくてね」

「いったいなぜ? 彼の死がなくなった錬金術師の手帳と関係あるはずはないけど」

ゲイブリエルは答えなかった。

ヴェネシアの胃のあたりで何かが激しく震えた。「関係あるの?」

「それに対する答えはおそらくノーだ」とゲイブリエルは言った。

ヴェネシアは咳払いをした。「〝おそらく〟って言い方は言い逃れの余地を残している気がしてならないわ」

「奥さん、いつもながらきみはなんとも鋭いね」ゲイブリエルは木の物入れを見やった。

「彼がきみを撮った写真のネガを見つけたんだな」

「ええ」

「私もそれを調べた。きみの名前を刻んだ墓石の写真以外はまったく害のないものばかりだ。きみがベーカリーから出てくる写真やギャラリーへはいっていく写真、顧客と談笑する写真。そういった写真ばかりだ」

ヴェネシアは身震いした。「バートンはねたみのあまり、わたしに対して奇妙な執着のようなものを感じていたにちがいないわ」

「私としては、バートンがほんとうにそれほどきみに執着していたのかどうか疑わしいと思いはじめている」とゲイブリエルは言った。

「どういうこと？」

「バートンが何日かきみのあとをつけまわしたあげく、昨晩きみのそばで殺される状況にみずからおちいるなど、控え目に言っても、どこか引っかかるものを感じるね」

「なんですって？」ヴェネシアはそのことばがほのめかしていることに打たれたようになった。「ちょっと待って。つまり、ミスター・バートンの死がわたしにかかわることのせいかもしれないというの？」

「さらなる証拠が見つからないかぎりは、無視できない可能性だね」

「こんなことは言いたくないんですけど、これまでのところ、気の毒なバートンを殺す動機を持ち合わせていた唯一の人間はわたしよ。そのわたしが殺していないという事実を考えれば、ほかの誰かがまったく関係ない理由で彼を殺したと考える必要があるんじゃないかしら」

「おそらく」

「また〝おそらく〟なのね」ヴェネシアは言った。「教えていただきたいんですけど、わたしの仮説のどこに欠陥があるの？」

「きみの推理はすばらしいよ、いとしい人。しかし、ありそうもない偶然の一致に頼りすぎだ。そういう仮説は好まないものでね」

そんなふうにぞんざいに〝いとしい人〟などと呼ばれるのは苛立たしかった。まるでそういう親しい呼びかけが自然であるほどにふたりの関係が進んでいるかのように思えたからだ。

ゲイブリエルは彼女に目を向けた。「まだ説明してもらってないんだが、どうして今朝この場所へ寄ってちょっとした家宅侵入をしようと思ったんだ?」

ヴェネシアは歯を食いしばった。「家宅侵入なんてしてないわ。ただヘアピンでちょっとつついたらドアが開いたのよ」そこではっとことばを止めた。「あなたはどうやってはいったの?」

「私も多少つつきまわしたのさ」ゲイブリエルはもうひとつの部屋のドアのほうへ顎をしゃくった。「しかし、誰かが前触れもなくはいってくる可能性を考えて、なかにはいってからまた鍵をかけておいたんだ」

「用心がいいのね」もっともだと感心してヴェネシアは言った。「今後こういうことがあったときのために覚えておくわ」

「今後ね」ゲイブリエルはわざと言った。「今後こういうことをしようと思ったら、実行する前に私に相談してくれ」

「どうして相談しなければならないの?」ヴェネシアは訊いた。「きっと説得してやめさせようとするでしょうに」

「気がついていないといけないから言っておくが、ミセス・ジョーンズ、こんなことをするなど、逮捕されたがっているとしか思えないね。昨晩われわれを尋問した刑事はバートンの死に関し、きみを容疑者とみなすつもりはないようだったが、こんなところを見つかったら、その考えも変わってしまうかもしれない」

「人目につかないように細心の注意を払ったわ。あなたの質問に答えるならば、ここへ来たのはバートンがわたしの写真をほかにも撮っていて、それを修整しているかもしれないと思ったからよ。万が一にもわたしの競争相手の手に渡ったら、ひどく恥ずかしい思いをするような写真を」

「それは私も考えた」ゲイブリエルは言った。「その木の物入れのなかにはいっていた見るからに害のないネガ以外には、きみの写真は見つからなかったが」

「よかった」ヴェネシアは天井を見上げた。「住まいはどうかしら？」

「階上《うえ》にも興味をひかれるようなものは何もなかった」彼は木の物入れを手に持って暗室を出た。「さあ、この写真を持っていこう。それで、ここから無事に出たら、もっとよく調べてみよう」

ヴェネシアは裏口へ向かおうとするゲイブリエルのあとに従った。が、脇を通りがかったテーブルの上に乾板の箱が置いてあるのに気づいて足を止めた。製造業者の名前に見覚えがあった。同じ会社から彼女も乾板を買っていたからだ。

「おやおや、おもしろいわね」ヴェネシアは声をひそめて言った。

片手をドアノブにかけてゲイブリエルは彼女のほうを振り向いた。「なんだい？」

「どう考えても、バートンは写真で生計を立てるのがやっとだったはずよ。それなのに、暗室の機材はとても新しくて高価なものだった。おまけに乾板は製造業者から一番大きな箱をとり寄せている。かなりの額になるのに」

「どうやらバートンは仕事については真剣だったようだね。きっと稼いだなけなしの金を写真の備品や機材につぎこんでいたんだろう」

「噂《うわさ》によれば、そんな贅沢《ぜいたく》が許されるほどの収入はなかったようだけど」ヴェネシアは床を爪先で叩き、もう一度部屋のなかを見まわした。「新しいカメラも買っていたんじゃないかしらと思うわ」

「向こうの部屋に三脚に載せたカメラがあった」ゲイブリエルが言った。「よく見なかったが」

ヴェネシアはギャラリーの表の部屋にまわった。バートンは椅子と簡素な背景幕を、汚れた窓越しに射す光を最大限利用できるような位置に置いていた。三脚の上に載ったカメラをひと目見ればわかった。

「古い型であるのはまちがいないわ」ヴェネシアはカウンターの奥にまわって言った。「どうやら新しいカメラを買うほどのお金は稼いでいなかったようね」

ヴェネシアはカウンターの下の棚に置かれた帽子に気づいてはっと足を止めた。

「ヴェネシア、もうこれ以上の長居は禁物だ」ゲイブリエルは言った。「もうとっくにこの場所を離れていてしかるべきだよ」

「あと一分だけ。それだけでいいわ」ヴェネシアは帽子を手にとった。帽子とは思えないほどに重かった。

「それをいったいどうするつもりなんだ？」ゲイブリエルは苛立ちながらも興味をひかれて訊いた。

「ミスター・バートンに監視されているのに気づいたときに、彼がいつもこの帽子を持っていたの。いつも脇の下にはさんで持っていた。頭にかぶっているのを見たことがないわ」ヴェネシアは帽子を引っくり返し、満足してほほえんだ。「理由はこれね」

「そこに何が？」

「隠しカメラよ」ヴェネシアはなかの装置がゲイブリエルにも見えるように帽子を持ち上げた。「最新式だわ。クラウダー製。すばらしいレンズを使ってる。これはとっても高かったはずよ」

「なんてことだ」ゲイブリエルは木の物入れを下ろし、彼女からカメラを仕込んだ帽子を受けとってよく調べた。「こんなのは見たことがないな」

「写真家のあいだでは探偵カメラと呼ばれているわ。いろいろな隠し場所に仕込まれるの。花瓶や書類かばんなんかに隠してあるのを見たことがある」

「つまり、これによってきみに知られずに写真を撮ることができたというわけだ」

「ええ」

ゲイブリエルはカメラを仕込んだ帽子を棚に置き、物入れを拾い上げて再度裏口へ向かった。「隠れて写真を撮ることで金もうけができるのかい？」

「ええ」ヴェネシアは彼のあとに従った。「そう、探偵カメラを使うことはまだかぎられた副業にすぎないけど、そのうちこの業界の主要な仕事になるんじゃないかと思うわ」

「ひそかに撮られた写真に誰が金を払うんだ?」

「いろいろな可能性を考えてみればいいのよ、ミスター・ジョーンズ。どれだけの妻が、浮気者の夫が愛人といっしょにいるところを写した写真を手に入れるのにお金を払うものか想像してみて。それから、考えられるなら考えてみて。妻がほかの男と会っているんじゃないかと不安に思う疑い深い夫のことを。金儲《もう》けの可能性は無限にあるわ」

「ミセス・ジョーンズ、結婚に対してえらく皮肉な見解を持っていると誰かに言われたことはないかい?」

「現実的な見解を持っていると考えたいわ」そう言ってヴェネシアは間を置いた。「でも、少なくともミスター・バートンについて心にひっかかっていた疑問のひとつに答えが出たわね」

「つまり、どうして彼が新しい装置や備品を買えたかわかったというわけだ」

「ええ。彼は探偵カメラの仕事に携わっていたのよ」


サットン・レーンの小さな家に戻ったヴェネシアは、最後のネガを木の物入れに戻した。机の奥の椅子に背をあずけ、ゲイブリエルに目を向けた。

「あなたの言ったとおりだった」彼女は言った。「あの修整されたネガ以外、写真のなかに目立ったものはないわ」

「ここ数日のきみのギャラリーへの出入りや会った人々の正確な記録にはなっているけどね」ゲイブリエルは静かに言った。「バートンがほんとうにきみに妙な執着を募らせていたのか、もしくは、誰かが彼を雇ってきみを監視させていたのか」

21

アメリアはギャラリーを管理しているモード・ホーキンスという若い女性といっしょに、表のショールームのすぐ裏にある小部屋にいた。ふたりで、ローマ風のトーガを身につけて目の前に立っている若い男性をしげしげと眺めていたのだ。

モードはアメリアよりもひとつだけ年上だった。家政婦と執事の娘として生まれたが、両親と同じ職業には就かないと心を決めていた。ジョーンズ・ギャラリーがオープンするとすぐに求人に応募し、その場で雇われた。モードは知性と情熱にあふれており、客あしらいがうまかった。

トーガを着た男性はジェレミー・キングズリーという名前だった。新聞広告に応募してきた三人の候補者のうち、残ったひとりだ。最初のふたりは向いていないことがわかったが、ジェレミーは有望だとアメリアは思った。モードも同じように感じているのはたしかだ。

ジェレミーは背が高く、髪はブロンドで、魅惑的な青い目とがっしりしたたくましい顎《あご》をしていた。トーガを着た彼は若干間が抜けた感じではあったが、とてもハンサムに見えた。その衣装のせいで筋肉質の腕とたくましい肩の大部分もあらわになっている。ジェレミーは貸し馬車屋で働いて生計を立てていた。長年干し草を放ったり、大きな馬や馬車を扱ったりしてきたおかげで、すばらしい肉体ができあがったのだとアメリアは思った。

アメリアはジェレミーから自分の目を引き離し、紙にメモをとった――男らしい肩。ヴェネシアはそうした詳細を知りたがる。

目を上げると、モードがまだジェレミーを見つめていた。まるでおいしそうな大きなクリームケーキでも見つめるように。

「ありがとう、ミスター・キングズリー」アメリアは言った。「今日のところはこれでおしまいです。更衣室に戻っていつもの服に着替えてきてください」

「ちょっと待ってください」ジェレミーの高貴な額に心配そうに皺が寄った。「でも、採用なんでしょう？」

アメリアはモードをちらりと見た。

「彼でうまくいくと思うわ」モードは言った。「トーガがとても似合っているでしょう？」

ジェレミーはモードに感謝するような笑みを向けた。モードがほほえみ返した。

「そうね」アメリアは鉛筆を置いてジェレミーに目を向けた。「ミセス・ジョーンズがあなたをシーザーとして使えないと考える理由はないと思います、ミスター・キングズリー。でも、ご理解いただきたいんですけど、最後に決めるのは彼女ですので、最終面接の結果次第です」

「ええ、わかっています。ありがとう」ジェレミーは見るからにわくわくした様子だった。

「ご満足いただけるように最善を尽くします、ほんとです」

「結構です」アメリアは言った。「ミセス・ジョーンズは二十三日の三時にあなたとお会いします。彼女があなたを採用するとなったら、その場で写真を撮ることになります。撮影に少なくとも二時間はかかると思います。もっと長くかかる可能性も充分あります。ミセス・ジョーンズは写真については非常にうるさいので」

「わかります」

「時間厳守でお願いします」モードがつけ加えた。「ミセス・ジョーンズはきわめて忙しい方ですから。遅れたモデルを待つことはしません」

「それについては心配いりません」ジェレミーは更衣室へ向かいながら言った。「遅れずにうかがいますよ」

そう言って紳士用の更衣室とのあいだにかけられた赤と金の厚いカーテンの後ろに消えた。数分後、再度姿を現したときには、体に合わない既製服を身につけていた。アメリアは内心、トーガを着ているほうがずっとましだと思った。モードも同じように感じているのが見てとれた。

ジェレミーは感謝のことばをさらにもごもごとつぶやくと、さっそうと表へ出ていった。

アメリアとモードはショールームへ戻った。

「ミスター・キングズリーはとても立派なシーザーになると思うわ」とアメリアが言った。

「ええ、きっとそうね。それはたしかだわ」モードは手をこすり合わせた。「何週間か前のハムレットより売れゆきが伸びるんじゃないかしら。トーガを着ているのがうけて。そう思わない？」

「ええ、でも、正直言って、うちのハムレットを超えるのはむずかしいでしょうけど」

アメリアは壁に飾ってある額にはいった写真の前で足を止めた。その雰囲気のある、エキゾティックな陰影の写真は、非常にハンサムな男性を近くから撮った肖像写真だった。ロマンティックな詩人の魅惑的な目は写真を見る人に向けられ、黒っぽい癖毛はなんともおもしろい形に乱れている。

ハムレットは胸の途中まではだけた白いシャツとぴったりしたズボンとつや光りする長い革のブーツを身につけていた。悲運の王子というよりはさっそうとした探検家のように見えた。モデルは金めっきされた椅子に腰を下ろし、片脚をまっすぐ前に伸ばしている。女性の顧客から見て非常に魅力的なポーズだった。指の長い手の一方を椅子の腕から優雅に垂らしていて、もう一方の手にはヨリックの髑髏《どくろ》を持っている。人間の頭蓋骨《ずがいこつ》を手に入れるのは容易ではなかったとアメリアは思い出した。モードが小さな劇場から余った髑髏をどうにか譲り受けたのだった。

「ハムレットのシャツを半分はだけさせるという考えはまさに名案だったわね」とアメリアは言った。

モードは写真をほれぼれと見つめながら慎ましやかにほほえんだ。「突然思いついたのよ」

アメリアは並んで飾られている次の写真に目を移した。そこにもきわめてハンサムな若い男性が写っていた。古代イタリア人の衣装に身を包んでいる。髑髏を見つけるのもむずかしかったが、コードピース（十五～十六世紀に男性がはいたぴったりしたズボンの前あきを隠すためにつけた装飾的な袋）を探しあてるのはもっとずっと大変だった。しかし、苦労したかいはあった。コードピースをつけた男性を女性客がこれほどに魅力的だと思うなど、誰が予想しただろう。

「シーザーがハムレットと同じぐらいうまくいくことを祈るだけね」アメリアは言った。

「でも、ロミオほどの成功は二度と望めないと思うわ」

「ロミオは今でもうちで一番の売れ筋だもの」モードもコードピースをじっと見つめながら同意した。「先週だけで二十枚も売れたのよ。すぐにもっと焼き増しをしなければならなくなるわ」

「そうね、やっぱりロミオよね」

「ところで――」モードはカウンターの奥にまわった。「ある紳士から、女性のご友人の写真をミセス・ジョーンズに撮ってもらえないかって問い合わせがあったの。明日の予定に入れておくって伝言を返しておいたわ。詳細は予約帳に全部書いてある」

「ありがとう、モード。紳士ってどなた？」

「アクランド卿よ」モードは答えた。「ミセス・ジョーンズにミセス・ロザリンド・フレミングっていうご婦人の写真を撮ってほしいんですって」

22

「ご主人がまだぴんぴんしてらしたとわかって、ずいぶんと驚かれたことでしょうね、ミセス・ジョーンズ」ロザリンド・フレミングの笑みは冷ややかで意味ありげだった。「亡くなったと思っていた人がいきなり家に現れたら、どれほど神経にこたえるものか、想像するしかできませんもの」

「たしかにとてもびっくりしました」ヴェネシアはロザリンドの椅子の脇にある小さな銅像をほんの少し動かし、急いでカメラのところへ戻った。「でも、人生の多少の不便には慣れて暮らさなければなりませんものね？」

　ほんの一瞬、間が空いた。

「不便？」ロザリンドはかすかに問うような口調でつぶやいた。

　ロザリンドのすぐ後ろに真っ白な布を張ったパラソルを掲げて立っていたアメリアが、大あわてで警告するような手振りをした。

アメリアの言いたいことはヴェネシアにも伝わった。亡くなったと思っていた夫が帰ってきたことに対し、不便ということばを使うのはおそらく不適切なのだろう。ヴェネシアは今後もっと気をつけることと心のなかでメモした。

顧客の相手をしていると、何かしら問題があるものだ。写真撮影の準備をしようとしながら、顧客との気軽な会話に神経を集中させるのはむずかしい。しかし、それも必要不可欠な仕事の一環だ。会話を交わさずにいると、顧客はおちつきを失い、緊張してしまうのだ。

ただでさえ写真撮影は大変なのに、今日はギャラリーの温室ではないところでの撮影だった。

ロザリンドは自分の写真をとくに撮りたいわけではないとはっきり言った。これはアクランド卿の考えで、自分は彼に好意を示す意味で従っているだけだと。

それでも、これまでヴェネシアが撮ってきた五歳以上のすべてのモデルと同様、ロザリンドも見えっ張りで、最大限自分をよく見せる写真を求めた。そのため、写真は自宅で自分のもっとも高価な持ち物に囲まれて撮ってもらいたいと要求してきた。

撮影のために彼女が選んだダークブルーのイブニングドレスは最新流行のスタイルだった。フランス風で、襟ぐりがとても深い。宝石も非常に値が張るものをつけている。ダイアモンドが喉を囲んで輝き、耳から垂れ、凝った髪型の髪の毛のあいまで光っていた。

ロザリンドはすわる椅子まで自分で選んだ。ぴかぴかに金めっきをほどこされた椅子は安物の玉座のように見えた。

天井の高い部屋は、ロザリンド自身に負けず劣らず裕福でエレガントに見えた。アンティークの壺や銅像が大理石の台の上に置かれている。ワインカラーのヴェルヴェットのカーテンが金色の飾り帯でまとめられ、厚いカーペットの上にたまっている。

二時間前、ゲイブリエルとエドワードの手を借りて、カメラや乾板や三脚やパラソルや反射板などの必要な機材を借りた馬車に積みこんだのだった。馬車が道へと出ていくときに、ヴェネシアは後ろをちらりと振り返った。石段の上に立っているゲイブリエルはひそかな満足を覚えている様子だった。

そのときに気がついたのだが、今朝妻に写真撮影の予定がはいっていることを彼が喜んでいるのは疑いようもなかった。これなら妻が今何をしているだろうと気にかけずに調査を遂行できると内心つぶやいていたのはまちがいない。昨日彼女がバートンのギャラリーに行ったことを彼がまだ苛立たしく思っているのはたしかだった。

顧客の自宅で写真を撮るのはつねに厄介なことだった。幸い、ロザリンドの書斎は自然光がはいってかなり明るかった。それでも、必要な明るさを得るのに長く時間がかかり、ロザリンドが忍耐力を失いつつあるのは明らかだ。会話はじょじょに個人的なものになってきている。

ヴェネシアはロザリンドがわざとあてこすっているのだろうかと訝《いぶか》りはじめた。おそらくは退屈をまぎらわす手段として。

「わたしには率直に言ってくださってかまわないわ、ミセス・ジョーンズ」ロザリンドはしわがれた忍び笑いをもらした。「わたしだってかつて結婚していたのよ。隠さずに言うけど、結婚生活よりも未亡人になってからの生活のほうがずっとたのしいわ」

ヴェネシアは適当な答えを見つけられず、より安全な話題を貫くことにした。「右手をほんの少し左に寄せてもらえますか？　そう、それで結構です。アメリア、パラソルをもう少しミセス・フレミングに近づけて。お顔の左側にもう少し光が必要なの。横顔の優美さを強調したいのよ」

モデルにお世辞を言っても害にはならないとヴェネシアは思った。

「これでどう？」アメリアがパラソルの角度を変えて訊いた。

「ずっとよくなったわ、ありがとう」とヴェネシアは答えた。

それから再度ファインダーをのぞいた。今度は一瞬神経を集中させた。写真を撮る直前に必ずすることだった。

光と影が入れ替わった。ロザリンド・フレミングのオーラが光ったと思うと、強烈な感情が脈打ち出した。

ロザリンドは忍耐力が切れて苛立っているわけではないとヴェネシアは気がついた。憤怒に駆られているのだ。

できるだけ急いで写真を撮り終えたほうがいいだろう。

「じっとしていてください、ミセス・フレミング」

そう言ってヴェネシアは写真を撮った。なるべく早くロザリンドの家を離れろと直感は告げていたが、プロ意識が彼女を押しとどめた。

「そのままポーズをとっていてくださるなら、二枚目も撮ってしまったほうがいいと思います、ミセス・フレミング」

「そのほうがいいなら、それでかまわないわ」

ヴェネシアは感光した板をカメラからはずし、新しいものを入れてもう一枚写真を撮った。

「結構です」ヴェネシアは写真を撮り終えたことにほっとして言った。「できあがりにはご満足していただけるものと思います」

「いつ現像できるの？」ロザリンドは多少の興味を見せて訊いた。

「今すぐは手がいっぱいですが、来週早々にはご用意できると思います」

「使用人にとりに行かせるわ」とロザリンドは言った。

ヴェネシアはアメリアにうなずいてみせた。アメリアは空気が張りつめてきていることに気づいていたらしく、すでにパラソルや鏡や反射板を片づけはじめていた。

「従者を呼んで機材を運ぶのを手伝わせるわね」とロザリンドは言い、カーペットの上を滑るように横切って華奢な書き物机のところへ行くと、呼び鈴のヴェルヴェットのひもを引いた。

「助かります」ヴェネシアは小声で言って三脚からカメラをはずした。

「夫というものの困ったところは、ひどく時間をとられるのと手間がかかるところね」ロザリンドは少し前の話題に戻って言った。「どれだけお金持ちでも、ドレスとか靴とかそういった絶対に必要なものにお金をつかっただけで文句を言う意地悪なところもあるでしょう。そう、愛人に高価な宝石を買うことには躊躇《ちゅうちょ》しないのに、妻がほんの小さな宝石を買おうとしただけで、延々と文句を言うわけ」

ヴェネシアは三脚をたたもうとしていた手を止めた。「失礼ですが、話題を変えたほうがいいようですわ。きっとお気づきでないと思いますけど、妹のアメリアはまだたった十六歳なんですの。こういったことはそんな年若い娘の前で話すことではありません」

アメリアは息を呑みかけたような奇妙な音を立て、反射板を片づけるのにひどく忙しい振りをした。ヴェネシアには妹が必死で笑いをこらえているのがわかった。

「ごめんなさい」とロザリンドは言った。そして、冷たい笑みを浮かべると、それまでその存在に気づいていなかったかのようにアメリアをじろじろと眺めた。「そんなにお若い方とは思わなかったから。そのお年のわりに大人っぽくて、仕事の腕もたしかなのね」そう言ってヴェネシアのほうに向き直った。「妹さんをよく仕込まれたのね。ねえ、ミセス・ジョーンズ、写真の腕はどこで磨いたの？」

ロザリンドは戦いを挑んできたも同然だった。

ヴェネシアはどうにか癇癪《かんしゃく》を抑えた。

「おわかりのように、写真術というのは芸術であるとともに仕事でもあるんです、ミセス・フレミング」とすらすらと答えた。「最初にカメラを与えてくれたのは父で、亡くなる少し前に基本的なことを教えてくれました。幸運にも、叔母がすぐれた芸術家で、構成や光と影の用い方について多くを教えてくれました」

「きっとミスター・ジョーンズはびっくりなさったことでしょうね。自分が記憶を失って未開の西部をうろついているあいだに、妻が写真家として身を立てていたとわかって」

「ミスター・ジョーンズは――」ヴェネシアは穏やかな口調で言った。「現代的な考え方をする夫なんです。とても進歩的な意見の持ち主ですし」

「そう？　現代的な考え方をする夫がいるとは知らなかったわ」

書斎のドアが開き、制服を着た従者が現れた。

「ご用でしょうか、奥様」

ロザリンドは積み重ねられた写真の機材のほうを身振りで示した。「そこにある機材を外へ運んでちょうだい、ヘンリー。それから、ミセス・ジョーンズと助手の方のために馬車を呼んで」

「かしこまりました」

ヘンリーは三脚を拾い上げようと身をかがめた。ヴェネシアは守るように大切なカメラに手を置いて言った。

「カメラは自分で運ぶわ」

「かしこまりました」

荷物を抱えて従者はドアのほうへ向かおうとした。

「それからもうひとつ、ヘンリー」とロザリンドが呼びかけた。

ヘンリーは足を止めた。「なんでしょう？」

「ミセス・ジョーンズと妹さんは正面玄関から家のなかに案内されたようだけど、帰りは裏口から帰ってもらってちょうだい。業者が使う出入口よ。わかった？」

ヘンリーの顔が赤黒くなった。「あ、はい、かしこまりました」

アメリアはぎょっとして口をぽかんと開けた。どういうこと、と問うようにヴェネシアのほうに目を向けた。

ヴェネシアはもうたくさんだと思った。「行きましょう、アメリア」

そう言ってカメラを手に持つと、書斎のドアのほうへ向かった。アメリアはパラソルをつかんで急いでそのあとを追った。残りはヘンリーが運んだ。

ヴェネシアはドアの手前で足を止め、ヘンリーとアメリアを先に廊下に行かせた。ふたりが部屋を出ると、ロザリンドのほうを振り返った。

「ではご機嫌よう、ミセス・フレミング。お写真がどのようなできになるかとても興味深いですわ。そう、批評家によると、わたしはモデルの真の人間性をとらえる才能に恵まれているらしいですから」

ロザリンドはネズミを丸呑みしてやろうとにらむヘビのようなまなざしでヴェネシアを見据えた。

「きっと完璧なものに仕上げてくださるものと思っていますわ、ミセス・ジョーンズ」と彼女は言った。

ヴェネシアは穏やかにほほえんでみせた。「もちろんですわ。なんといってもわたしは芸術家ですもの」

そう言って踵を返し、照明の薄暗い廊下に足を踏み出した。ヘンリーとアメリアが不安そうに張りつめたおももちで待っていた。

ヴェネシアはすばやく右へ曲がり、正面玄関へ向かった。「こっちよ、アメリア。ついてきて、ヘンリー」

「申し訳ないのですが」ヘンリーが気まずそうに小声で言った。「すみませんが、業者用の出入り口は反対側です」

「ありがとう、ヘンリー。でも、急いでいるので、正面の入口を使ったほうがずっと早いわ」ヴェネシアは言った。「もうそこまでの行き方もわかっているし」

ほかにどうしていいかわからず、ヘンリーは機材を抱えてあとに従うしかなかった。

長い廊下の端でヴェネシアは足を止めて振り返り、薄暗い廊下の奥を見やった。自分の命令が無視されたと気づいたらしく、ロザリンドが書斎から出てきていた。明かりのない廊下のくらがりに立っている。

「いったい、どういうつもり？」怒りに唇を引き結んで彼女は言った。

「もちろん、正面玄関からおいとまするところですわ」ヴェネシアは答えた。「わたしたちはプロなんですから」

衝動的にヴェネシアは一瞬神経を集中させ、超常視覚を働かせた。ロザリンドのオーラがはっきりと見えた。怒りのあまりの強さに燃え立って揺らめいている。

この人は怒っているだけではない。ヴェネシアは身震いしながら思った。わたしのことを憎んでいるのだ。

「お知らせしておかなければならないことがあります、ミセス・フレミング」ヴェネシアはふつうの視覚に戻って言った。「ジョーンズ・ギャラリーでは、修整の技術に自信を持っております。そう、どうしようもなく不細工な人物が写真では驚くほど魅力的に見えることもあります」強調するためにそこで間を置いた。「もちろん、その逆もありえますが」

それはあからさまな脅しであり、そんなことをするのは危険だった。しかし、ヴェネシアは写真に醜く写りたいと思う人には会ったことがなかった。ロザリンドがあり余るほどの美貌に恵まれ、明らかに虚栄心が強いことを考えれば、写真家にどんな感情を抱いているにしろ、自分の写真のできが悪くなるかもしれないとは考えただけでいやでたまらないはずだ。

ロザリンドは身をこわばらせた。「どうしてもそうしたいなら、正面玄関からお帰りになればいいわ、ミセス・ジョーンズ。事実は変わらないのだから。あなたは写真の技と幻想を駆使して上流階級の人間の恩顧を得ているずるがしこい商人にすぎない。でも、上流社会はすぐにあなたに飽きて別のたのしみを見つけるでしょうよ。どうかしらね？　もしかしたら、いつかあなたも、青酸カリ入りのブランデーを飲まずにいられないようになるかもしれない」

そう言って身をひるがえすと、書斎へ戻り、ドアをばたんと閉めた。

ヴェネシアは止めていた息を吐き出した。気がつくと体がぶるぶると震えていた。ドレスのボディスの下に冷たい汗をかいている。彼女はようやくの思いで穏やかな表情を作り、玄関までたどりついた。

アメリアとヘンリーがそこで待っていた。扉のところに控えていたメイドは当惑した表情でびくびくしていた。ヴェネシアは明るい笑顔をメイドに向けた。

「ドアを開けていただけるかしら」ときびきびと言った。

「かしこまりました」メイドは急いで前に進み出ると、勢いよく扉を開けた。

カメラをしっかりと抱え、ヴェネシアは開いたドアから外の石段へと歩み出た。アメリアがそのすぐ後ろに従った。

ヘンリーが写真の機材を抱えてあとからついてきた。

馬車は通りの端にいた。馬も御者も居眠りしている。ヘンリーが大きく口笛を鳴らした。御者がそれを聞いて背筋を伸ばし、手綱をふるった。

馬車はタウンハウスの正面に来て停まった。ヘンリーは機材を馬車に載せ、ヴェネシアとアメリアに手を貸してなかに乗せると、扉を閉めた。

馬車の屋根についた跳ね上げ扉が開き、御者が問いかけるように見下ろしてきた。

「ブレイスブリッジ・ストリートのジョーンズ・ギャラリーまでお願い」とヴェネシアが言った。

「へえ」

　跳ね上げ扉が閉まった。

　馬車のなかにしばし張りつめた静けさが広がった。

　やがてアメリアが吹き出した。笑いすぎてしまいには手袋をはめた手で口を押さえなければならないほどだった。

「あそこでのあなたの振る舞い、信じられないわ」彼女はようやく口からことばを押し出した。

「しかたなかったのよ」ヴェネシアは言った。「業者の出入り口から帰されるのをよしとしたら、写真家として、とり返しのつかない損害を受けることになったもの。わたしたちが正面玄関を使えるほど上流の人間でないと思われたなんて噂が広まるのは時間の問題よ」

「たしかに。それにしても、写真を醜く修整させると脅したのはすばらしい反撃だったわ」

「脅しがきいたことを祈るしかないわね」

「きかないはずがあって?」アメリアは両手を広げた。「写真を受けとるのを拒否したとしても、ネガがこっちの手にあるのはわかってるんだから。それを使ってこっちはどんなことでもできるわけでしょう。さえない肖像写真を現像して、みんなが見られるようにギャラリーに展示するとか。そうなったら、どういう騒ぎになるかしら」

「残念ながら、そういうことはできないわ。わたしの脅しはただのはったりよ」

「どういうこと?　あなたにあんな口をきいたんですもの、ミセス・フレミングはそうされてもしかたないはずじゃない」

「復讐して気分がいいのはいっときよ」ヴェネシアは言った。「でも、それは必ずわが身に返ってくるわ。今回の場合、とくに危険だと思う。誰が見ても美人のミセス・フレミングのさえない写真をギャラリーに飾ったりしたら、ほかのお客さんたちがわたしに肖像写真を頼むのを躊躇するようになるはずだもの」

「ありのままの醜い姿が写真に現れることを恐れてね」アメリアはしかめ面をした。「たしかに、あなたの言うとおりだわ。復讐なんてしないほうがいい。でも、残念。ミセス・フレミングはあなたにあんな失礼な態度をとったんだもの、同じように扱われて当然よ」

ヴェネシアは行き過ぎる街並みに目を向けた。「問題はその理由よ」

「どうしてあの人が失礼な態度をとったか？」

「ううん。あの人がわたしを憎んでいる理由。このあいだの展示会で姿は見かけたけど、今日まで紹介されることもなかったのよ。あの人がわたしという人間をあそこまで嫌うような何をわたしはしたのかしら？」

23

ゲイブリエルはサットン・レーンを見晴らす小さな居間にヴェネシアとベアトリスといっしょにいた。

トレンチ夫人が用意した大きなコーヒーポットがソファーの横のテーブルの上に優雅に載っている。眼鏡を鼻に載せたベアトリスは、楕円形の刺繍《ししゅう》枠に固定したリネンにきっちりしたステッチで黄色いバラを刺繍していた。

ヴェネシアは心ここにあらずの様子でコーヒーを飲んでいる。ロザリンド・フレミングのタウンハウスでの出来事のせいで動揺し、不安な気持ちでいるのは明らかだった。写真家という職業には思わぬ危機も多いのだなとゲイブリエルは胸の内でつぶやいた。顔の広い顧客に悪意のゴシップを流されただけで、築き上げた地位があやうくなるというのもそのひとつのようだ。

「わからないのは――」ヴェネシアはカップを下ろして言った。「まずもって、わたしに写真を撮ってもらうことにどうしてミセス・フレミングが同意したのかってことよ」

「そんなの明々白々だと思うわ」とベアトリスは言い、刺繍したバラのできを調べた。「花の内側には暗い色合いの金糸を使ったほうがよさそうね」

ゲイブリエルはヴェネシアに眉を上げてみせた。ヴェネシアは叔母が何を言いたいのかは自分にもわからないというように、ごくかすかに首を振った。

ゲイブリエルは咳払いをした。「ミス・ソーヤー、つまり、ミセス・フレミングがヴェネシアに写真を撮ってもらうことに同意したのは、そうするのが流行だからということですか？」

「いいえ、もちろんちがうわ」ベアトリスは暗い色合いの金糸を探しているらしく、裁縫道具袋をあさっている。「ロンドンにはほかにも流行の写真家は大勢いるもの。ロザリンド・フレミングがヴェネシアに肖像写真を撮らせたのは、ほかに選択肢がなかったからよ」

「どういう意味です？」ゲイブリエルがうながした。

ベアトリスは眼鏡の縁越しに彼に視線を向けた。「覚えてないかもしれないけど、写真を撮りたがったのは彼女の愛人のアクランド卿よ。撮影の予約をしたのも彼だし、できあがった写真の代金を払うのも彼」

ヴェネシアのカップが口へ持っていかれる途中で止まった。はっと気づいたような表情が顔をよぎった。「ええ、もちろん。そのとおりだわ、ベアトリス叔母様。なぜすぐに思いつかなかったのかしら」

ゲイブリエルはヴェネシアに目を向け、またベアトリスに注意を戻した。「ミス・ソーヤー、つまり、ミセス・フレミングは単に愛人を喜ばすために肖像写真を撮ったと？」

「彼を喜ばす以外に選択肢がなかったって言っているのよ、ミスター・ジョーンズ」ベアトリスは糸を見つけた。「男のあなたにはたぶん、ロザリンド・フレミングが結んでいる真の関係は理解できないわね」

「その関係だったら、別に謎でもなんでもないですよ」ゲイブリエルは肩をすくめた。「彼女がアクランドの愛人だということはミスター・ハロウから聞きました」

「まったく」ベアトリスはため息をついた。「ミセス・フレミングのような立場にいる女性は世間に対して、既婚女性には思いも及ばないほどの自由を享受しているという振りをするものよ。じっさいにはちがうのに。ほんとうはしばられることも多いし、お金を出してくれる紳士の気まぐれにいっそう左右されるものだわ」

ヴェネシアは突然理解したという顔でベアトリスを見た。「言いかえると、アクランド卿が肖像写真のお金を払うと言い張ったとすれば、ミセス・フレミングには写真を撮らせるしかなかったってことね」

「愛人としてうまくやるには、いつどんなときでもかしこく、愛らしく、魅力的でいなければならないわ」ベアトリスは言った。「彼女も自分自身をだまして、互いの関係をあやつっているのは自分のほうだと思おうとしているのかもしれないけれど、心の奥底では、あらゆる点で愛人を満足させられなければ、その立場を誰かにとってかわられることもありうるとわかっているのよ」

ゲイブリエルは眉を上げた。「もっともな説明ですね、ミス・ソーヤー」

「でも、そうだとしても、ミセス・フレミングがあれほどにわたしを嫌う理由の説明としては不充分だわ」ヴェネシアは縦皺を寄せて言った。「たとえ肖像写真の撮影に社交にあてるはずの時間を割かなくちゃならなくて苛立っていたとしても、あの反応は異常だったもの」

「あなたと彼女の立場のちがいを考えなくては」ベアトリスが言った。「じっさい、彼女があなたを嫌う理由はとてもよくわかるわ」

「どうして？」ヴェネシアは訊いた。「彼女の気に障るようなことは何もしてないのに」

ベアトリスはおもしろがるような皮肉っぽい笑みを浮かべたが、そこには世を達観したような諦念《ていねん》も入り混じっていた。「わからない？　あなたという存在そのものが彼女の気に障るのよ。自分の力で成功をつかみ、男性の援助に頼る必要がない女性であるということで」

「ふん」ヴェネシアはしかめ面をした。「あの衣服や宝石やタウンハウスの家具から言って、アクランドの愛人でいるほうが、わたしが写真で稼ぐより金銭的にはずっと恵まれているようなのに」

「そうね、でも、アクランドが別の愛人を見つけて彼女を捨ててしまおうと考えたら、明日にでもすべてを失ってしまうんじゃなくて？」ベアトリスが静かに言った。「収入に加えて、彼女が何よりも重要だと思っているにちがいないものも失うのよ」

ゲイブリエルは胸の前で腕を組んだ。「社交界での立場ですね」

ベアトリスはうなずいた。「そのとおり。ミセス・フレミング自身には友人でも家族でも、たいした後ろ盾はないようだし、自分で収入を得る手段もないわ。社交界が彼女を美しくたのしい人間だとみなすのは、裕福なアクランド卿がそう考えているからよ。でも、彼が興味を失うか、考えなしに明日いきなり死んでしまったりしたら、上流の社交界はすぐさま彼女に肘鉄をくらわすでしょうね。そうなったら、唯一の希望は同じように自分を扱ってくれる別の紳士を見つけることだわ。おまけに、ミセス・フレミングのような職業の女性にとっては、時の流れというのも気になるものよ。彼女だって若返っていくわけじゃないでしょう？」

「叔母様のおっしゃるとおりだと思うわ」ヴェネシアはゲイブリエルに考えこむようなまなざしを向けた。「でも、ほかにも変だと思ったことがあったの。ミセス・フレミングは夫が墓から帰ってくるなんて不運もいいところと、わたしにあてこするようなことばかり何度も言ったのよ。未亡人になるほうが妻でいるよりもずっとすばらしいというような辛辣《しんらつ》なことまで言ったわ」

ゲイブリエルが眉を上げた。「きみがもう一度私を殺そうと思わないでいてくれるといいんだがね、ミセス・ジョーンズ。エドワードによれば、前のときには、あやうく私は無法者に銃撃され、野生の馬に踏まれて死んだということにされかかったそうだね。幸い、狭谷へ落ちたということにされたので助かることができたが、もしきみがもっとむちゃくちゃな作り話をこしらえたりしたら、それを切り抜けるのが大変になるかもしれない」

ヴェネシアは顔を赤らめた。形のよい眉の根もとが寄った。「冗談はやめて。そういえば、ミセス・フレミングにはあなたのこと、結婚に関して進歩的な見解を持つ現代的な考え方の夫だって言ったのよ」

妻に関して自分がどれほど原始的な思いを抱いているかわかったら、ヴェネシアはどう反応するだろう、とゲイブリエルは思った。

ヴェネシアは顔をしかめてみせた。「残念ながら、そう聞いて彼女はいっそう憤っただけだったけど」

「それは両方の生き方のいいとこどりをしているように見えたからよ」ベアトリスが言った。「独立して仕事もあるのに、そんな妻を脅威に感じない夫まで持っている」そう言っていきなり裁縫道具袋を閉じて立ち上がった。「まあ、してしまったことはしかたないわ。ミセス・フレミングにそれほど嫌われたのは運が悪かったわね、ヴェネシア。不愉快な反撃をくらわないよう祈るしかないわ」

ヴェネシアはカップと皿をそっと置いた。「今日、ミセス・フレミングの家で正面玄関を使うと言い張ったことはまちがいだったっていうの、ベアトリス叔母様？」

「そうじゃないわ」ベアトリスの声にためらいはなかった。「あなたが写真家として仕事をはじめたときにも言ったけど、一度顧客に目下の者として扱われるのを許せば、ジョーンズ・ギャラリーはまたたくまに信用を失ってしまうはずだもの。さて、わたしはちょっとミセス・トレンチと話をしてこなくちゃならないわ。家に男の人がいるせいで、あの人すっかりわれを失ってしまって、食費に使えるお金に限度があることを忘れているのよ」

「何もかも私のせいです、ミス・ソーヤー」恥ずかしがる振りをしながら、ゲイブリエルはベアトリスのためにドアを開けてやった。「私がここにいるせいで、家計によけいな負担をかけていることを考えてしかるべきでした。ほかの問題で頭がいっぱいだったものですから。今日の午後にでも家計に貢献させてもらいますから、ご安心を」

「そんなことはいいんですよ」ベアトリスは言った。「あなたはお客様のようなものなんですから、部屋代や食費を払ってもらおうとは思っていないわ」

「ええ、でも私は客ではありませんから。あなた方にとって負担となっていることは重々承知しています。部屋代と食費は自分で持ちますよ」

「どうしてもとおっしゃるなら」ベアトリスは不承不承好意を受け入れようとする貴婦人さながらに言った。

「ええ、どうしてもです」

ベアトリスはにっこりとほほえむと部屋を出ていった。

そのときになってゲイブリエルは、自分が家計に与えている負担についてのなにげないことばが、その場の思いつきで発せられたように見えながら、けっしてそうではなかったことに気がついた。

ドアを閉めて振り向くと、ヴェネシアがかすかに意味ありげな笑みを浮かべていたのだ。

「単純に金を払えと言ってくれればよかったのに」彼はひややかな口調で言った。

ヴェネシアは首を振った。「無理よ。ベアトリス叔母様は自尊心が強すぎるから。でも、遅かれ早かれ家計のことを話題に出すだろうって気はしてたわ。叔母様は長年家庭教師をしていた人なの。家庭教師のお給料が安いことは知らない人がいないぐらいですもの、金銭的にうんとうるさくなるのも道理だわ」

ゲイブリエルは窓のところへ行って外の木陰になっている道に目をやった。「きみのお父さんの秘書だったミスター・クリートンが両親の死後にきみたちのものになるはずだった金を持ち逃げしたとわかって、きっと昔抱いていた金銭的な不安が蘇ってきたんだろうね」

背後ではつかのま沈黙が流れた。

「ミスター・クリートンのこと、エドワードに聞いたの？」しばらくしてヴェネシアが訊いた。

「ああ。きみのお父さんが重婚者であったことも教えてくれたよ」

「そう」また長い間。「短いあいだにずいぶんとエドワードと仲良くなったようね」

ゲイブリエルは振り向いてヴェネシアに目を向けた。「私に秘密を打ち明けたからといって弟を責めてはいけないよ、ヴェネシア。エドワードは信頼を裏切るつもりはなかったんだ。きみの夫を演じる以上、私にも家族の秘密を知っておいてもらわなくてはならないと考えただけだ。きみたちの芝居は非常にすばらしいものだが、今や私もその役者のひとりと彼は思っている」

「どうしてエドワードを責められて？」ヴェネシアはため息をついた。「かわいそうなエドワード。あの小さな肩に大きな重荷を背負わせてしまったわ。ときに彼には重すぎる重荷であることはわかっているの」

「きみにもわかっているはずだが、エドワードにきつく守らせている秘密はそれほど恐ろしい秘密とは言えないよ」

「そうなんでしょうね」ヴェネシアは口を引き結んだ。「ベアトリス叔母様が家庭教師をしていたころの話をしてくれるんだけど、なかには悪夢のような話もあるわ。叔母様が雇われていた、いわゆる立派な家庭で、あまりにひどい状況に遭遇して辞めざるをえなかったことも一度ならずあるって言ってたの」

「たしかにそんなこともあるだろうね。エドワードのことは心配いらないさ。重荷を背負っていてもどうにかやっていける。ただ、しばらくは多少の自由を許してやったほうが賢明かもしれないな。公園へ行ってほかの少年たちとたこ揚げをしたりして遊びたいと言っていたよ」

「わかってるわ。公園へはできるだけ頻繁に連れていくようにしているんだけど、あの子に同じ年頃の友達ができたら、父の秘密をうっかり話してしまうんじゃないかとベアトリス叔母様が恐れているのよ」

「その点は心配いらないと思うよ。どこの家庭にも秘密はあるものだし、子供というものは驚くほど秘密を守るのが上手だ」

ヴェネシアはゲイブリエルの言ったことに虚をつかれたように目をぱちくりさせた。それからほんの少しだけ目を細めたが、その仕草が何を意味するものか、ゲイブリエルにもわかるようになっていた。

ゲイブリエルはほほえんだ。「私のオーラを見きわめようとしているのか？」

ヴェネシアは顔を赤くした。「わかるの？」

「ああ。私自身にもいくつか家族の秘密があるのかと思っているんだね？」

「たしかにちらりとそう思ったわ」

「もちろん、答えはイエスだ。みなそういうものじゃないか？　しかし、私の秘密はきみやきみの家族にとって脅威にならないから、胸におさめておかせてもらえるものと信じているよ」

ヴェネシアは赤くなった顔をさらに真っ赤にした。「いやね、詮索《せんさく》するつもりはないのよ」

「いや、しようとしたさ。しかし、今のところは追求しないでおこう。ほかにもっと差し迫った問題があるからね」

「そのひとつは――」ヴェネシアがおちつきをとり戻して言った。「ミセス・フレミングのことね」

ゲイブリエルは片方の肩を壁にあずけ、腕を組んだ。「彼女がそれほど厄介な問題を引き起こすとは思えないな。アクランドがきみの写真を称賛しているかぎりは。よぼよぼの年寄りでも、彼女にとっては資金源だからね。きみの叔母さんがさっき言っていたように、そのことはミセス・フレミング自身が一番よくわかっているはずだ」

「今日の午後、カメラの目を通してわたしが彼女に見たものをあなたは見ていないから」

「オーラを見たのか？」

「ええ。ベアトリス叔母様には言わなかったの。心配させるだけだから。でも、じっさい、ミセス・フレミングがわたしに対して抱いている感情は単なる嫉妬《しっと》や嫌悪といったものじゃないと思うの。あの人はわたしを憎んでいる。まるで彼女と彼女がほしくてたまらないものとのあいだにわたしが立ちはだかっているとでもいうように。わたしのことを身に迫る脅威と感じているのよ。どう考えてもおかしな話だけど」

ゲイブリエルは身の内のすべてがこわばる気がした。「彼女の反応について聞けば聞くほど、きみの言うことが正しいという気がしてくるよ。たぶん、ロザリンド・フレミングについて少し調べてみたほうがよさそうだな。ハロウが彼女の過去について何か知っている感じだった」

「ハロウは社交界の誰についてもずいぶんと詳しいのよ」ヴェネシアは顔を明るくして言った。「それに、自分のまだ知らないことについても、どうやって調べればいいかわかっているの。すぐに使いを出すわ。きっと力になってくれるはずよ」

「それがいいな」まったく願ってもないことだと、ゲイブリエルは胸の内でつぶやいた。すでに充分すぎるほどの謎が渦巻いているというのに、またひとつ謎が増えた。

ヴェネシアは彼を見つめた。「ミスター・モントローズからまだ何も言ってこないの？」

「きみがミセス・フレミングの写真を撮りにいっているあいだに会ってきたよ。私と同じで、金庫のふたに刻まれた薬草の名前の羅列や葉の模様に変わったところや隠れた意味は見出せなかった。おまけに、ファーリーの展示会で私が関心を持った名前については——とくにウィロウズという名の男が気になったんだが——あれこれの理由から、容疑者としてはありえないことがわかった」

「これからどうするの？」

「過去数年のあいだに亡くなったアーケイン・ソサエティの会員に的を絞って調べてくれと頼んできた」

「亡くなった会員をどうして調べるの？」とヴェネシアが訊いた。

「今日ふと思ったんだが、私が追っている男がもはや会員でないとしたら、それは彼がもはや生きていないせいなのかもしれない」

ヴェネシアは動きを止めた。「どういうこと？」

「私自身、敵をあざむくために死んだ振りをした。同じことをそいつがやっていたらどうだ？」

「もっと秘密がありそうね、ミスター・ジョーンズ」

ゲイブリエルはほほえんだ。「きみは超能力の持ち主にちがいない、ミセス・ジョーンズ」

24

ハロウはありがたくもすぐに返事をくれた。その日の午後五時には、メモのついた包みが裏口に届いたのだ。ヴェネシアは届けてくれた若者にチップをはずみ、包みとメモを階上《うえ》へ運んだ。

踊り場まで昇ったところで、ゲイブリエルの声がしてヴェネシアはさらに一段昇ろうとしていた足を止めた。

「何が届いたんだ？」屋根裏部屋につづく階段の上のほうの暗がりから声がした。

ヴェネシアは箱をしっかりと抱きかかえ、彼が近づいてくるのを見守った。この人はどこかよそで忙しくしていてほしいと思うときにかぎって現れる天才だと思いながら。

「ハロウからメモが届いたの。ミセス・フレミングについて知る助けになるかもしれない人を見つけたそうよ。今日の夜、その人と会う手はずをハロウが整えてくれたの」

「そうか」ゲイブリエルはヴェネシアの前まで来て足を止めた。彼も包みを抱えている。脇に抱えたそれは茶色の紙で包まれ、奇妙な形をしていた。「何時に出るつもりだい？」

「ハロウは九時に来るように言っているわ」

ゲイブリエルはうなずいた。「私もいっしょに行こう」

「予定があるんだったら、変えてくれなくていいのよ」ヴェネシアは急いで言った。

「大丈夫さ」

「ほんとうよ、危険も全然ないし」

「ハロウがきみの友人で信用するに足る人間だということはわかっているが、どうしてもいっしょに行くつもりだ。とくにこれから会う人間ときみ自身が知り合いでない以上」

ヴェネシアは包みをさらにきつく抱きしめた。「あなたってときどきいやになるほど本物の夫みたいなことを言うのね。それも現代的な考え方をしない夫」

「きみがそんなふうに私を見くびっているとはがっかりだな。でも、どうにか耐えてみせるよ」ゲイブリエルは手すりに寄りかかり、彼女が抱えている箱をなにげなくちらりと見た。

「本物の夫というのがどう振る舞うものか、きみがそれほど詳しいとは思えないが」

ヴェネシアはかっとなった。「うちの父が母と正式に結婚していなかったからとおっしゃりたいなら、たしかにわたしはちゃんとした夫の振る舞いというものについては何も知らない――」

ゲイブリエルは顔をしかめた。「そういうつもりで言ったんじゃない。きみ自身、結婚したことはないじゃないかと言いたかったんだ」

「あら」ヴェネシアの怒りはやわらいだ。いっときの怒りが好奇心にとってかわられた。「あなたはどうなの？」

「ないさ、ヴェネシア、妻を持ったことはない。経験の足りない者同士、われわれは結婚に関してかなりうまくやれるとは思わないか？　だからといって、われわれの関係に改善の余地がないということではないが」ゲイブリエルは彼女が抱えている箱を指し示した。「贈り物かい？」

「今夜着る服よ」

「新しいドレスかな？　真っ黒じゃないことを祈るよ。そろそろ喪に服すのをやめないと、夫が戻ってきたことを喜んでいないのではと人に疑われるぞ」

「今や黒がわたしのトレードマークだから」ヴェネシアはゲイブリエルが持っている包みに目を向けた。「どこへお出かけですの？」

「きみの弟と公園へ行く約束があってね」

25

「これは世界一きれいなたこですね」エドワードはうっとりしながら目を上に向けた。「ほら、あんな高くまで揚がってる。ほかのどのたこよりも高い」

　ゲイブリエルはその日買ってきたばかりの紙の翼が高々と舞うのをじっと見つめていた。たこは貪欲《どんよく》に風をつかまえ、大喜びのエドワードは糸を扱うこつをすばやく呑みこんだ。頭のいい子だとゲイブリエルは胸の内でつぶやいた。ミルトン家のほかの面々もそうだが。

「少し糸を巻いたほうがいいな」ゲイブリエルは忠告した。「木に引っかけたくないから」

「わかりました」エドワードはたこを少しずつ下げることに神経を集中させた。

　たこがうまく制御できていることに満足し、ゲイブリエルはその隙に人でにぎわう公園を見まわした。ベンチのいくつかは乳母や地味なドレスを着た家庭教師たちに占拠されていた。子供たちが単純な遊びに興じているあいだ、互いにおしゃべりに花を咲かせている。少し大きな子供たちはたこ揚げをしたり、木立のなかでかくれんぼう遊びをしたりしていた。

公園に大人の男はほとんどいないだろうと予測していたが、そのとおりだった。いたとしても、小さな男の子の付添としてやってきた兄や叔父や父だった。

地味な茶色のコートとズボンを身につけた男が目立っていたのは、単にひとりで公園に来ていたからだ。ベンチにすわり、てっぺんのへこんだ帽子を耳の上までくるように深くかぶっている。ボールで遊ぶ少年たちを遠目に眺めているように見えた。

三十分後、エドワードはしぶしぶたこを下ろした。ゲイブリエルは糸と尾がからまないようにたたむ方法を教えてやった。

「すごくたのしかった」エドワードはにやりとした。「ぼくのたこは今日公園で揚がっていたなかで一番でした。ほかの誰のたこよりもよく飛んだし、木に引っかかることもなかった」

「きみはとてもうまくあやつっていたな」ゲイブリエルは目の端でベンチの男が立ち上がってゆっくりと自分たちのあとを追いはじめたのを見ていた。

ふたりはサットン・レーンへ歩いて戻った。茶色のコートの男は慎重に距離をとってついてきた。ゲイブリエルとエドワードが玄関に着くと、トレンチ夫人がドアを開けた。

「おかえりなさい、エドワード様」彼女はエドワードにほほえみかけた。「たこ揚げはたのしかったですか？」

「うん、とても」両手でそっとたこをつかみ、エドワードはゲイブリエルを見上げた。「ありがとうございました。また近いうちにいっしょに公園に行けます？」

ゲイブリエルは片手で髪をかき上げた。「行っていけない理由はないね」

「それから、いつか夜にトランプ遊びも？　アメリアとぼくはカードゲームが得意なんです」

「それはたのしみだな」

エドワードはガスランプ以上に顔を輝かせ、階段へと駆けていった。

ゲイブリエルはトレンチ夫人に目を向けた。「ミセス・ジョーンズにすぐに戻ると伝えておいてくれ。ちょっと片づけなければならない仕事があるんだ」

「かしこまりました。奥様は居間においでです。お知らせしてきます」

ゲイブリエルは玄関の石段を降り、わざと速足で通りを歩いた。見失わないためには茶色のコートの男も足を速めなければならないはずだ。

角まで来ると、ゲイブリエルはいきなり右に曲がった。しばしのあいだ、茶色のコートの男にはこちらの姿は見えない。ふたつのタウンハウスのあいだにある、通用口へつづく狭い路地に身を隠し、壁に体を押しつけて待った。

しばらくして、茶色のコートの男がひどく不安そうな顔で路地の脇を通り過ぎようとした。ゲイブリエルは男の腕をつかみ、狭い路地に引っ張りこんでレンガの壁に男を叩きつけた。

「ちくしょう、何をしやがる？」茶色のコートの男は悲鳴をあげた。が、ゲイブリエルの手に拳銃がにぎられているのを見て目をみはった。

「なぜ私のあとをつける？」とゲイブリエルは訊いた。

「なあ、なんの話かわからないな」茶色のコートの男は拳銃から目を離せなかった。「ほんとうさ」

「だったら、おまえは用無しってことだな？」

茶色のコートの男の口がだらんと開いた。「撃たないよな」

「どうして？」

「撃っていいはずはない。私は無実だ」

「どう無実なのか説明しろ」

「私はただ仕事をしていただけだ」茶色のコートの男は肩を怒らせた。「言っておくが、私は写真家なんだ」

「カメラがないようだが」

「写真家だっていつもカメラを持ち歩くわけじゃない」

「それはそうだな。ときに帽子に仕込んだカメラを持って歩くことがあるのは知っている」

ゲイブリエルは茶色のコートの男のてっぺんのへこんだ帽子に目をやった。手を伸ばして男の頭から帽子をとったが、なかにカメラは仕込まれていなかった。

「なあ、わかっただろう」茶色のコートの男はしわがれた声を出した。「こんなふうに――」

通用口から路地に出てくる人影があった。

ゲイブリエルと茶色のコートの男はそろって首をめぐらした。ゲイブリエルは邪魔がはいったことに苛立ちを感じた。茶色のコートの男は救いの手が現れたことに哀れなほど希望を持った顔になった。

「ミスター・ジョーンズ？」ヴェネシアが急いで近づいてきた。敷石に触れないように黒いドレスのスカートを持ち上げている。「いったいここで何をしているの？　ミセス・トレンチからあなたが仕事を片づけに行ったって聞いたけど、どうも隠し事をしているんじゃないかと気になって」

「きみは私をよくわかっているね、ヴェネシア」

遅まきながら彼女は銃に気がついた。「ミスター・ジョーンズ」

ゲイブリエルはため息をついた。「そろそろ私をファーストネームで呼んでくれなくてはならないよ、奥さん」そう言って茶色のコートの男に顎をしゃくった。「こいつを知っているかい？」

「ええ、もちろん」ヴェネシアは優雅に会釈した。「こんにちは、ミスター・スウィンドン」

スウィンドンはおどおどと帽子に手をやった。「ミセス・ジョーンズ。いつもと変わらずお美しい。黒がほんとうにお似合いですな」

「ありがとう」ヴェネシアはゲイブリエルにひややかな目を向けた。「いったいどういうことなの？」

「私も今ちょうどスウィンドンに同じ質問をしていたところだ」ゲイブリエルは答えた。

「こいつは公園までエドワードと私のあとをつけてきて、われわれがたこ揚げをしているあいだ公園に留まり、帰るときに家までついてきた。そのわけをどうしても知りたくなってね」

「何もかもとんでもない誤解なんだ、ミセス・ジョーンズ」スウィンドンはヴェネシアに訴えた。「私は新鮮な空気を吸おうとたまたまこのあたりに居合わせただけだ。どうやら、こちらのミスター・ジョーンズは私が彼を尾行していたという結論に飛びついたようだが」

「おゆるしください、ミスター・スウィンドン」ヴェネシアは言った。「でも、わたし自身、同じように思ってしまいますわ。あなたのお住まいはこのあたりではないはずだし」

スウィンドンは咳払いをした。「近くに顧客の住まいがあって」

「何番地だ？」ゲイブリエルが訊いた。

スウィンドンはぽかんとした顔になった。「その――」

「顧客なんていないな」とゲイブリエル。

「住所を見つけようとして迷ったんだ」とスウィンドンは小声で言った。

男は見るからに勇気をとり戻した様子だった。ヴェネシアが現れたことで自信がついたわけだ、とゲイブリエルは胸の内でつぶやいた。ヴェネシアがそばにいるかぎりは自分の身も安全だと確信したにちがいない。

「そうだとしたら」ゲイブリエルはスウィンドンの腕をとって言った。「よくご存じの地域まで送らせていただこう。近道を知っているから。かなり危険な界隈を通り抜け、人通りの少ない路地や波止場の近くを通るが、怖がることはない。私には銃があるから」

「いや」スウィンドンは恐れおののいた。「あんたとふたりきりではどこへも行かないぞ。私を連れていかせないでくれ、ミセス・ジョーンズ。お願いだ」

「彼の質問に素直に答えたほうがいいわね」ヴェネシアはやさしく言った。「そうしたら、ミスター・ジョーンズがあなたに危害を加えることはないとお約束するわ」

ゲイブリエルは眉を上げたが、意見することは控えた。

スウィンドンは負けを認めたようだった。「私はただ、あんたがバートンの新しい顧客の名前をつきとめたかどうかたしかめたかっただけだ。私を責めることはできないはずだ」

不安がゲイブリエルの胸をついた。「顧客とは？」

スウィンドンはあきらめたようにため息をついた。「少し前、バートンは仕事の手を広げることにしたんだ。そう、芸術の分野や肖像写真ではあまり運に恵まれなかったからね。しかし、二週間ほど前、彼はなんともすばらしい探偵カメラを使い出した。どうやってそんな高価なものを手に入れたんだと訊いたら、非常に裕福な顧客に雇われて、誰かのあとをつけて写真を撮ることになったと言っていた」

「その新しい仕事についてあんたに話したというのか？」ゲイブリエルは訊いた。

スウィンドンはうなずいた。「バートンは新しい仕事がうまくいって鼻高々だった。そのことを自慢していたよ」

「彼とは親しかったのか？」

スウィンドンはその質問に一瞬まごついた。

「バートンにはいわゆる友人ってやつはひとりもいなかった」スウィンドンは慎重にことばを選んで言った。「しかし、彼にとって私は友人にもっとも近い存在だったはずだ。お互い写真家になって以来のつき合いだから。最初はパートナーとしていっしょにやっていた。しばらくのあいだ、心霊写真でそれなりに生計を立てていた」

「一時期、そういう写真がずいぶんと売れていたことは知っているわ」とヴェネシアが言った。

「ほんとうにそうだった」スウィンドンはなつかしがるような顔になった。「何年ものあいだ、背景に霊が写っている写真を誰もがほしがったものだ。言わせてもらえば、それに関してバートンと私は非常に腕がよかった。一度たりとも偽物だとばれたことがなかった。残念ながら、心霊写真の分野には経験不足の写真家が多すぎた。そういう連中は偽物だとばれてばかりだった。そのせいで心霊写真自体が悪い評判をちょうだいして、しまいには世間の信用を失った」

「心霊写真を作るのに用いた技術をぜひとも知りたいものだわ」ヴェネシアがくだけた調子になって言った。「わたしも自分で作ってみたことがあって、おもしろいものはできたんだけど、完全に満足いくできではなかったから」

尋問というよりも、ふたりの写真家が写真について意見を述べ合っているようにしか聞こえなくなってきたなとゲイブリエルは思った。そこで、ヴェネシアに警告するようなまなざしを送った。彼女はそれに気づいた様子もなかった。

「霊を写真に写す方法はさまざまある」スウィンドンは熟練した専門家に変貌して言った。「もちろん、できあがったものが作り物にすぎないということを顧客に絶対にわからせないようにするのがこつだ。バートンと私は、誰よりも懐疑的な心霊研究家ですらも感心するほど上手だった。そういう連中がギャラリーの前に列をなしていたこともあった」

ゲイブリエルはブーツを履いた足をわずかに前に出し、スウィンドンとヴェネシアのあいだに割りこんだ。彼がまだそこにいたことに驚いたとでもいうように、ふたりは若干後ろに飛びすさった。

「おい、なんだよ」スウィンドンは怒ってぶつぶつと言った。「私はこの人の質問に答えていただけじゃないか」

「私の質問に答えてもらうほうがいいな」とゲイブリエルは言った。

スウィンドンは何度か目をしばたたき、背中をレンガに押しつけようとした。「もちろんだ」

「バートンとの協力関係を解消したのはなぜだ?」とゲイブリエルは訊いた。

「もちろん、金のせいさ」スウィンドンは悲しそうに小さく首を振った。「儲け方についても使い方についても意見が一致することはなかった。昼夜を問わず、言い争いばかりだった。結婚するよりも最悪さ。やがてバートンにギャンブルの問題が生じた。私に関してはそれでおしまいだった。私は私の道を行き、彼は彼の道を行くことになった」

「でも、連絡はとっていた」

「さっき言ったように、長いつき合いだったからね」

「バートンが尾行を依頼されていた人物の名前はわかるか？」とゲイブリエルが訊いた。

「いや」スウィンドンはすばやく答えた。すばやすぎた。目がヴェネシアにさっと向けられ、そらされた。

「尾行の対象はミセス・ジョーンズだったんだろう？」とゲイブリエルは訊いた。

ヴェネシアは身をこわばらせ、スウィンドンにつめ寄った。

「ミスター・バートンがこっそりわたしの写真を撮っていたことを知っていたの？」

スウィンドンはまたびくびくしはじめた。「バートンがそんなようなことをほのめかしたことは何度かあった。そう、はっきり言ったことはないし、あなたの名前を出したこともなかったが。でも、察しはついた。おそらく、かなり満足のいく報酬を得ていたんだと思う。残念ながら、彼はあなたに敬意を払ってはいなかったようだ、ミセス・ジョーンズ」

「ええ」ヴェネシアは歯がみするように言った。「わかっていたわ」

「あなたが悪いわけではない」スウィンドンは急いで言った。「バートンは概して女性というものをひどく見下していた。あなたが写真家として頭角を現し、彼も出品している展示会で最優秀賞をとるようになると、とくにあなたのことを嫌うようになった」

ゲイブリエルはスウィンドンをじろじろと睨《ね》めつけた。「バートンがあとをつけまわして、探偵カメラで写真を撮っているとミセス・ジョーンズに忠告しようとは思わなかったのか？」

「かかわりたくなかったんだ」スウィンドンは答えた。「私には関係ないことだったから」

「バートンがその謎の顧客のために写真を撮るほかに、自分で使うためにも撮っていたのは知っていたか？」ゲイブリエルは穏やかな口調でつづけた。「ミセス・ジョーンズを怖がらせるために送ってよこした写真だ」

「ああ、そう、そう言われてみれば――」スウィンドンはもごもごと言った。「たしか、バートンから聞いたことがある。その仕事を請け負ったおかげで、ミセス・ジョーンズを少しばかり怖がらせる方法を思いついたと。墓地を背景にした写真を何枚か撮ったので、その一枚に、ミセス・ジョーンズ、あなたを動揺させるような修整を加えてやったと言っていた。しかし、彼に関するかぎり、それは単なる冗談だったはずだ」

ヴェネシアは目を細めた。「冗談ね」

スウィンドンはため息をついた。「さっきも言ったが、彼にはあなたが目障りだったんだ」

ゲイブリエルはしばらくスウィンドンをじっと見つめた。「その写真を送りつけてきたのは顧客に頼まれてやった仕事ではないと？」

スウィンドンは首を振った。「たぶんちがう。おそらく、ご婦人をつけまわしているあいだに、ついでに自分もたのしんでやろうと思ったんだろう」

「詳しく話してくれ、スウィンドン」とゲイブリエルがうながした。

「話すことはあまりない」スウィンドンは顔をくしゃくしゃにした。「今朝の新聞でバートンが死んだことを知って、もちろん、何があったのかすぐにわかった。彼がみずから命を絶ってことはないとわかっていたから」

ヴェネシアは顔をしかめた。「殺されたと思ったの？」

「大いにありうることだ」とスウィンドンは言った。

スウィンドンの言いたいことがわかって、ヴェネシアの顔に怒りが浮かんだ。「わたしがミスター・バートンを殺したと思っているのね？」

「いや、ちがう、ミセス・ジョーンズ、誓って――」

「いいかげんにして。わたしはあの哀れな男を殺してなんかいない」彼女は嚙《か》みつくように言った。

「もちろん、そうさ、ミセス・ジョーンズ」スウィンドンはあわてて言った。「心配いらない。そんな噂を広めようなんて夢にも思っていないから」

「かしこい判断だな」ゲイブリエルが言った。「そんな噂が広まったら、暗い夜に男が川に投げこまれることになるかもしれないから」

スウィンドンは不安に駆られて後ろに身をそらした。「おいおい、私を脅そうったって無理だぞ」

「そうだろうな。でも、それはそれでずいぶんとたのしそうだ」ゲイブリエルは言った。

「しかしまあ、ミセス・ジョーンズがバートンを毒殺したんじゃないとあんたが言うなら、それを信じたいがね」

「それはありがたい」スウィンドンは見るからにほっとした顔になった。

「バートンのブランデーに青酸カリを仕込んだのは私だと思っているわけだ」ゲイブリエルはものやわらかに推理した。

スウィンドンは真っ赤になった。「誓って言うが、それは単なる私の憶測だ。絶対に誰にも言わないさ」

ヴェネシアはショックにぽかんと口を開けた。「どういうこと？」と言ってスウィンドンを睨みつけた。「バートンが探偵カメラを持ってつけまわしていたのはわたしなのよ。どうしてミスター・ジョーンズが彼を殺したと思うの？」

「その質問には私が答えよう、ヴェネシア」ゲイブリエルはスウィンドンから目を離さずに言った。「私がロンドンの愛する花嫁のもとへ戻ってきたばかりなのは秘密でもなんでもない。こちらにいるスウィンドンは当然ながらこう思ったわけだ。家に戻ってきた私を見て、きみが動揺して泣き崩れ、バートンという男にひどい目に遭っていると打ち明けたのだろうと。もちろん私はすぐさま行動を起こし、もっとも早い機会にバートンを始末して、きみと私自身をスキャンダルから守ろうとする。それがあの晩、ファーリーの展示場で起こった出来事というわけだ」

「さっきも言ったが」スウィンドンはおどおどと言った。「それは単なる私の憶測にすぎない」

「それであんたはこう結論づけた」ゲイブリエルはつづけた。「バートンに致死量の青酸カリを盛ったあとで、私がバートンの謎の裕福な顧客が誰であるかをつきとめたにちがいないと」

スウィンドンは小さく咳払いをした。「そうしてしかるべきだ」

ヴェネシアは当惑してスウィンドンに目を向けた。「どうしてミスター・ジョーンズがミスター・バートンの謎の顧客の名前を知りたいと思うの？」

「なぜなら、その顧客がバートンを雇ってきみを尾行させていたなどということは私は知るよしもないから、その顧客と連絡をとって、バートンがやっていた仕事をぜひともきみにさせてもらいたいと申し出るわけだ」ゲイブリエルは辛抱強く説明した。「結局、きみも写真を生業《なりわい》にしているひとりだからね、ヴェネシア。バートンの突然の死を利用して、われわれが太っ腹の新しい顧客に専門家としてのきみの腕を売りこんでなぜいけない？」

「われわれ？」ヴェネシアは不穏な口調になって言った。

ゲイブリエルはそれを無視してスウィンドンに目を戻した。「しばらく私を見張っていれば、遅かれ早かれ、謎の顧客のところへ行くものと思っていたんだな。それが誰かわかれば、あんた自身がその客のところへ行って、ほんの少しの心づけと引き換えに教えてやろうと思ったわけだ。バートンを殺したのは私にちがいなく、バートンを雇ってミセス・ジョーンズの写真を撮らせていた人物がいたという事実が明らかになれば、その人物にとって非常に危険な事態になりかねないと」

「まあ、そんなのゆすりじゃないの」とヴェネシアが声を張りあげた。

スウィンドンは身を縮めた。「ミセス・ジョーンズ、言っておくが、私は誰のこともゆするつもりなどなかった」

「ふん、そんなの一瞬たりとも信じないわ」ヴェネシアが答えた。「人をゆすることで写真家として成功しようなんて考えるのももってのほかだけど、わたしに夫ができたからって、どうしてわたしが自分の問題を自分で処理できないと思うわけ？」

びくびくと不安そうだったスウィンドンの顔は当惑しきったものになった。「しかし、ミスター・ジョーンズが戻ってきた以上、彼があなたの仕事に目を配るのは当然のはずだ」

ヴェネシアは腰に手をあてて一歩前に進み出た。「ジョーンズ・ギャラリーの経営者はわたしよ。ギャラリーに関することはすべてわたしが決めるわ。これだけは言えるけど、見下げはてた競争相手を始末するとしても、ミスター・ジョーンズにもほかの誰にも頼ったりしないわ」

「いや、もちろん、そうだろう」スウィンドンは壁沿いに横にそろそろと動き、ヴェネシアとのあいだに距離を置こうとした。

「わたしはバートンを殺していない」ヴェネシアは魅力たっぷりに脅すような笑みを浮かべた。「でも、将来、競争相手に対してそういう思いきった行動に出る必要が生じたら、絶対に自分で処理するつもりだから、覚えておいてちょうだい。そういうことをするのに夫は必要ないわ」

スウィンドンは顔色を失った。「われわれは競争相手とは言えないだろう、ミセス・ジョーンズ。じっさい、まったくちがうタイプの写真家なんだから」

「まさしくそのとおりね」ヴェネシアは通りのほうへ腕を伸ばした。「消えて。今すぐよ。わたしやミスター・ジョーンズのまわりに二度と姿を見せないで」

「わかった。わかったよ」

スウィンドンは路地を走っていった。

ヴェネシアはスウィンドンが建物の角を曲がって姿を消すまで待ってからゲイブリエルのほうを振り向いた。

「なんて腹立たしい小男かしら」と彼女は言った。

ゲイブリエルは笑みを浮かべた。「すばらしいお手並みだったよ、ヴェネシア。ほんとうに。あいつに悩まされることはもう二度とないだろう」

「ほんとうのことを教えてちょうだい。今、社交界の誰もが同じように思っているのかしら？　夫ができたせいで、わたしは自分の問題を自分で処理することもできないと？　重要な決断も自分ではくだせないと？　今や何につけてもあなたの判断をあおぐと？」

「ある意味そうだろうな」

「それが不安だったのよ」

ゲイブリエルは銃を外套《がいとう》のポケットにしまった。「こんなことは言いたくないんだが、社交界の目から見れば、きみは粋で謎めいた未亡人から、従順で貞節な妻へと変貌したわけだ。当然ながら、重要な物事については、何についても夫の考えをあおぐ妻へとね」

ヴェネシアは目を閉じた。「それがどれほど癪《しゃく》に障るかあなたには見当もつかないでしょうね」まつげが持ち上げられる。「ミセス・フレミングの言ったとおりだったわ。未亡人でいることには利点がたくさんあるのね」

「覚えておいてもらいたいんだが、私は非常に現代的な考え方の夫だ」

「笑い話じゃないわ、ミスター・ジョーンズ」

「今にはじまった話でもないしね」とゲイブリエルは言った。笑みは消えていた。「これでバートンが個人的な目的できみをつけまわしていたわけじゃないことがわかった。少なくともその目的だけではなかったことが。誰かが彼を雇ってそうさせていたんだ」

「錬金術師の手帳を盗んだ泥棒ってこと？」

「そうではないかと思う」ゲイブリエルはヴェネシアの腕をとり、通りへ向かった。「そいつが単なる泥棒ではないことを忘れないでいてほしい。少なくとも、二度は人を殺した人間だ」

26

「夜会服姿のヴェネシアをぜひ見てやってください」エドワードは興奮を抑えきれない様子だった。「びっくりしますよ」

ゲイブリエルはドレッシング・テーブルの鏡越しに少年を眺めた。エドワードは興奮ではちきれそうになっている。夕食のあいだ、アメリアとふたり、こっそり笑みを交わしたり、一度か二度、こらえきれずに吹き出したりして、何か隠している様子だった。ベアトリスが警告するようなまなざしを向けておとなしくさせようとしていたが、あまり効果はなかった。

ヴェネシアはテーブルのまわりで交わされるひそかなやりとりには気づかない振りをし、トレンチ夫人がデザートの皿を片づけるやいなや、ハロウの友人との面談にそなえて着替えをするために二階へ上がった。

エドワードとアメリアはトランプ遊びをしに居間へ行き、ベアトリスとゲイブリエルだけがダイニング・ルームに残された。ベアトリスはナプキンを丸めてテーブルの上に置いた。

「たぶん、いい機会だから、今わたしたちが置かれているかなり異常な状況について話し合ったほうがいいと思うのよ、ミスター・ジョーンズ」と彼女は言った。

「もちろん、ヴェネシアのことが心配なんでしょう」ゲイブリエルはテーブルの上で腕を組んだ。「ご心配なく。錬金術師の手帳のことで彼女がひどい目に遭うなどということはないようにしますから」

「わたしが心配なのはそのなくなった手帳のことだけじゃないの」

「この家に問題を持ちこんでしまったことは心から申し訳なく思っています、ミス・ソーヤー」

ベアトリスは眉をひそめた。「こんな不運に見舞われているのがあなたのせいじゃないことはよくわかっているのよ。結局、ジョーンズという名前を使うことにしたのはヴェネシアだったんですから」

「それがこんな危険をはらんでいたとは彼女には知るよしもなかったわけですから。私が今、問題解決に全力を尽くしているとだけは言えますが」

「それで、問題が解決できたら、ミスター・ジョーンズ？　そうしたらどうなるの？」

ゲイブリエルは立ち上がり、長いテーブルの反対側まで来て彼女のために椅子を引いた。

「ご質問の意味がよくわからないのですが」

ベアトリスは立ち上がった。「お忘れのようだけど、世間の目から見たら、あなたはわたしの姪《めい》の夫なのよ」

「ご心配なく、そのことはちゃんとわかっていますから」

ベアトリスは眉を上げた。「そうだとしたら、この問題が解決したときに、そっちのささやかな問題についてはどう解決するおつもり？」

「私自身の運命がいまだはっきりしないのはたしかですね。しかし幸い、ロンドンにはあまり野生の馬の群れは走っていないようですから。もちろん、未開の西部の無法者たちに銃で撃たれる危険はあるわけですが、そういう結末も避けられるとは思っています」

「どんな結末を予想しているの、ミスター・ジョーンズ？」

「ヴェネシアを説得して結婚を本物にできればと思っています」

ベアトリスの顔が驚きに輝いた。彼女はゲイブリエルの顔を探るように見た。「本気なの？」

「ええ」ゲイブリエルはかすかな笑みを浮かべた。「幸運を祈ってもらえますか？」

ベアトリスは長いあいだ彼をじっと見つめた。

「ええ、そうね」とようやく口を開いた。「そうしたほうがいいわ。ヴェネシアは男性をそれほど信頼しようとしないでしょうけど。こんなことは言いたくないんだけど、父親の行いからいってもね。ヴェネシアは父親を心から愛していたし、それは父親のほうも同じだった。子供たち全員をほんとうに愛していたんです。でも、つまるところ、H・H・ミルトンが二重生活を送っていたという事実は否定できないわ。彼が重婚者であり、嘘をついていたせいで、この家族は大きな代償を払ってきたの」

「わかります」

エドワードはドレッシング・テーブルに近寄って、ゲイブリエルがネクタイを結ぶのをじっと見つめた。「ヴェネシアからは、今夜何を着るつもりかあなたに教えてはだめだと言われてます。驚かせるつもりだからって。でも、想像してみるのもだめとは言われなかった」

「そうだな」ゲイブリエルはカフスの穴に黒と金のカフスを通した。「黒以外の色を着ることにしたとか？」

それを聞いてエドワードは困ったようだったが、やがて顔が明るくなった。「黒い色のものもあります」

「でも、全身黒ずくめではない？」

エドワードはいたずらっぽい顔になって首を振った。「ほかの色もあります」

「緑？」

「いいえ」

「青？」

エドワードは忍び笑いをもらした。「いいえ」

「赤？」

エドワードは笑いながらベッドに転がった。「絶対に想像つきませんよ」

「だったら、降参して驚く覚悟をしておいたほうがいいな」ゲイブリエルは鏡から振り返り、夜会用の上着と帽子を手にとった。「行くかい？」

「ええ」

エドワードはドアのところへ飛んでいき、勢いよくドアを開くと、階段を駆け降りた。ゲイブリエルはこれから過ごす夕べを想像してたのしみながら、よりおちついた足取りでそのあとに従った。たしかに、ヴェネシアとともに出かけるのは、ハロウの知り合いである見ず知らずの人間からロザリンド・フレミングについて話を聞くのが唯一の目的だ。おまけにまだ数多くの謎や危険に対処しなければならないという事実も否定できない。それでも今夜、馬車のなかである程度の時間ヴェネシアとふたりきりで過ごすことになるはずで、ヴェネシアは今晩のために新しいドレスを買ったのだ。そう考えると、血管を流れる血がより大きく音を立てる気がした。

ゲイブリエルが階段の下まで降りると、エドワードとアメリアが玄関ホールにいた。あたりは期待に満ちている。ふたりはゲイブリエルのほうにこっそり目をくれた。この家族は秘密を守る達人だと、彼はおもしろがって胸の内でつぶやいた。しかし、ヴェネシアの新しいドレスはエドワードとアメリアには大きすぎる秘密のようだった。

「玄関に馬車が着いたようだわ」ベアトリスが階段の踊り場から呼びかけた。「ヴェネシア、出かける時間よ」

「今行くわ、ベアトリス叔母様」ヴェネシアが自分の寝室から答えた。

その姿が見える前に階段を降りてくる足音が聞こえた。足音がふだんとはまるでちがうことを認識する暇もなく、ゲイブリエルの目にヴェネシアの姿が飛びこんできた。

「こんばんは、ミスター・ジョーンズ」ヴェネシアはゲイブリエルを頭のてっぺんから爪先までじっくりと満足そうに眺めた。「あなたを見たら、仕立て屋も鼻が高いでしょうね」

エドワードとアメリアがヴェネシアの姿を見て彼がショックを受けるものと期待して息を止めて待っているのは、ゲイブリエルにもよくわかった。

ヴェネシアにされたように、彼も彼女をわざとじっくり眺めた。すばらしい仕立ての黒いズボンと白いリネンのシャツ、蝶ネクタイと黒い夜会用の上着。

「それを用意した仕立て屋の名前を教えてもらわないとな、ミセス・ジョーンズ」彼は言った。「私の仕立て屋よりも腕がいいかもしれない」

ヴェネシアは笑った。「出かけましょう。夜はこれからよ」

彼女は短い黒髪のかつらの上に高い帽子をかぶり、持ち手がカーヴしているステッキを行儀悪く振りまわしながら階段を下まで降りた。

トレンチ夫人がエプロンで手を拭きながらキッチンから現れ、ヴェネシアの姿を見て首を振った。

「もうこれきりですよ」あきらめたような口調だ。「今は家に男の方がいらっしゃるんですから、そういったばかげたことはおしまいにしないと」

エドワードは玄関の扉を開けに走った。ヴェネシアは外へ出て待っている馬車へと石段を降りた。

　ゲイブリエルはその後ろから玄関を出ようとした。

「驚きました？」エドワードが興奮して訊いた。

「きみの姉さんについて私が何よりすばらしいと思うのは、彼女には驚かされないことがないという点だ」とゲイブリエルは答えた。

　ドアが閉まり、外の石段を降りるあいだ、エドワードとアメリアのくぐもった笑い声が追いかけてきた。

27

「おめでとう、ミスター・ジョーンズ」ヴェネシアは言った。「ショックをうまく隠したわね。紳士の装いをした女性を見てあなたがその場で気を失わなかったせいで、エドワードとアメリアはずいぶんとがっかりしたんじゃないかしら」

ゲイブリエルは座席のクッションの隅に背をあずけ、ヴェネシアを眺めていた。彼女は向かい合うように席をとっている。馬車のランプは明るさを抑えてあり、ふたりとも影に包まれていた。

「ずいぶんとうまく変装したものだな」と彼は認めた。「歩き方まで変えて。髪はかつらの下にうまく隠れているし。ただ、香りはごまかせない。どんなに暗い夜でも、どこでも、いつでも、きみとわかる」

「でも、男性用に特別に調合された香水を使ったのよ」

ゲイブリエルは笑みを浮かべた。「私の記憶に刻まれているのは香水ではないよ。きみ本来の香りで、それがこの上なく女らしいんだ」

ヴェネシアは顔をしかめた。「前にこの服を着たときには、誰もわたしが女だとは気づかなかったわ」

「よく男の恰好《かっこう》をして出かけるのか?」

「これまでたった二度よ」ヴェネシアは正直に言った。「この服はハロウのものなの。わたしの体に合うように作り変えてくれたのよ。かつらも買ってわたしに合う形に整えてくれた」

「きみが男の恰好をするのはとてもおもしろいが、どうして今夜、男に扮する必要があるのか訊いてもいいかな?」

「ハロウとその友達には彼らのクラブで会うことになっているの。女の装いで行ってもなかへ入れてもらえないでしょう。紳士のクラブというのがどういうものかはご存じのはずだわ」

それを聞いた自分の反応はショックとまでは言えないとゲイブリエルは思ったが、驚いたのはたしかだった。「その紳士のクラブに前にも行ったことがあるのか?」

「一回だけ」ヴェネシアはぞんざいに答えた。「二度目にこの服を着たときには、ハロウといっしょに劇場へ行って、そのあとレストランで遅い食事をたのしんだわ」そう言ってにっこりした。「そのレストランは上品なご婦人ならそこでの姿を人に見られるのをよしとしないような場所だった。いい経験になったわ、ほんとうよ」

「冗談でこういうことをしているのか？」

「わくわくする冒険だと思っているの」ヴェネシアは答えた。「男として出歩くと、世界が驚くほどちがって見えること、おわかりになる？」

「そういうことはあまり考えたことがなかったな」

「男の振りをすると、女はずっと自由だわ。服のことだけじゃなくて。ズボンと上着姿のほうが、一番の軽装の夏のウォーキング・ドレスと比べてみても、ずっとかさばらなくてしめつけも少ないのはたしかだけど。そう、この服装なら、必要とあらば楽に走ることもできるわ。長いドレスを着て走ってみたことあります？」

「そういう経験があるとは言えないね」

「もうほんとうに大変なの。スカートとペチコートが重すぎて。すねにからまってばかりいるし。本気で逃げようとするときには、どんなに小さな腰当でもバランスをとるのがいかにむずかしいか、想像もつかないでしょうね」

「ドレスで逃げなければならない状況におちいったのはいつだい？」

ヴェネシアは歯をちらりと見せて意味ありげな笑みを浮かべた。「記憶にあるのは三カ月前よ」

ゲイブリエルは顔をしかめた。「たしかに。私の案内で秘密のトンネルを通ってアーケイン・ハウスから逃げたときだ。すまない。あの晩、走るのがきみにとってどれほど大変かなど考えもしなかったよ。ちゃんとついてきているかどうかばかりが気になって。うまくついてきてくれたけどね」

「あのときあなたにはほかに考えなければならないことがあったんですもの」

「そうだな」ゲイブリエルはヴェネシアの途方もない衣装を再度新たな目で眺めた。「スキャンダルになって身の破滅を呼ぶかもしれないことはわかっているんだろうね。今夜、クラブの会員の誰かに秘密をあばかれたらどうするんだ？」

ヴェネシアは謎めいた笑みを浮かべた。「ヤヌス・クラブでわたしの秘密があばかれることはないわ」


少しして馬車はしゃれた邸宅の邸内路で停まった。窓からは暖かい光がもれている。広々とした庭は四方を囲まれて外から見えないようになっていた。

お仕着せに身を包んだ従者が大理石の石段を降りてきて馬車の扉を開けた。

ゲイブリエルはヴェネシアに目を向けた。「これがヤヌス・クラブか？」

「ええ」ヴェネシアは帽子とステッキを手に持った。「わたしを先に降りさせてくれたほうがいいわ。あなたが思わず手を貸そうとしないために」

「覚えておかなければならないささいなことが多すぎるよ」

「あとをついてきてくれればいいの」と彼女は言った。

ゲイブリエルはひとりほくそえんだ。今夜ここへはまじめな目的で来たのだったが、ヴェネシアがたのしんでいるのは明らかだった。アーケイン・ハウスでともに過ごして以来、これほどに明るくいきいきとした様子でいるのを見るのははじめてだった。男の服に身を包み、冒険をしているということで、少なくとも今夜、彼女は別人のようだ。

従者は扉は開けたが、段ばしごを下ろそうとはしなかった。

「いらっしゃいませ」と従者は言った。「ご用の向きをお知らせいただけますか?」

「ミスター・ハロウと約束がある」ヴェネシアは低くかすれた声を出した。「わたしの名前はジョーンズだ」

「ええ、ミスター・ジョーンズ」従者は扉を大きく開けた。「ミスター・ハロウにあなた様がお連れ様とごいっしょにいらっしゃるとうかがっております」

ヴェネシアは軽々と地面に飛びおりた。そのすぐあとに従いながら、ゲイブリエルは思った。たしかに、ズボン姿のほうが動きが楽そうだ。

じっさい問題として、男の服を着た彼女はとても魅力的だった。先に立って大理石の石段を昇る後ろ姿を見つめながらゲイブリエルは胸の内でつぶやいた。体にぴったりした夜会用の上着がどれほどウエストの細さをはっきり示し、尻の形を強調しているか、本人は気づいているのだろうか。奇抜ではあるが、男の衣装は彼女の女らしさをきわだたせているだけだった。少なくとも彼の目には。

石段を昇りきると、従者が大きなダークグリーンの扉を開け、ふたりを巨大なシャンデリアに照らされた玄関ホールへと招じ入れた。

ひそやかに交わされる会話が左にある部屋から聞こえてきた。ゲイブリエルが開いたドアの向こうに目をやると、優美にしつらえられた書斎の一部が見えた。夜会服に身を包んだ紳士たちが、ブランデーやポートワインがはいったグラスを手に、ガス灯に照らされた部屋でくつろいでいる。

「ミスター・ハロウがあなた様とお連れ様を二階でお待ちです、ミスター・ジョーンズ」従者がヴェネシアに言った。「こちらへどうぞ」

そう言ってふたりをまるで滝のように見える広い階段へと導いた。

ゲイブリエルはヴェネシアと肩を並べて階段を昇った。踊り場に着くと、煙草の残り香が濃くただよっていた。

「喫煙室が廊下を少し行ったところなの」ヴェネシアが説明した。「その向こうがカード・ルームよ」

「ここはかつて個人の住まいだったんだな」まわりを見まわしてゲイブリエルが言った。

「ええ。たしか、家の持ち主がここをヤヌス・クラブの管理者に貸しているのよ」

従者の導きでふたりは長い廊下を渡り、つきあたりにある閉じたドアの前で足を止めた。従者は二度ノックした。

ゲイブリエルは無意識に二度のノックのあいだに置かれた間を記憶にとどめた。さりげなくではあるが、はっきりとわかる合図だった。

「どうぞ」なかから低い声が呼びかけてきた。

従者はドアを開けた。ゲイブリエルの目に、ドアのほうに背を向けて暖炉の前に立つ男の姿が見えた。ハロウは大きな机の端に腰をかけ、机の角に無造作に片脚を引っかけている。クラブにいるほかの面々と同様、どちらの紳士も黒と白の夜の装いをしていた。

「ミスター・ジョーンズとお連れ様です」と従者が告げた。

「ありがとう、アルバート」ハロウはヴェネシアとゲイブリエルにほほえみかけた。「どうぞこちらへ。ミスター・ピアースをご紹介させてください」

ピアースはくるりと振り向いた。背が低くがっしりとした体格で、黒い髪にはほどよく銀髪が混じっている。おどろくほど鮮やかなダークブルーの目が、値踏みするようにゲイブリエルを眺めまわした。

「ミスター・ジョーンズ」ピアースは日々ブランデーと葉巻をたしなんでいるらしい人の声で言い、おもしろがるようなまなざしをヴェネシアに向けた。「それにこちらもミスター・ジョーンズ」

ゲイブリエルは会釈した。「ミスター・ピアース」

ヴェネシアも首を下げた。「お会いくださってありがとうございます、ミスター・ピアース」

「どうぞおかけください」ピアースはふたつの椅子を身振りで示して言い、自分も腰を下ろした。

ヴェネシアはヴェルヴェット張りの椅子に腰を下ろした。無意識に背筋を伸ばし、身を乗り出すようにしてすわっている。まるでくつろいで椅子にもたれることを許さない腰当を身につけているかのようだった。破るのがむずかしい習慣というものもあるのだなとゲイブリエルは思った。

　勧められた椅子にすわるかわりにゲイブリエルは暖炉の前へ行って立ち、彫刻をほどこされた大理石のマントルピースに沿って片手を伸ばした。あまりよく知らない人の前ですわることに、心の奥底で異を唱えるものがあったのだ。立っていれば、すばやく動く必要が生じたときに、ずっと速く動けるはずだ。

　ヴェネシアはピアースに目を向けた。「ミスター・ハロウから、わたしたちがなぜあなたとお話ししたいと思っているか、わけはお聞きになりましたか?」

　ピアースは肘を椅子の腕に載せ、指先同士を合わせた。「ロザリンド・フレミングについて何かお知りになりたいとか」

「そうです」ヴェネシアは言った。「理由ははっきりしないんですが、わたしのことをひどく嫌っているようなので、その理由を知りたいんです」

　ハロウは机の端から腰を上げ、ブランデーのデキャンタをとりに行った。「ミスター・ピアース、何よりもこの方たちが知りたいのは、常識的に見て、ロザリンド・フレミングに危険と思われる一面があるかどうかということです」

「その質問にはイエスと答えていいでしょうな」とピアースは言った。

　ゲイブリエルは自分の超常感覚が乱される気がした。ヴェネシアに目を向けると、強い不安が放たれている。

「正直申し上げて、私の考えが正しいことを証明できるものはありません」ピアースは二度ほどずんぐりとした指と指を合わせ、口の端に不気味な笑みを浮かべてつづけた。「私の推測が正しいと証明できるものを手に入れたいと思っていることは認めますが」

その後つかのま沈黙が流れ、火がぱちぱちと音を立てた。

ハロウが何も言わずにブランデーを配った。ゲイブリエルはグラスを受けとってピアースを見つめた。

「もう少し詳しいことをお聞きしたいものですな、ミスター・ピアース」と彼は言った。

「わかりました」ピアースは合わせた指先越しにゲイブリエルを見やった。「知っていることをお話ししましょう。私がロザリンド・フレミングにはじめて会ったときには、彼女はまだアクランドの愛人ではありませんでした。名前もちがう名前を使っており、自分を霊能力の使い手として売りこみ、生計を立てていました」

ぎょっとしてヴェネシアは口をつけようとしていたグラスを途中で止めた。「霊媒だったと？」

「さまざまなサービスを提供していました」ピアースは言った。「交霊会もやれば、自動書記もやってみせました。しかし、得意としていたのは、個人的な相談です。金をもらって、あの世から得たとする情報に基づいて忠告や助言をしていました」

「その仕事をしていたときはどんな名前を使っていたんです？」とヴェネシアが訊いた。

「シャーロット・ブリスです」とピアースは答えた。

ゲイブリエルは彼を探るように見つめた。「どうして彼女のことにそんなに詳しいんです？」

「私の非常に親しい個人的な友人が彼女の驚くべき能力について噂を耳にしましてね」ピアースは暖炉の火におごそかなまなざしを注いだ。「友人はそんな能力など信じていなかったんだが、シャーロット・ブリスの交霊会に参加するのも一興かと考えたんです。それで参加したところ、ご婦人の能力にいたく感心して、すぐさま個人的な相談の予約を入れたわけです」

「ご友人は何を相談なさったんです？」とヴェネシアが訊いた。

「残念ながら、個人的なことなので」ピアースはブランデーのグラスを手にとった。

ピアースは秘密を固く守るタイプの人間なのだなとゲイブリエルは胸の内でつぶやいた。自分や友人に関することはなんであれ、〝個人的なこと〟になるのだろう。そんな彼が今夜見知らぬ人間と話をしようと思ったという事実そのものが、シャーロット・ブリスに関して彼がいかに強い感情を抱いているかをはっきりと示している。

「ここでちょっと推測させてください」ゲイブリエルが口をはさんだ。「ミセス・ブリスはご友人に高い料金をふっかけ、くだらないことをあれこれ吹きこんだのでしょう」

ピアースはゲイブリエルに目を向けた。その真剣な青い目に冷たい怒りが燃えていることにゲイブリエルは興味を覚えた。その瞬間、現在ロザリンド・フレミングと名乗っている女を殺すことに、ピアースがまるで良心の呵責《かしゃく》を感じないであろうこともわかった。

「友人は受けたサービスには満足しました」ピアースは異様に抑揚のない声で言った。冷たいまなざしから受ける印象を強めるような口調だった。「その助言に従って投資も行った」

「それでどうなったんです？」とヴェネシアが訊いた。

「一カ月後、最初のゆすりの手紙が届きました」

ゲイブリエルはヴェネシアが手に持ったグラスが揺れるのに気がついた。ハロウもそれに気づいたようだった。たくみにそれを彼女の指からとり上げ、椅子のそばにあるテーブルの上に置いた。そのささやかな気遣いをヴェネシアが認識した様子はなかった。ひたすらピアースに注意を向けている。

「ご友人にゆすりの手紙を送ったのがミセス・ブリスだというわけですか？」とヴェネシアは訊いた。

「私が思うに、疑わしいのは彼女ひとりですね。ただ、正直言って、友人の身の破滅を招きかねないその情報を彼女がどうやって手に入れたのかはわかりません。そう、ゆすってきた人間は、友人に関し、この世でほかにふたりしか知らないはずのある事実をほのめかしてきたんです。ふたりのうちひとりは故人となっていました」

「生きているほうのひとりは誰なんです？」とゲイブリエルが訊いた。

ピアースはブランデーをもうひと口飲んでグラスを脇に置いた。「私です」

ゲイブリエルはしばしそのことについて考えをめぐらした。「ゆすりを働いたのはあなたではないんでしょうね」

ピアースの顎がこわばった。「まさか。私は友人のことを非常に好いております。彼に害を及ぼすようなことをするはずがない」

それどころか、友人を守るためならなんでもするというわけだ、とゲイブリエルは思った。

「どうしてミセス・ブリスが犯人だとそれほど確信を持って言えるんです？」とヴェネシアが訊いた。

ピアースはまた指先を何度か合わせた。「ゆすりの手紙が来た時期です」

「それだけ？」

ピアースは肩をすくめた。「それだけでも疑うには充分です。それと、私の……勘と」

幾多の危機をくぐり抜けて磨いた勘だな、とゲイブリエルは胸の内でつぶやいた。

「そのゆすりの手紙を受けとって、ご友人はどうされたんです？」とヴェネシアが訊いた。

「残念ながら、最初はミセス・ブリスが犯人にちがいないという私のことばを彼は信じませんでした。信じたくないと言うんです」ピアースは首を振った。「それどころか、助言を求めにもう一度彼女のところへ出かけていきました」

ゲイブリエルは眉を上げた。「それで、ゆすられた金を払えと言われたんでしょう？」

「ええ」ピアースは口を引き結んだ。「私は怒り心頭に発する思いでした。しかし、秘密がおおやけになることを友人が恐れていることもわかっていました。すぐさま、選択肢はふたつしかないことがわかったんです」

ゲイブリエルはブランデーのグラスをまわした。「ゆすりの金を払うか、疑わしい人間を抹殺するか」

ハロウはわずかにびくりとし、険しい表情を浮かべた。ヴェネシアは目をみはった。

ピアースはそのとおりとでも言いたげな目でゲイブリエルを見た。敬意を表するように頭を下げた。

捕食者から捕食者への敬意か、とゲイブリエルは声を出さずにつぶやいた。

「しかしどうやら、ミセス・ブリスを霊の世界に送りこむことはしなかったようですね」声に出してはそうつづけた。「つまり、ご友人はゆすられた金を払ったわけですか？」

「いいえ」ピアースはそっけなく答えた。

「なぜ気が変わったんです？」

「アクランド卿が変えてくれました」ピアースはまたブランデーを飲んだ。

ヴェネシアは探るように彼の顔を見た。「どうして彼がかかわってきたんです？」

ピアースはヴェネシアに目を向けた。「友人と私がどう行動を起こそうかと計画を練っているときに、ミセス・ブリスが突然姿を消したんです」

「うまいやり方ですね」ゲイブリエルは言った。「もちろん、霊能力を持っていると言っていたわけですから。姿を消すというのもそういう能力のひとつだったんですか？」

「私に言えるのは、ひと晩のうちに家が空になっていたということだけです」ピアースは言った。「彼女がどこへ行ったのか、誰も知りませんでした。ゆすりを受けた誰かが思いきった行動を起こしたのではないかと思いましたね。彼女が身の安全が不安になって夜逃げしたということもありえましたが」

「ゆすりについてはどうなったんです？」とヴェネシアが訊いた。

「二度と手紙が来ることはありませんでした。友人の問題は突如として魔法のように解決したのです」ピアースは指と指を合わせた。

ハロウが咳払いをした。「しかし、二週間後、ミセス・ロザリンド・フレミングという名前の非常に謎めいた高貴そうな未亡人が、アクランド卿の腕につかまって上流階級の輪のなかに現れたわけです」

「そう、少しばかり以前とちがっているところはありました」ピアースは言った。「たとえば、髪の色がちがいました。しかし、何よりもびっくりしたのはそのスタイルの変化です。ミセス・ブリスのときには、丈夫で地味な布で作った、これといって特徴のない控え目な衣服で相談を行っていたものです。ミセス・フレミングになった彼女のドレスは、どれも最新流行のフランス風のものでした。もちろん、ダイアモンドも身につけていましたし」

「どうやらアクランド卿はとても気前のよい男性のようですね」ヴェネシアが考えこむようにして言った。

ピアースは鼻を鳴らした。「あの男は耄碌したばかな老人ですよ」

「いや、大金持ちの耄碌したばかな老人だ」とハロウが言い直した。

「友人と私は困惑しました」ピアースはつづけた。「結局、私の疑いが見当はずれだった可能性も充分あるわけですしね。ミセス・ブリス――今ミセス・フレミングと名乗っている女性はゆすりを働いた犯人ではないかもしれない」

「それでどうなったんです？」とヴェネシアが訊いた。

「何もありません」ピアースは片手をわずかに動かした。「ミセス・フレミングがはじめて社交界に姿を現したのは数カ月前でした。今日にいたるまで、さらなるゆすりの手紙は届いていません。しかし、友人がまだ不安に駆られているのはたしかです。そう、脅される危険がなくなったわけではないのですから」

「なんて恐ろしい」ヴェネシアがささやいた。

ピアースは暖炉の火をじっと見つめた。「友人はできるだけミセス・フレミングを避けようと気をつけていますが、活動範囲が似通っていますからね。最近も劇場で鉢合わせしてしまいました」

「それは狼狽《ろうばい》なさったことでしょう」ヴェネシアは言った。「それでご友人はどうされたんです？」

「もちろん、知らない振りをしました」ピアースは冷たい笑みを浮かべた。「彼女のほうも彼に気づかない振りをしてくれたので、大いに助かりました。その彼女の反応がすばらしい演技力のたまものなのか、それとも、ほんとうに彼に気づかなかっただけなのか、今もってわかりませんがね」

「自分が目をつけた獲物に気づかないなんてことがありますかね？」とゲイブリエルが訊い

た。

「一瞬顔を合わせただけで、明かりもとぼしかったですから」ピアースは説明した。「ボックス席の外の廊下ですれちがっただけなんです」しばしの間。「その晩、友人は彼女に相談していたころとは異なった装いをしていましたし。柄にない装いをしていると、誰だかわからなかったりするものでしょう。そういうことです」

「たしかにみな、既成概念で人を見るものですからね」ゲイブリエルは男装したヴェネシアに目を向けて言った。

ハロウがまた机の角に腰を載せ、まずはゲイブリエルを、次にヴェネシアをちらりと見て言った。

「おふたりともミセス・フレミングのことでずいぶんと頭を悩ませておいでのようですね」

「ええ」とヴェネシアは答えた。

「よければ理由をお聞かせ願えますかな？」とハロウ。「アクランドが思いつきであなたにミセス・フレミングの写真を撮らせたのは不運なことでしたが、べつだん驚くことでもない。結局、あの男は愛人にぞっこんで、あなたは流行の先端を行く写真家なわけですから。あなたに彼女の写真を撮らせたがったとしても当然のことと思われます」

「今回のことで当然と思えないのは、ミセス・フレミングがわたしにまったくわけのわからない個人的な憎しみを抱いているらしいことです」ヴェネシアが答えた。「叔母には、フレミングが単にわたしに嫉妬しているだけだと言われました。彼女が金銭的にアクランド卿のような人物に依存せざるをえないのに、わたしは写真家として自分で稼いでいるからだと。でも、どうもそれ以上の何かがある気がしてならないんです」

「どうしてそう思うんです？」ピアースがわずかに眉根を寄せて訊いた。

ヴェネシアは首を振った。「筋の通った説明はできません。たぶん、何も気に障るようなことをしていないのに、これほど誰かに嫌われるなどということが受け入れがたく思われるだけなんでしょう」

「バートンもあなたをひどく嫌っていた」とハロウが言った。

「ええ、でも、それには理由があります。ミスター・バートンが女という女を嫌っていたのは明らかだし、わたしをとくに嫌っていたのは、同業者だったからです。でも、ミセス・フレミングの反応はどう考えても異常です」

「あなたの言いたいことはわかります」ピアースはまた指先を合わせ、ゲイブリエルに目を向けた。「それはそれとして、つねに警戒を怠らないようにしたほうがいいでしょう。以前の職業において、ミセス・フレミングが人の一番の秘密を探り出す技に熟練していたのは明らかですから。彼女がどうやって秘密を知ったのか、友人は今もってわからないと言っています」

「なぜ知られたのか、きっと見当はついているはずですよ」とゲイブリエルが言った。

ピアースは深々とため息をついた。「いいえ。じっさい、正直なところ、私は霊能力者を自称するペテン師や詐欺師たちにはきわめて懐疑的な目を向けているのですが、ロザリンド・フレミングに関しては、多少超常的な能力を持っているのではないかと思うことがあります。友人も、自分から彼女が秘密を手に入れたのだとしたら、ほんとうにあの世と交信できるとしか考えられないと言っています。もしくは——」

「もしくは？」ヴェネシアが訊いた。

ピアースは広い肩をすくめた。「もしくは、人の心を読めるかですね」

28

ヴェネシアは馬車の窓から暗い通りを見つめていた。ヤヌス・クラブの明かりは霧のなかに消えていった。

ゲイブリエルはハロウとピアースのもとを辞してから口数がひどく少なかった。胸騒ぎを覚えるような話を聞き、ヴェネシア自身、不安を感じずにいられず、物思いに沈みこんでいたのだが、ゲイブリエルも同じ思いでいるのはたしかだった。

「ピアースが理知的な人間で、ロザリンド・フレミングが超能力を持っているなどということを絶対に信じたくないと思っているのは明らかよ」ヴェネシアはゆっくりと口を開いた。「でも、わたしたちはふたりともそういう能力が存在することを知っているわ。あなたはどう思う？」

「思うに――」ゲイブリエルは言った。「これはもうひとつの驚くべき偶然の一致なのか、それとも本物の手がかりなのか、どちらかだな」

ヴェネシアはゆがんだ笑みを浮かべた。「あなたがどちらだと思っているかは想像がつくわね」

ゲイブリエルが馬車のランプを暗くし、馬車の内部が闇に沈んだ。すれちがう馬車に乗った誰かに男の恰好をした妻の姿を見られる危険を冒したくないためだということはヴェネシアにもわかった。が、その危険はあまりなさそうだった。道には霧が濃く立ちこめていたからだ。御者と馬がサットン・レーンへの帰り道を見つけられるのが不思議なぐらいだった。

ある考えが心に浮かび、ヴェネシアの全身に冷たい震えが走った。

「ミセス・フレミングが超能力の持ち主だとしたら、わたしが写真を撮った日に心を読まれていた可能性も考えなければならないわ」と彼女はささやいた。

「おちつくんだ。人の心を読む超能力など、あると言われているだけでじっさいにはありえない」

ヴェネシアはそのことばを信じたいと切に願った。「どうしてそんなに自信を持って言えるの？」

「アーケイン・ソサエティの研究記録は非常に膨大だ。なかには二百年も昔にさかのぼるものまであり、何十年にもわたる実験の成果が反映されている。読心術については、まったく記録が残っていない」

「でも、超常的なことについては、知られていないことがまだまだたくさんあるわ」

ゲイブリエルは肩をすくめた。「何にしても可能性はあると認めざるをえないが、それでも、この件の場合、人が隠し持つ秘密をその人に気づかれずに探り出すミセス・フレミングの尋常ならざる能力について、もっと簡単に説明できると思うよ」

「どうやって？」

「彼女は熟練した催眠術師なのかもしれない」

ヴェネシアはそれについて考えた。「おもしろい考えね。そう考えればたしかにいくつか説明のつくことはあるわ。ミセス・フレミングが誰かを催眠状態にして、個人的な秘密を明かさせたとしても、催眠状態から覚めたら、その人には何があったのか覚えがないということもありうる」

「催眠術の分野に関しては、アーケイン・ソサエティの研究者たちもかなり踏みこんだ研究をしてきた。それも一種の超能力だと信じる者もいてね。しかし、私が記録を読んだかぎりでは、催眠術にも限界があるということだった。たとえば、誰もが被験者に適しているとは言えない。かなり簡単に催眠術にかかってしまう人もいれば、催眠術にまったくかからない人もいる」

「超能力の問題になると、ずいぶんと詳しいのね、ゲイブリエル」

「その問題に生涯をささげている父に養育されたからね。親戚のほとんどもその分野の研究に没頭している。超能力の研究は代々伝わる仕事と言ってもいい」

「ずいぶんと変わった仕事だわ」

ゲイブリエルはかすかな笑みを浮かべた。「ああ、たしかに」

「催眠術師だとすれば、ミセス・フレミングがどうやってゆすりの相手の秘密を探り出したのか説明がつくわ。でも、錬金術師の手帳の盗難とは結びつかないはずよ」

「たしかに、直接の結びつきはないようだが、もしかしたら――」

「もしかしたら？」

「アーケイン・ソサエティの会員は、超能力を持つと主張する者たちについてよく調査を行っている。ソサエティの誰かがミセス・フレミングのことを調べていることはありうる」

ヴェネシアはゲイブリエルの言わんとすることがわかって、座席にすわったまま、つと背筋を伸ばした。「それで、うかつにも自分が催眠術をかけられ、そのあいだに錬金術師の墓で手帳が見つかったことをもらしてしまったというの？」

「可能性としてはきわめて低い」ゲイブリエルは用心深く言った。「たとえミセス・フレミングが手帳を盗ませた犯人だとしても、どうやって錬金術師の暗号を解読できると思ったのかはわからない。ソサエティの会員以外の人間が創設者の書き残したものを見ることはできないと言ったのはほんとうだ。長年にわたり、ソサエティのなかでもほんのひとにぎりの会員たちがその研究を許されてきた」

ヴェネシアは上の空で、馬車の車輪の立てるごとごとという音や馬の蹄《ひづめ》のこつこつという音に耳を澄ました。馬車は濃い霧のなかを、ゆっくりと進んでいた。

「手帳が盗まれた一件にミセス・フレミングがかかわっているとしたら――」しばらくしてヴェネシアは口を開いた。「わたしがあなたの姓を名乗ると決めたときに手帳を盗んだ人間の注意をひいたというあなたの考えは正しかったのかもしれないわね」

「ああ」

「こうしてあなたが戻ってきて、彼女の疑惑は裏づけられた。きっとあなたが何者であるかもわかっているし、手帳をとり戻そうとしているのも知っているにちがいないわ」

「しかし、彼女自身は自分が手帳を盗んだ犯人だということはばれないと思っているはずだ」ゲイブリエルは言った。「つまるところ、一見、ソサエティとのあいだにはなんのつながりもないように見えるからね。私が彼女を疑う理由はないと踏むはずだ」

「手帳を盗んだのは彼女かもしれないけど——」ヴェネシアは言った。「バートンが殺されたときに暗室から逃げていった人影が彼女じゃなかったことは断言できるわ。写真を撮ったときに彼女のオーラを見たの。逃げた人影と同じではなかった」

「それはたしかかい？」

「絶対に」

ゲイブリエルはしばらく考えこんだ。「彼女が誰かを雇って殺させたんだとしても驚かないけどね。危険な仕事だから」

ヴェネシアの体にまた震えが走った。「かわいそうなミスター・バートン。彼の死にはわたしにも非があるわ。わたしをつけまわして写真を撮るという仕事を受けなければ——」

ゲイブリエルが唐突に動き、ヴェネシアは虚をつかれた。身を乗り出して大きな手で彼女の手首をつかむと、動けないようにしたのだ。

「一瞬たりとも」彼は穏やかな声で言った。「そのことで自分に非があるなどと考えるんじゃない。ハロルド・バートンは彼を雇ってきみのプライヴァシーを犯そうとした危険な人物の仕事を請け負ったために死んだんだ。客がきみに対して悪意を抱いていることはわかったはずだ。少なくとも想像はできたはずだ。命を落としたのが彼の自業自得だったとまでは言わないが、この問題できみが多少なりとも罪悪感を抱くことは許せない」

ヴェネシアは彼におどおどとした笑みを向けた。「ありがとう、ゲイブリエル」

「わかってるかい？」ゲイブリエルはなにげない口ぶりを装って言った。「この馬車に乗りこんでからたしか二度目だ、きみが私をファーストネームで呼んだのは。きみの口から発せられると悪くない響きだな」

ゲイブリエルといっしょにいるとつねにわくわくするような魅惑的なエネルギーにとり巻かれる気がするのだが、それが突然密度を濃くした。ヴェネシアは手首をやさしく、しかししっかりとつかむ手のたくましさを強烈に意識した。

ゲイブリエルはつかんだ手に力を加えて彼女を少し引き寄せた。口が降りてくる。ヴェネシアは彼のキスならよくわかっているので自分の反応に驚くことはないだろうと思っていたが、それはまちがいだった。ほとばしるような熱い興奮とうずいて体の内側をとかすような熱を抑えようと努めたが、できなかった。

口をキスでふさいだまま、ゲイブリエルはヴェネシアの手首の片方を離して馬車のカーテンを引いた。それから彼女のかつらをとり去り、地毛を留めているピンをはずしはじめた。

狭い馬車のなか、うっとりするほど近く体を寄せ合っているせいで、ヴェネシアは降参するしかなかった。馬車は突如として、夜の闇と霧に包まれたどこともしれぬ海をゆっくりとこぎゆく船となった。

アーケイン・ハウスでもこうだったとヴェネシアは思った。今このときだけはわたしは自由だ。過去も未来も考えなくていい。姉が禁じられたひとときの情熱に身を焼く衝撃的な場にエドワードやアメリアが来合わせることもない。ベアトリス叔母様を不安がらせることも、写真家としての経歴を危機にさらす心配もない。

髪が肩に落ちると、ゲイブリエルが低くかすれた声を発するのが聞こえた。体にまわされた腕がきつくなる。

ゲイブリエルはキスを深め、彼女を官能の海に溺《おぼ》れさせた。その甘いもうろうとした海から一瞬浮かび上がったヴェネシアは、夜会用の上着が脱がされて座席に放られるのに気がついた。

ゲイブリエルはすばやく慣れた手つきで自分の上着も脱いだ。彼女のそばに戻ってくると、蝶《ちょう》ネクタイに手を伸ばした。結び目をほどこうとするその指がかすかに震えているのがわかって、ヴェネシアはぞくぞくするものを感じた。この人はほんとうにわたしを求めている。それがなんであれ、冷たいただの誘惑ではない。ふたりは同じ情熱の火に焼かれているのだ。

ネクタイがほどけた。ゲイブリエルの手が糊《のり》のきいた白いリネンのシャツの一番上のボタンにかかった。キスしたまま彼がほほえむのがわかる。

「なあ」彼は言った。「男の装いをしたご婦人の服を脱がせる機会はこれまでなかったよ。思ったよりむずかしいものだな。すべてをふだんとは逆にやらなければならないんだから」

そのことばを聞いてヴェネシアは小さな笑い声をもらした。ひどく大胆な気分になって、彼の蝶ネクタイの端を引っ張った。

「お手本を示させて」と彼女はささやいた。

今度はアーケイン・ハウスでのあの晩よりも手際よくネクタイをはずすことができた。ハロウとの冒険のおかげで、男の衣服の脱ぎ着を練習できたからだ。

ゲイブリエルは彼女の手の感触に、彼女の衣服を脱がせる手を速めることで応えた。手で胸に触れられるまで、ヴェネシアはシャツのボタンが全部はずれたことに気づかなかった。彼女は彼の肩につかまって身を支えた。ゲイブリエルが頭をかがめて喉にキスをし、ヴェネシアは身の内のすべてがきつくしまったような気がした。熱が高まっていく。

「ゲイブリエル」

そうささやいてヴェネシアは彼のシャツのなかに手をすべりこませ、てのひらを胸にあてた。

ゲイブリエルは座席に背をあずけ、ヴェネシアを腿《もも》の上にまたがらせた。手を下に伸ばし、靴を脱がせる。靴が馬車の床に落ちる音がした。

次にズボンを脱がされ、腰から下ろされるのがわかった。その下に穿《は》いていた長いズロースがその次で、どちらも闇に包まれた向かい側の席に消えた。

　ヴェネシアがボタンのはずれたシャツ一枚という姿になると、ゲイブリエルはそこに互いの命がかかっているとでもいうようなキスをした。むき出しの腿の内側に温かいてのひらを感じてヴェネシアはわずかに身をひるませた。こんなふうに触れられるのがどれほどぞくぞくする感じか、ほとんど忘れてしまっていたのだ。ほとんど。

　ゲイブリエルは手を上に動かした。てのひらが彼女を覆った。脚のあいだが湿ってくるのを強く意識し、ヴェネシアははっと息を呑んだ。

「すでに私のために湿っている」ゲイブリエルはなかば驚き、なかば歓喜に駆られて言った。「またきみをこんなふうにすることを私が何度想像したかきみは知らないだろう。私が何度夢見たことか」

　そう言ってまた、なだめるように、責めるように、求めるように口をふさいだ。ヴェネシアは欲望の熱い渦のなかに引きずりこまれた。ゲイブリエルが彼女の脚を開かせ、体の向きを変えて腿の上にまたがるようにさせた。ヴェネシアの膝《ひざ》はヴェルヴェットのクッションに押しつけられた。

　奇妙な姿勢をとらされたことに驚いて、ヴェネシアはバランスを保とうと彼の肩につかまった。ゲイブリエルは片手を尻にまわし、もう一方の手を脚のあいだにすべりこませて彼女を広げた。

　手が探るように、試すように、そして彼女の秘密の部分を再度知ろうとするように動き出した。その手の動きはじょじょに耐えがたいほどに刺激的になり、ふたりのあいだをさらに縮めるように思えた。ゲイブリエルに割れ目のてっぺんにある小さな突起を集中的に愛撫され、親指でこすられて、ヴェネシアはおかしくなってしまいそうだった。体の芯《しん》で張りつめたものが渦を巻いて高まりつつあった。そのせっぱつまった感じに押しつぶされそうな気までした。

「もう耐えられない」彼女は指を彼の肩に食いこませて言った。「これ以上は無理よ」

「まだ全然だ」彼は答えた。「まだだ。きみが達したときの悦びを感じたいんだ」

ゲイブリエルが自分のズボンのボタンをはずすのがぼんやりとわかった。それから、猛々しいほどの欲望の硬い証《あかし》が脚のあいだに押しつけられるのを感じた。

ヴェネシアは手を下に動かし、太く長い彼を指で包んだ。ゲイブリエルは熱く暗く危険なことばを耳もとでささやいた。ヴェネシアはそっとにぎった。

ゲイブリエルは大きく息を吸った。

ヴェネシアは頭をかがめて裸の肩に歯を立てた。

ゲイブリエルの体に震えが走った。

「そういう遊びはふたりでするものだ」と彼は警告した。

彼の手が驚くような動きをした。ヴェネシアは息を吸おうと抗《あらが》った。甘く張りつめたものはもはや耐えられる限界を超えていた。

なんの前触れもなく、体のなかで嵐のように渦巻いていたものが、めくるめくような感覚の波となって解き放たれた。

　ヴェネシアは悦びに声をあげそうになったが、その声が唇から発せられる前に、ゲイブリエルにきつく抱き寄せられ、猛々しくいきりたつものの上に有無を言わさず下ろされた。彼は力強いひとつきで彼女を満たした。

　ヴェネシアは最初のときに経験したのと同じ痛みを覚悟していたが、痛みはなかった。あるのはぞくぞくするようなきつさだった。解き放たれたときの脈打つ感じは薄れつつあったが、それがまた強まる気がした。

　肉体的、そして精神的結びつきがもたらす、すばらしい衝撃に、すべての感覚が反応していた。気持ちを集中させずとも、狭い馬車のなかでゲイブリエルのオーラが暗い光を放っているのが見えた。それは馬車の狭い空間のなかで燃え上がり、ヴェネシア自身のオーラからエネルギーを得て、神経を揺さぶるほどの驚くべき親密さを生み出していた。

　少しして彼がクライマックスに達すると、目に見えない荒々しい炎がさらに高く燃え盛った。ゲイブリエルが歓喜の咆哮《ほうこう》をあげ出した。胸の奥でとどろき出したその声をヴェネシアは耳で聞くよりも体で感じた。馬車の御者は、燃え盛るオーラを見る超能力は持ち合わせていないだろうが、聴力はいたって健全なはずだとヴェネシアは思った。

　間一髪で彼女はゲイブリエルの口をキスでふさいだ。咆哮はくぐもったうなり声に変わった。勝ち誇り、男の満足に満ちたうなり声に。

しばらくして、ヴェネシアは抱かれたまま身動きした。馬車の車輪の音と規則正しい蹄の音が聞こえ、自分たちがまだ馬車のなかという魔法の世界に無事閉じこめられていることがわかった。

ゲイブリエルは座席の隅に寄りかかり、狩りでとらえた獲物を存分に堪能したライオンのような雰囲気をただよわせていたが、手を伸ばしてカーテンを持ち上げた。霧のなかでガス灯がぼんやり光っていた。

「墓地の脇を通っているところだ。もうすぐサットン・レーンに着く」とゲイブリエルは言った。

自分が白いシャツしか身につけていないことに気づき、ヴェネシアはパニックに襲われた。

「なんてこと」と叫ぶ。「こんな恰好で家に帰れないわ」

ヴェネシアはゲイブリエルの手から身を振りほどき、反対側の席に飛び移って大あわてで衣服を集め出した。

狭く暗い馬車のなかで男の服を着るのは容易ではなかった。ゲイブリエルは慣れた手つきで自分の服を着ると、座席にゆったりとすわってもがく彼女をたのしそうに見守った。

ヴェネシアが蝶ネクタイと格闘するのをしばらく眺めていたが、やがて結んでやろうと手を伸ばした。

「手伝わせてくれないか、ミセス・ジョーンズ」

嘘の名前を強調するような言い方に、ヴェネシアははっと顔を上げた。

「ゲイブリエル――」と言いかけたが、次に何を言えばいいかまったく頭に浮かばなかった。

「このことについては明日の朝、話し合おう」とゲイブリエルは言った。

その声は妙にやさしかったが、ことばは提案ではなく命令だった。ヴェネシアのなかで怒りが燃え上がり、半裸で家に着くことを恐れる気持ちを焼きつくした。

「今ここで起こったことについてあまりくよくよ考えないでもらえるといいんですけど」ヴェネシアは髪を帽子につっこみながら言った。「そんなことをすれば、何もかも台無しになってしまうから」

「なんだって？」

ヴェネシアはため息をついた。「あなたもご存じのはずだけど、アーケイン・ハウスでいっしょに過ごしたときには、わたしは精いっぱいあなたを誘惑しようとしたわ」

「ああ、言ってよければ、きみはそれについてすばらしい腕前を発揮した。なんともたのしいひとときだったよ」

ヴェネシアには自分が怒りで真っ赤になっていることがわかった。

「ええ、その、わたしが言いたいのは、アーケイン・ハウスでは、ひと晩の許されない情熱を燃やすよう、意図的にあなたを誘惑したということなの」

「何が言いたいんだ？」

「つまり、あのときと今とは事情がちがっていると言いたいのよ」

「ちがう？」

「あのときは人里離れた誰もいない場所でふたりきりだったでしょう」

「使用人はいたけどね」と彼は言った。

ヴェネシアは顔をしかめた。「もちろん、使用人はいたわ。でも、使用人たちはとても控え目だったから」とりとめもない話になりつつあった。これではあんまりだ。「あのときはまるでふたりで南国の島に流れついたようなものだった」

「やしの木があったかな」

ヴェネシアはそのことばは無視した。「あの短いひととき、わたしは生まれてはじめて自由になった気がしたと言いたかったの。スキャンダルを引き起こす心配もなく、年老いた叔母にショックを与えたり、妹や弟の悪い見本となったりする心配もなかった。アーケイン・ハウスはちがう次元に存在する場所であり、時間だったの。現実の世界から遠く離れた場所。その世界にいるのはあなたとわたしだけだった」

「使用人は別として」

「ええ、そう」

「やしの木については、ほんとうに思い出せないな」

「まじめにとってないのね？」

「まじめにとる必要があるのか？」

「ええ、とても大事なことだから」ヴェネシアは刻一刻と苛立ちを強めていた。「わたしが言おうとしているのは、今晩もあのときと似たような状況だったということ」

「それについてはどうかな。まずもってやしの木がない」

「忌々《いまいま》しいやしの木のことはもう言わないで。アーケイン・ハウスでの出来事と今夜の馬車のなかでの出来事は、同じようにつかのまのはかない夢にすぎないと言いたいのよ。夜明けまでには忘れ去られ、昼日中に思い出されることはない」

「ずいぶんと詩的に聞こえるな。しかし、いったいどういう意味なんだ？」

「つまり」ヴェネシアは冷たく答えた。「このことについてはもうこれ以上話さないということ。おわかり？」

馬車がごとごとと音を立てて停まった。ヴェネシアはしゃれたステッキをつかむと、すばやく窓から外をのぞいた。

小さいがごつんというはっきりとした音が聞こえた。

ゲイブリエルは咳払いをした。「そのステッキを振りまわすなら気をつけたほうがいい」

ヴェネシアは興奮して話しているうちにステッキを彼の足にあててしまったことに気がついた。

「ごめんなさい」と恥入って謝った。

ゲイブリエルは片手で膝をさすりながら、もう一方の手で扉を開けた。「心配はいらないさ。きっと少しばかり足を引きずることになるだけだから」

真っ赤になってヴェネシアは彼のあとから馬車を降り、急いで石段を駆け昇った。ゲイブリエルは立ち止まって御者にコインを投げた。

鍵を使って玄関の扉を開けると、ほかの家族が寝静まっていることがわかってヴェネシアはほっとした。今夜、家族に出迎えられ、ヤヌス・クラブでわかったことをあれこれ訊かれるのだけは避けたかったからだ。おちつきをとり戻す時間が必要だった。ひと晩ぐっすり眠れば、物事をまともに考えられるようになるだろう。

玄関ホールの明かりは暗くされていた。ヴェネシアはテーブルの上に封筒が載っているのに気づき、それを手にとった。ゲイブリエルあてだった。

「あなたによ」と言って、彼女は彼に封筒を手渡した。

「ありがとう」ゲイブリエルは扉を閉め、封筒を受けとって差出人にちらりと目を向けた。

「モントローズからだ」

「会員の記録にようやく何か興味をひかれることを見つけたのね」

ゲイブリエルは封筒を開け、手紙をとり出した。しばらく黙りこんで文面に目を走らせた。

「なんて？」とヴェネシアがうながした。

「アーケイン・ソサエティの会員が個人的な通信物に使う独自の暗号で書かれている。解読するのに時間がかかるな。今夜解読して朝食の席で内容を知らせるよ」

「でも、暗号で書かれたメッセージなら、とても重要なことにちがいないわ」

「そうでもないさ」ゲイブリエルは口をゆがめてそう言い、手紙をポケットに入れた。「ソサエティの会員の大多数は並みはずれて秘密主義なんだ。会員同士では実質すべて暗号化された文書でやりとりしている。モントローズのこの手紙も、明日会って進捗《しんちょく》状況について話し合おうという程度の内容にちがいない」

「重要なことだったら、すぐに教えてくれるでしょう?」

「もちろんさ」ゲイブリエルは軽い口調で言った。「しかし、今はふたりとも階上《うえ》へ行ってベッドにはいったほうがいい。今日はいろいろなことがあった長い一日だったからね」

「ええ、そうね」ヴェネシアは何か如才ないことばはないかと探しながら階段を昇りはじめた。「でも、今夜はとても有意義な夕べだったわね?」

「いろいろな意味でね」

　おもしろがるようなみだらな口調にヴェネシアの顔はいっそう染まった。踊り場の明かりが落とされているのはありがたかった。

「ミセス・フレミングについてあれこれとわかったことを言っているのよ」彼女はきっぱりと言った。

「そういう意味でもね」とゲイブリエルは同意した。

　ヴェネシアは肩越しに彼を見やった。「ミスター・ピアースのご友人がどんな秘密を抱えていたのか想像せずにいられないわ」

「おそらく、真実は知らないでいたほうがいいだろう」とゲイブリエルは言った。

「たぶん、そうね」ヴェネシアは一瞬考えこんで肩をすくめた。「それでも、その謎については想像できる気がする」

「ピアースと彼の友人が男装の趣味を持つ婦人会員のクラブに属している事実と関係あることだと思っているんだろう？」ゲイブリエルはショックを受けたというよりも、おもしろがるような口調で言った。

　ヴェネシアは手すりをつかんでくるりと振り返った。「ヤヌス・クラブのこと、知っていたの？」

「あそこへ行くまでは知らなかった」彼は言った。「でも、行ってすぐに、どこかふつうじゃないと容易にわかったよ」

「でも、どうして——？」

「前にも言ったが、女性はにおいがちがうんだ。どんな装いをしているにせよ、大勢の女性たちに囲まれたら、男には遅かれ早かれそのことはすぐにわかる。逆も真なりじゃないかな」

「ふうん」ヴェネシアはしばし考えをめぐらした。「ハロウのことは展示会で会ったときから女性だとわかっていたの？」

「ああ」

「あなたはふつうの人よりずっと敏感なのね。ハロウは社交界で紳士として通してしばらくになるのよ」

「彼女とはどうやって出会ったんだ？　それとも、〝彼〟と言うべきかな」

「ハロウのことを話すときはいつも男性として話すわ」ヴェネシアは鼻に皺《しわ》を寄せた。「そのほうが秘密を守るのもたやすいから。あなたの質問に答えると、ギャラリーを開いてすぐに、彼がわたしのところへ肖像写真を頼みに来たの。じっさい、初期の顧客のひとりだったわ」

「なるほど」

「肖像写真を撮る過程で彼がじつは彼女であることがわかったの。わたしが気づいたことはハロウにもすぐにわかったわ。わたしは秘密を守ると約束した。最初は完全には信頼してくれていなかったと思うけど、しばらくして、友人同士になったの」

「ハロウはきみが秘密を守る方法を心得ている人間だと見抜いたんだな」

「ええ。そういうことに勘が働くみたい」

「なるほど」とゲイブリエルはまた言った。

ヴェネシアは眉をひそめた。「何かおかしい？」

ゲイブリエルは肩をすくめた。「ハロウがまだ社交界の注目を集めていない無名の新人写真家をわざわざ探し出したというのは興味深いと思ってね」

「わたしはすでにミスター・ファーリーのギャラリーで展示会を開いて成功していたわ」ゲイブリエルがどういう推測に達しようとしているのか不安に思い、ヴェネシアは言った。

「そこでハロウははじめてわたしの作品と出会ったの。ねえ、彼のことまでこの錬金術師の手帳の一件にかかわっているんじゃないかと疑うわけにはいかないわよ」

「今は誰でも疑ってかかりたくなるね」

奇妙な寒けがヴェネシアの全身に走った。

「わたしでも？」彼女は不安そうに尋ねた。

ゲイブリエルはにっこりした。「訂正するよ。きみ以外の誰でもと言うべきだった」

ヴェネシアはわずかに緊張をゆるめて言った。「またハロウやミスター・ピアースやあのクラブのほかの会員たちに偶然会ったとしても、彼らの秘密には気づいていない振りをすると約束してくれなくては」

「約束するよ、ヴェネシア。私も秘密の守り方は心得ている」

そのやさしい口調のことばに秘められた何かが、また神経にいやな震えを走らせた。これは警告かしら、それとも約束？　ヴェネシアにはわからなかった。

彼女は踊り場で足を止めた。

「おやすみなさい」

「おやすみ、ヴェネシア。ぐっすり眠るんだ」

ヴェネシアは自分の寝室という安全地帯へと廊下をすばやく渡った。


しばらくして、ヴェネシアははっと目を覚ました。眠っている頭が家のなかの空気の変化を感じとったようだった。しばらく静かに横たわったまま、じっと耳を澄ます。

たぶん、アメリアかベアトリスかエドワードがキッチンへ夜食をとりに行ったのだ。なぜ自分が上掛けを押しのけ、冷たい床を横切って窓辺へ寄ったのか、自分でもわからなかった。

外を見やると、ちょうどぼんやりとした幽霊のような人影が霧に包まれた庭を横切ろうとするところだった。月は出ていたが、渦巻く霧があまりに濃く、路地に面する鉄の門も見えなかった。しかし、ヴェネシアには門の位置がよくわかっており、窓の下に見える男がたしかな足取りでその門へ向かっているのは明らかだった。夜に狩りをする野生の猫の勘を持ち合わせているかのように、まったくためらう様子もなく目的地へ向かっている。まるで暗闇で目がきくかのように。

男のオーラを見るのに神経を集中させる必要はなかった。ゲイブリエルであることはたしかだったからだ。

一、二秒後、彼は庭を出て夜の闇のなかへ姿を消した。

この時間にどこへ行くのだろう？　それに、こんなふうにこっそり家を出ていくのはなぜだろう？　モントローズから受けとった手紙と関係あることにちがいないとヴェネシアは思った。

ゲイブリエルのことばが胸によみがえった。約束するよ、ヴェネシア。私も約束の守り方は心得ている。

29

ゲイブリエルは二輪馬車から降り、御者に運賃を支払った。馬車が霧のなかに消えるまで待ってから、道の角まで戻り、小さな公園にはいって木立の濃い闇のなかで足を止めた。しばらくそこに立って通りを眺めた。静かな界隈《かいわい》で、この時間、馬車や人の往来はほとんどなかった。建物の入口にあるガス灯が霧を小さく丸く照らしていたが、照明としてあまり役には立っていなかった。

尾行されていないと確信できると、ゲイブリエルは公園を出て霧のなかを路地の入口へ向かった。

狭い路地にはいるのは謎めいた小さなジャングルにはいっていくような感じだった。夜の闇と霧はさらに濃くなった。小さなかさこそという音が聞こえた。このあたりの捕食動物と獲物が逃げ出す音だ。胸がむかつくような奇妙なにおいがあたりを満たしている。

ゲイブリエルは慎重に歩を進めた。自分の足音が響かないようにするためでもあったが、路地に散らばる腐ったごみのあれこれに足をとられないようにするためでもあった。心のなかで鉄の門の数を数え、並びの中央にある門に達した。モントローズの住所が刻まれた門だ。

窓を見ると、ひとつ以外真っ暗だった。明かりがついているのは二階の窓で、カーテンが閉められている。カーテンに細い隙間がなければ、その窓も真っ暗に見えたことだろう。モントローズの書斎の窓だ。

ゲイブリエルはカーテンの端で明かりがわずかに揺れたのに気がついた。

サットン・レーンの玄関ホールで自分を待っていた手紙を思い出した。屋根裏部屋でひとりになり、それを解読するのに何分かかかった。解読し終えるころには、馬車のなかで愛を交わしたことですでに刺激されていた超常感覚が、これ以上はないほど研ぎ澄まされていた。

不穏な情報を入手した。できるだけすぐにお会いしたほうがいいと思う。時間は何時でもいいので、ご都合がつきしだい当方の住まいにおいで願いたい。誰に会うかは他言無用にされたし。私の家の近くでは人目につかないようにしたほうが、関係者全員にとって最善であろう。裏口から来られたし。

M

ヴェネシアの前で解読しなくてよかったとゲイブリエルは思った。彼女はあまりに鋭敏だ。詳細を隠したとしても、極秘の内容のものであることはばれてしまったことだろう。こちらの不安を察知して、すぐさま質問攻めにしてきたにちがいない。安全のために、彼女が確実に眠ったと思われるころを見計らって、裏口から忍び出てきたのだった。

ゲイブリエルは掛け金を探して門のてっぺんを手探りした。指が冷たい鉄に触れた。焼けつくようなエネルギーがてのひらを貫き、超常感覚を無軌道に横切った。衝撃が全身に走った。その痕跡はまだ新しかった。

冷血な暴力行為を意図する誰かが、つい最近この門を通ったのだ。ゲイブリエルの狩猟本能がそれを受けて沸き立った。

自分の感覚をすべて抑制できることをたしかめてから、ポケットから拳銃をとり出し、もう一度掛け金をつかんだ。

ちょうつがいが小さなきしむ音を立てただけで門は開いた。拳銃を手に、ゲイブリエルは裏庭に忍び入った。

二階でただひとつ明かりのついている窓で、またその明かりが揺れた。ゲイブリエルが目を上げたちょうどそのときに、書斎のランプが消えた。

あそこで歩きまわっているのが侵入者だとしたら、モントローズがすでに亡き者になっている可能性がある。侵入者はきっと裏口から立ち去ろうとするだろう。分別あるやり方は、そいつが家から出てくるのを待って、ふいをついてつかまえることだ。

しかし、怪物がまだ目的をはたしていなかったとしたら？　モントローズがまだ生きているとしたら？　まだ猶予はあるかもしれない。

ゲイブリエルは靴を脱ぎ、襲ってくるとわかっている衝撃に対して身がまえた。それから慎重にキッチンのドアノブに手を置いた。

今度は超常感覚が焼かれることに心の準備ができていた。超常感覚は高まっただけだった。狩猟本能が、今夜ヴェネシアと愛を交わしたときの欲望ほども強くなった。

ドアに鍵はかかっていなかった。ゲイブリエルはちょうつがいが大きな音を立てないようにと祈りながらゆっくりとドアを開けた。

慎重に慎重を期したにもかかわらず、かすかにきしむ音がした。が、ふつうの聴力の持ち主であれば、二階にいてその小さな音が聞こえるとは思えなかった。

ゲイブリエルは耳を澄ましてしばらくそこに立っていた。頭上からは足音や床のきしむ音らしきものはまったくしてこなかった。さらに重要なことに、最近誰かが死んだことを示す空気のよどみがなかった。つまり、運に恵まれれば、モントローズはまだ生きているということだ。

廊下のこちら側の端は深い闇に包まれていたが、反対側の端に目をやると、正面の扉のへりについた細いガラスのパネルから外灯の明かりがうっすらと射しこんでいるのがわかった。主階段は廊下のあちら側にあるが、それを使えば、ガラス越しに射す弱い光にみずからをさらすことになる。進んで標的になりに行くのはばかばかしいとゲイブリエルは思った。

家の裏手に使用人用の階段があることはわかっていた。前にモントローズの家政婦が使っているのを目にした。

夜目がきくことを利用して、ゲイブリエルはキッチンの横に階段に通じる通路があることを見きわめた。それから、またエネルギーの残滓《ざんし》に焼かれるのをなかば予期して、ドア枠をそっとつかんだ。しかし、超常感覚を焼くものは何もなかった。侵入者はこちらを通ったのではない。二階にいるとしたら、正面の階段を使ったのだ。うなずける話だった。どうして悪人がわざわざ使用人用の狭い階段を使おうと思う？

ゲイブリエルは耳をそばだてながら狭い階段を昇った。家のなかに誰かがいるのはたしかだった。不法に忍びこんだ誰かが。それは感じとれた。しかし、静まり返った家のなかで動くものは何もなかった。

階段のてっぺんに到達すると、別の廊下が伸びていた。この廊下は正面の階段の窓から射しこむ月明かりにぼんやりと照らされている。そこで誰かが待ち伏せしているとしても、その人間は息も身動きもしていなかった。

ゲイブリエルは銃をかまえて廊下に足を踏み出した。飛びかかってくる者はいなかった。いい兆しではありえないと彼は思った。今夜は自分だけが狩人ではない。悪人が待ちかまえているのだ。

モントローズの書斎の場所はわかっていた。少し前に庭にはいったときに明かりのついていた部屋は、家の奥の右手に位置していた。今立っているところから、部屋のドアが閉まっているのがわかった。

こればかりはどうしようもない。ドアを開けてみるしかないだろう。

廊下を通って書斎のドアのところまで行くと、何秒かそこに立ち、超常感覚のすべてを駆使して状況を探ろうとした。

部屋のなかに誰かがいるのはたしかだ。ゲイブリエルは軽くドアノブに触れた。また焼けるように熱いエネルギーが全身を貫いた。

侵入者は書斎にはいったのだ。

ドアノブはてのひらのなかで楽々とまわった。ゲイブリエルは横の壁に身を押しつけてドアを開いた。

銃が発射されることはなかった。ナイフを持って飛びかかってくる人影もなかった。

しかし、書斎のなかには誰かがいる。それはたしかだ。

ゲイブリエルは身を低くして入口の端からそっとなかをのぞきこんだ。窓のそばの椅子にすわっている男の輪郭を見分けるのに、超能力は必要なかった。

モントローズはぎごちなくもがき、くぐもった声を出した。老人は椅子にしばりつけられていた。さるぐつわのせいで発しようとした声が不明瞭になっているのだ。

「うむむ」

ゲイブリエルは安堵《あんど》の思いに焼かれた。モントローズは生きている。

急いで部屋を見まわすと、部屋のなかにいるのはモントローズただひとりだった。しかし、ゲイブリエルの狩猟本能が目まぐるしく働き、殺人者がまだ家のなかにいることがはっきりと感じとれた。

モントローズが必死で発する声は無視して、ゲイブリエルは暗い闇に沈む廊下に注意を戻した。少なくともさらに三つのドアの輪郭が見分けられた。廊下の端には細い長方形の物体が壁際に置かれていた。テーブルだ。上にふたつの燭台が載っている。

「うむむ」モントローズがまた声を発した。

ゲイブリエルは反応しなかった。壁に背をつけたまま、じりじりと廊下を進んだ。閉まった最初のドアに達すると、ドアノブに手を置いた。

書斎のドアに残っていたような邪悪なエネルギーはなかった。侵入者はこの部屋にははいっていない。

反対側の壁に身を移し、閉まっている次のドアのところへ行った。ノブに触れると、今やなじみとなった荒れ狂うエネルギーが感じられた。

心に不安が募った。ドアを内側に蹴《け》り開けると同時に、両手で拳銃をにぎって床に身を投げた。

背後でかすかに動く気配があって、自分が完全に目測を誤っていたことを思い知らされた。

調べて痕跡がないと片づけたドアが開いている。

ゲイブリエルが大きな失敗を犯したことを心に刻みつける暇もなく、ほとんど音も立てずにいきなり死が近づいてきた。

立ち上がる暇も、膝立ちになる暇さえなかった。ゲイブリエルはぎごちなく左に身をよじり、右手に持った銃を迫りくる危険のほうへ向けた。

遅すぎた。悪夢に登場する顔のない邪悪な存在のように、黒っぽい人影がもうひとつの部屋の暗闇のなかから飛び出してきた。侵入者は黒い布で作ったマスクで顔を隠している。廊下の端から投げかけられる弱い明かりを受けてナイフの刃が光った。

狙いをつける暇などなかった。引き金を引いても相手にはあたるまい。ゲイブリエルには相手の気をそらすことができればと願うのが精いっぱいだった。相手をひるませるには、近くで銃を発射するのが一番だ。

研ぎ澄まされていた耳を聾《ろう》するほどの銃声がとどろいた。鼻につんとくるにおいと弾薬の煙が廊下を満たす。

侵入者はひるまなかった。

いたって正確に狙いを定めて襲いかかってきているのは明らかだ。

私が床に身を伏せているのがわかるのだ。私にやつの姿が見えるのと同じだけ、向こうにも私の姿がはっきり見えている。

それ以上考えている暇はなかった。侵入者が覆いかぶさるように立ち、片足で思いきり蹴りつけてきたからだ。

蹴りは肩にはいり、腕が一瞬麻痺《まひ》したようになった。銃が床に落ち、寝室のなかへ滑りこんだ。

次の瞬間、侵入者はゲイブリエルの腹を狙ってナイフの切っ先を振り下ろした。

ゲイブリエルは激しく身をよじって横に転がり、ナイフをよけた。刃はすぐ脇をかすめて床につき刺さった。侵入者は刺さったナイフを抜くために柄を思いきり引っ張らなければならなかった。

その一瞬の隙を利用して、ゲイブリエルは立ち上がった。麻痺した指を曲げ伸ばしして感覚をとり戻そうとした。

侵入者は床からナイフを抜き、飛びかかってきた。

ゲイブリエルは後ろに下がって距離をとりながら、武器になるものを探した。目の端に右手の廊下の端にあるテーブルが見えた。

肩を蹴られていないほうの手を使って、テーブルの上にあったどっしりとした銀の燭台をつかんだ。

悪夢のなかから出てきたような男はまた距離をつめた。階段のほうへ下がらせようとする意図が明白だった。

唯一勝てるチャンスがあるとすれば、相手の意表をつくことだとゲイブリエルは思った。

そこで、後ろに下がるかわりに脇へ身をひるがえし、思いきり壁にぶつかった。侵入者は驚くほどの速さで体を振り向けたが、ゲイブリエルはすでに全身全霊の力をこめて燭台を振り下ろしていた。

どっしりとした燭台は侵入者の肘の下にあたり、男は痛みに声をあげた。ナイフが床に落ちた。

ゲイブリエルは敵の頭蓋骨を狙って再度燭台を振り下ろした。男は反射的に身をかわし、よろよろとあとずさった。ゲイブリエルは距離を縮めた。

侵入者はくるりと振り返り、正面の階段へ向かった。ゲイブリエルは燭台を放り投げ、ナイフを拾ってそのあとを追った。

男は三歩先を行っていた。階段にたどりつくと、まっさかさまに下まで落ちないように片手を手すりに置いて身を支えながら、勢いよく降り出した。

階段の下に達すると、玄関の扉を開けて夜の闇のなかへ逃げていった。

ゲイブリエルの本能は獲物を追えとうながしたが、血に飢えた狩猟本能の霧のなかから、理性と分別が顔を出した。彼は階段を降りて玄関の扉のところまで行った。そこでしばらく外の通りをのぞき見て、侵入者がどの方角へ逃げたか見きわめようとした。が、夜の闇と霧に呑みこまれ、逃げた男は影も形もなかった。

ゲイブリエルは扉を閉め、ゆっくり二階へ戻ると、廊下を渡って書斎へ向かった。ランプをつけると、モントローズのさるぐつわをはずした。

モントローズは布地を吐き出し、ゲイブリエルにうんざりした目を向けた。

「やつがつづきのドアから隣の部屋へ行ったことを伝えようとしていたんだ」そう言って書斎の横の壁のほうへ首を傾けた。「廊下へは出なかった。向こうの部屋できみが来るのを待ち伏せしていたんだ」

ゲイブリエルは書斎のなかをすばやく見まわしたときに見落としたドアに目を向けた。自分の超能力が侵入者の隠れ場所を知る手がかりを与えてくれるものと過信していたのだ。

「超能力に頼ってもこんなものです」と彼は言った。

「超能力は理性や常識のかわりにはならない」モントローズはぶつくさと言った。

「そう、ミスター・モントローズ、あなたがそういうことをおっしゃると、口調がうちの父にそっくりですよ」

「きみに知らせておかなければならないことがある」モントローズは言った。「やつが何者であれ、きみからあずかった金庫のふたの写真を奪っていったよ。きみを待ち伏せしているあいだにシャツのなかにたくしこむのを見た。ここにあったことには驚いたようだったが、明らかに非常に喜んでいた」

30

「警察にはなんて説明したんです？」とヴェネシアが訊いた。

「ありのままさ」とゲイブリエルが答え、グラスに注いだばかりのブランデーをあおった。

「しきたりに従って」

　モントローズが咳払いをした。「当然ながら、尋問に対し、警察にとってまったく役に立たない無関係の情報をあれこれ提供したりはしなかったがね。家宅侵入があって、私がしばられてさるぐつわをはめられたが、賊が高価なものを探しているときにゲイブリエルがやってきて、そいつを追い払ってくれたと説明したわけだ」

「言いかえれば、錬金術師の手帳については何も言わなかったのね」とヴェネシアは言った。怒りを抑えようともしない口調だった。

　モントローズとゲイブリエルは目を見かわした。

「率直に言って、その必要はないと思ったのでね」モントローズがよどみなく言った。「つまるところ、これはアーケイン・ソサエティの問題だ。警察にできることはあまりない」

「必要はないと思ったですって？」ヴェネシアは椅子の肘かけを指で叩いた。「あなた方ふたりとも、今夜殺されていたかもしれないんですよ。動機について警察に知らせる理由はないなんて、いったいどうして言えるんです？」

もう二度と神経がもとに戻ることはないとヴェネシアは胸の内でつぶやいた。少し前に、乱れた着衣と怪我だらけのゲイブリエルが目にまだ冷たい闘争本能を燃やして玄関ホールに現れたときには、安堵の涙を流していいのか、がみがみ女のように口汚くののしっていいのかわからなかった。どちらもせずにすんだのは、年輩のモントローズがいっしょだったからにすぎない。

ひと目見ただけで、ふたりにとんでもない災難が降りかかったことはわかった。お説教をする暇ならあとで充分あると彼女は自分に言い聞かせた。

家じゅうの人間が目を覚ましており、小さな居間に集まっていた。ヴェネシアはガウンとスリッパ姿だった。アメリアとベアトリスも同様だった。騒ぎを聞きつけ、何が起こったのかたしかめようと、エドワードも寝巻きのまま階下《した》へ降りてきていた。

ベアトリスがモントローズとゲイブリエルの治療にあたった。みんながほっとしたことに、怪我はたいしたことがないと告げられた。

トレンチ夫人が、紳士方にほかに何か入用なものはないかたしかめるため、キッチンと居間を何度も速足で往復した。体力をつけるために、ミートパイをひと切れいかがでしょう？

ヴェネシアは彼女に礼を言い、ベッドに戻ってくれとうながした。トレンチ夫人がしぶしぶ居間から出ていくと、ヴェネシアはお茶を配った。ゲイブリエルは手に持った大きなグラスにはいったブランデーのほうがいいようだったが。

「問題は、その侵入者の目的がはっきりしないことだ」ゲイブリエルがなだめるような口調で言った。「その意図については推測するしかない。核心をつくならば、じっさい、警察に話せることはあまりなかったんだ」

ヴェネシアはモントローズに目を向けた。「侵入者はあなたに何か言いました?」

「ほとんど何も」モントローズは軽く鼻を鳴らした。「書斎に突然現れるまで、家に忍びこんできたことにも気づかなかった。最初はただの泥棒だと思ったのだ。そいつは私を椅子にしばりつけてさるぐつわを噛ませると、部屋のなかをあさりはじめた。金庫の写真を見つけると、ひどく満足そうな様子になった。しかし、ゲイブリエルがあそこへ訪ねてくることを知っているのは明らかだった」

ゲイブリエルは上の空で顎《あご》をこすった。「あなたが送ってよこした手紙を途中で盗み見たにちがいない」

モントローズは濃い眉根を寄せた。「なんの手紙だね?」

一同は彼に目を向けた。モントローズはさらに当惑した様子になった。

「ミスター・ジョーンズに手紙を送ったんじゃないんですの?」とヴェネシアが訊いた。

「いや」モントローズは答えた。「残念ながら、ソサエティの各会員の縁戚関係を調べる作業はあまり進んでいなくてね。ゲイブリエルの調査の対象となりそうな疑わしい人物を見つけるたびに、その人物がすでに亡くなっているか、外国で暮らしていることがわかるのだ」

ヴェネシアの全身に恐怖が走った。彼女はゲイブリエルのほうを振り向いて小声で言った。

「あの手紙はあなたをミスター・モントローズの家におびき寄せて命を奪う目的で送られたものだったのね」

ベアトリスとアメリアとエドワードは目を丸くしてゲイブリエルを見つめた。

「じっさい、そいつはミスター・モントローズと私の両方を殺すつもりだったんだ」とゲイブリエルは言った。ふたりを殺す計画だったのだから、自分ひとりが責められるべきではないとでも言いたそうな口ぶりだった。

ヴェネシアは苛立ちのあまり、彼の胸にこぶしをお見舞いしてやりたい気分になった。

モントローズがすまなそうに咳払いをした。「侵入者はあまりことばを発しなかったのだが、ゲイブリエルを始末したら、家に火をつけるつもりだとは言っていた。ガスを使うつもりだと。火事になったら、あとでそれについてよく調べてみようと思う人がいるかどうかは疑わしいね。殺人事件と証明することはむろんできないだろうし。ガスの事故はよく起こることだから」

ベアトリスが身震いした。「おっしゃるとおりね。ガスの元栓やガス管にきちんと注意を払うのを怠る人が多すぎますわ。そう、その侵入者がミスター・ジョーンズが現れるのを待つあいだに、冷酷にもあなたを殺してしまわなかったのは幸運だったと言わざるをえません」

「それはできないんだと言っていましたよ」とモントローズは言った。

アメリアがわずかに首をかしげた。「あなたを殺すことに良心の呵責を感じたというわけじゃないですよね？」

「まさか、そうじゃないさ」モントローズは明るく言った。「その悪党によれば、血と死のにおいがすれば、家のドアを開けた瞬間にゲイブリエルに警告を与えてしまうからということだった。そうなれば、ゲイブリエルが理性を働かせて、家にはいって調べる前に警察を呼ぶのではないかと恐れたのだと思う」

「ミスター・ジョーンズが理性を働かせるなんてこと、絶対にありえないと言ってもいいと思います」ヴェネシアが危険な口調でつぶやいた。「何が起こったのかたしかめるために、ただちに家のなかに駆けこむほうがありうるわ」

ゲイブリエルはおもしろがるように言った。「あの晩、展示場できみが暗室に駆けこんでバートンの死体を見つけたように？」

ヴェネシアは頰を染めた。「それとはまったく状況がちがうわ」

「そうかな？」ゲイブリエルは眉を上げた。「どうちがうんだい？」

「そのことは忘れて」できるかぎりの冷たさをことばにこめて彼女は言った。

ベアトリスは眼鏡の縁越しにモントローズを見つめた。「その悪党があなたとミスター・

ジョーンズの両方を殺すつもりだったというのはわかりましたが、あなたの家に火をつけるつもりだったのはなぜです？」

ヴェネシアはモントローズとゲイブリエルが目を見かわすのに気がついた。何かを隠している目としか思えなかった。アーケイン・ソサエティの秘密にはうんざりだ。

「いったいどうなっているの？」と彼女は訊いた。

ゲイブリエルはためらったが、やがて冷静なあきらめの空気が彼を包んだ。

「重要な人脈を持たない人物を始末するなら別だが、実力者の友人や親戚を持つ誰かを殺すとなれば、かなりの危険を招くことになる」

「ええ、おっしゃりたいことはわかるわ」ヴェネシアは言った。「あなたとミスター・モントローズが殺されているのが見つかったら、警察が大がかりな捜査を行うことになるでしょうから。侵入者にもきっとそれがわかっていたのよ。だから、ふつうの火事が起こったように見せかけ、死体が焼失して痕跡がわからなくなるようにしたかったんだわ」

モントローズが忍び笑いをもらした。

エドワードは不思議そうに彼を見た。「何がそんなにおかしいんです？」

モントローズは少年に眉を上げてみせた。「あまり外出もせず、社交界でもたいした顔ではない年寄りが殺されたからといって、それほど関心を寄せる人間がいるかどうかは疑わしいね。しかし、ゲイブリエル・ジョーンズが刺されて殺されているのが見つかったら、話はまったく別だ。そう、くそ大騒ぎになるだろう。それはたしかだ。汚いことばを使ってすみません、ご婦人方」

しばし唖然《あぜん》とした沈黙が流れた。ヴェネシアはゲイブリエルに目を向けた。彼は少し前よりもさらに険しい顔になっている。

「つまり」ベアトリスが慎重にことばを選んで言った。「どういうことをおっしゃりたいんです、ミスター・モントローズ？」

「そう」アメリアもうなずいた。「もちろん、ミスター・ジョーンズのことはみな大好きですけど、あたしたちは実力者の友人とは言えないと思います。大がかりな捜査を頼んでも、警察があたしたちにそれほどの注意を払うとは思えないわ」

モントローズは彼女たちの反応に見るからに当惑した様子だった。「実力者の友人というのは、アーケイン・ハウスの理事会のことを言ったんですよ。もちろん、会長その人は言うまでもなく。会長の後継者が殺されたとなったら、当局にかなりの圧力がかけられることはまちがいない」

31

「たぶん」ヴェネシアがひややかに言った。「ご自分が何者なのか、はっきり説明してくださったほうがいいと思うわ、ミスター・ジョーンズ」

遅かれ早かれこのことに対処しなければならないことはわかっていたのだと、ゲイブリエルはみずからに言い聞かせた。しばらく先送りにしたいと思っていたのだが、運命のもくろみはちがったようだ。家族全員の目が自分に向けられている。この厄介な状況を引き起こしたモントローズは、それを意識してお茶にじっと目を注いでいる。

「ほんとうにアーケイン・ソサエティの次の会長になるんですか？」エドワードがそのことに見るからにわくわくした様子で訊いた。

「父が引退を決意したときの話だ」ゲイブリエルは答えた。「残念ながら、これは世襲制の古くさい儀礼的な役職なんでね」

モントローズはむせてお茶を噴いた。ベアトリスが彼にナプキンを手渡した。

「ありがとう、ミス・ソーヤー」モントローズはナプキンを口にあててもごもごと言った。「儀礼的な役職ね。ふん。お父上がそのことばを聞いたらどうかな、ゲイブリエル」

「ソサエティの会長になったら、どういうことをするんです？」エドワードが興味津々で訊いた。「剣を持ち歩くの？」

「いや」ゲイブリエルは言った。「ありがたいことに剣を持ち歩くことなどない。たいていの場合、かなりつまらない仕事だ」

モントローズはそのことばにも異議を唱えようと口を開きかけた。が、ゲイブリエルが黙れというような目をくれた。

モントローズはお茶に注意を戻した。

「たまに会合を催すのが役目だ」ゲイブリエルはエドワードに説明した。「会員に推薦された人たちについて吟味したり、研究のさまざまな分野について監督する委員会を作ったりといったことをするんだ」

「ふうん」エドワードはがっかりした顔を隠そうとしなかった。「たしかにつまらなそうですね」

「ああ、そうさ」とゲイブリエル。

ヴェネシアがそれを完全には信じていないことにゲイブリエルは気がついた。しかし彼女はアーケイン・ハウスに収集されていた古代の遺物や美術品を目にしたのだ。そのいくつかが発する超常的なエネルギーの名残を敏感に感じとったにちがいない。

そろそろ話題を変えるころあいだ。

「今夜の出来事によって状況が変わった」ゲイブリエルは静かに言った。「もはやこの家も安全とは言えない。殺人者は目的をはたすためなら、ほかの人間を人質にすることもいとわないことをはっきりと示した。きみたちを守るために私が昼夜ここにつめているわけにもいかない。調査をつづけるために自由になる時間が必要だからね。つまり、なんらかの手段を講じなければならないということだ」

ヴェネシアは警戒するように彼を見つめた。「どんな手段?」

「明日の朝、この家の全員に田舎でしばらく過ごすために荷造りをしてもらう」彼は言った。「みんなで午後の列車に乗り、グレイムアという海辺の村へ行くんだ。あなたもいっしょにです」とモントローズに向かってつけ加えた。「前もって電報を打っておく。私がよく知っている者たちが身分を明らかにしてきみたちを出迎える。それから、きみたちを安全な場所へ連れていく」

ヴェネシアは啞然として彼を見つめた。「いったいどういうこと?」

「ギャラリーはどうするの?」アメリアは不安そうに訊いた。「今週ヴェネシアには大事な肖像写真の仕事がいくつかはいっているわ」

「ギャラリーは店員のモードにまかせるんだ」ゲイブリエルは言った。「肖像写真の予約を変更してくれるはずだ」

エドワードは椅子の上で体をはずませた。「列車は好きだな。ロンドンへ来るときにも乗ったんです。たこも持っていっていいですか？」

「いいさ」とゲイブリエルは答えた。目はヴェネシアから離さなかった。噴火直前の火山から目を離さずにいるように。

「いいえ」ヴェネシアは言った。「そんなこと無理だわ。というより、わたしがロンドンを離れるなんて無理と言ったほうがいいかしら。ベアトリスとアメリアとエドワードはしばらく離れていてもいいけど、わたしは肖像写真の予約をキャンセルできない。上流階級の顧客はそういう扱いを受けることを喜ばないから。それに、来週火曜日の夜にはまた展示会があるのよ。最近ではもっとも大事な展示会だわ」

簡単にいかないことはわかっていたとゲイブリエルは自分に言い聞かせた。

「これ以上危険を冒すわけにはいかないんだ、ヴェネシア。きみときみの家族の安全は何よりも大事なのだから」

ヴェネシアは肩を怒らせた。「お気づかいは感謝しますわ。エドワードとアメリアとベアトリス叔母様の身を守らなければならないということにはまったく異議はありません。でも、同じぐらい考慮に入れなければならない大事なことはほかにもあるわ」

「たとえば？」とゲイブリエルは訊いた。

「わたしの写真家としての将来よ」とヴェネシアは答えた。

「まったく、きみには常識ってものがないのか？　仕事を身の安全より優先させるわけにはいかないぞ」

「おわかりにならないようね、ミスター・ジョーンズ」ヴェネシアは言った。「あなたがキャンセルさせようとしている肖像写真の撮影や展示会はわたしの家族を金銭的に支えるために必要不可欠なものなの。ただ単純に予定を変更させるわけにはいかないわ。そこにかかっているものが大きすぎるから」

ゲイブリエルは少し離れたところにいる彼女に目を向けた。「きみの職業にそういう危険がつきものであることはわかっている。しかし、きみの命のほうがもっと大事だ」

「ミスター・ジョーンズ、心に留めておいていただきたい事実があるんですけど」

「どんな事実だい？」ゲイブリエルは我慢の限界に達し、堪忍袋の緒が切れそうになっていた。ヴェネシアも癇癪《かんしゃく》を起こすまいと同じぐらい必死にこらえているのがわかる。

「なくなった手帳が見つかったら、あなたはまた姿を消すのでしょう、ミスター・ジョーンズ。ベアトリス叔母様とアメリアとエドワードとわたしは四人だけになってしまう。率直に言って、わたしが写真撮影であげる利益だけが、一家四人が貧困生活にあえがなくてすむためのものなんです。そんな将来を危険にさらすことはできないわ。あなたにそうしてくれとは言わせない」

「金のことが心配なら、将来貧困にあえがなくてすむように私が面倒を見よう」

「お慈悲は乞わないわ」ヴェネシアはきっぱりと言った。「うちの家族と強い絆《きずな》で結ばれているわけでもない誰かのお金に頼って暮らす立場に置かれるのもごめんだし。父が死んだあとに、そういう状況がいかにあてにならないものか思い知ったから」

ゲイブリエルには自分がかっとなるのがわかった。私はきみの父親とはちがう、と叫びたくなった。その怒りを抑えるのに、持てる意志の力を総動員しなければならなかった。

「これは命令だが、きみにもほかのみんなといっしょに田舎へ行ってもらう、ヴェネシア」と、石のように冷たく聞こえるとわかっている口調で言った。

ヴェネシアはドレスの襟をつかんで立ち上がり、暖炉の明かりを受けながらゲイブリエルと向かい合った。

「ミスター・ジョーンズ、何にしてもあなたには命令する権利なんてないことを覚えておいていただきたいわ。あなたはお客であって、この家の主人ではないのだから」

顔を平手打ちされたも同然だとゲイブリエルは思った。痛みが全身に走り、侵入者と戦った名残の冷たい熱と混ざり合った。

しかし、口に出しては何も言わなかった。たったひとことでも何を口走るか、自分が信用できなかったからだ。

部屋にいたほかの面々も身じろぎひとつしなかった。みなふたりの対決にショックを受け、何を言っていいか、どう反応していいかわからずにいるのだ。エドワードは怯《おび》えているように見えた。

沈黙の戦いは永遠につづくように思われたが、じっさいはほんの数秒のことだった。

それ以上ことばを発さずにヴェネシアは踵《きびす》を返し、部屋を出ていった。ゲイブリエルの耳に足音が聞こえてきた。階段に達するころには駆け足になっていた。少しして、彼女の寝室のドアが勢いよく閉まる音が聞こえた。

居間にいる全員にその音は聞こえた。みなゲイブリエルに目を戻した。

「ミスター・ジョーンズ」エドワードがおどおどと訊いた。「ヴェネシアはどうしたんです？」

アメリアは見るからに動揺した様子で唾を呑みこんだ。「姉のことはよくわかっています。姉がロンドンに残らなくてはならないと感じているとしたら、何をしてもその決心をくつがえすことはできません」

「あの子は自分が家族の面倒を見ると固く心に決めているんです、ミスター・ジョーンズ」ベアトリスが静かに口を開いた。「あの子が自分の責任だとみなしていることをやめさせようとしても無理だと思うわ。たとえ命が危険にさらされているとしても」

ゲイブリエルは一同を順ぐりに見まわした。

「彼女のことは私がなんとかする」と彼は言った。

緊張がやわらいだ。誰もがそのことばを厳かな誓いとして受け入れたのは明らかだった。

「だったら、何も心配いりませんね」とエドワードが言った。

32

　ゲイブリエルは外套をマントのように肩にはおり、霧に包まれた庭に出た。異常なほどの緊張と不安のためにまだ血が熱くたぎっており、それを鎮めるために体を動かしたり、うろつきまわったりせずにいられなかったのだ。

　秘めた狩猟本能が、また暗闇から悪人が飛びかかってこないものかと期待しているかのようだった。おそらくはそれを求めてさえいるのだ。暴力か情熱的な行動で、沸き立つエネルギーを解放したいというようずくような思いもあった。そのどちらでもよかった。が、どちらもかなわぬ望みだった。そこでこうして歩きまわることにしたのだ。

　ヴェネシアとの言い争いは、すでに最悪の状況をいっそう悪くしただけだった。考えをまとめ、心にひそむ獰猛《どうもう》な獣をなだめ、自制心をしっかり働かせるために、夜の暗闇と静けさが必要だった。

　背後の家は寝静まっていた。家は人で満杯でもあった。今晩ゲイブリエルは屋根裏部屋をモントローズといっしょに使うことになっていた。

モントローズはひとりで家に帰れると言い張ったが、大変な目に遭ったばかりであり、二度と危険にさらしたくはなかった。目的をはたせなかった敵が次に何をしかけてくるか、予測もできない。

ゲイブリエルは小さな石造りのテラスから、狭い庭を通る小道へ降りた。ヴェネシアが扱いにくいことは最初からわかっていたことだと彼は自分に言い聞かせた。じっさい、彼女がしてみせたような女らしい抗議は歓迎だった。しかし、心の奥底では、面と向かってやり合ったならば、必ずや彼女を自分の意志に従わせられるだろうと思っていたのだ。

そう思うにいたったのは、男の傲岸《ごうがん》さゆえではないとゲイブリエルは胸の内でつぶやいた。こっちが男で向こうが女だから、向こうが結局は従うべきという単純なことではないのだ。そうではなく、危険が迫っているときに言うことを聞いてくれるだろうと思ったのは、それだけ彼女がかしこく、相手が身を守ってくれようとしているときにはそうとわかる人間だからだ。

しかし、ヴェネシアにもそれなりに責任や義務があるという事実を念頭に入れるのを怠ってしまった。なんともひどいへまをしたものだ。それがわかっても、最悪の気分はよくならなかった。

キッチンのドアがかすかにきしんで開いた。

「ゲイブリエル?」ヴェネシアの声は噛みつかれるのではないかと恐れるようにおどおどと

していた。「大丈夫？」

ゲイブリエルは足を止め、霧を透かして彼女を見つめた。オーラを見られているのだろうか。これだけ濃い霧のなかでは姿は見えないはずだった。

「ああ」と彼は答えた。

「寝室の窓からここにいるのが見えたの。また出かけるんじゃないかと不安になって」

出かけるかもしれないとほんとうに心配したのだろうか。

「少し新鮮な空気を吸いたくてね」と彼は答えた。

ヴェネシアはゆっくりと近づいてきたが、足取りが乱れることはなかった。自分の向かう先をちゃんとわかっているのだ。オーラを見ているにちがいないとゲイブリエルは思った。オーラを道しるべにしている。

「心配だったのよ」ヴェネシアは言った。「今夜、家に帰ってきてからずっと妙な雰囲気だったから。あなたらしくないわ。ミスター・モントローズの家であったことを考えれば、しかたないことなんでしょうけど」

冷たい嘲笑《ちょうしょう》がゲイブリエルの心に走った。「それはちがうね、ヴェネシア。言いたくはないが、今夜の私はとても私らしいんだ。残念ながら、あまりに私らしいと言ってもいい」

ヴェネシアは少し離れたところで足を止めた。「言っていることがわからないわ」

「きみはベッドに戻ったほうがいい」

ヴェネシアはさらに少し近づいた。まだ先ほど着ていたゆったりとしたガウンに身を包んでいる。腕はきつく体に巻きつけられていた。

「何が問題なのか教えて」ヴェネシアは驚くほどやさしい声で言った。

「わかっているはずだ」

「わたしが明日ロンドンを離れることを拒んだせいであなたが苛立っているのはわかっているけど、今あなたがこんなふうなのはそれだけが理由ではないと思うの。神経のせい？　今夜恐ろしい目に遭ったせいで、神経がぴりぴりしているの？」

ゲイブリエルは短く鋭い笑い声をあげた。「神経ね。そうだ。説明としてそれなりに理にかなっているのはたしかだな」

「ゲイブリエル、お願い。どうしてそんなふうに振る舞うのかわけを教えて」

なんの前触れもなく、心のなかに築かれていた壁が崩れ落ちた。おそらく彼女を強く求めていたせいだろう。もしくは今夜、自制心が崩れるぎりぎりのところまで追いつめられたせいだろうか。いずれにしても、ゲイブリエルはこれ以上秘密を守っていられなくなった。

「ちくしょう、もうどうにでもなれ」彼は口を開いた。「きみは真実を知りたいと言うんだな？　だったら、教えてやる」

ヴェネシアは答えなかった。

「今きみが目にしているのは、私が大人になってからずっと隠そうとしてきた一面だ。たいていは隠していられるんだが、今夜、モントローズの家で侵入者と戦った際に、いっときその獣が檻《おり》から逃げ出してしまった。それをまた閉じこめて鍵をかけるにはしばらくかかるんだ」

「獣？　いったいなんの話をしているの？」

「なあ、ヴェネシア、ミスター・ダーウィンの研究のことは知っているかい？」

しばしの沈黙が流れた。まわりの霧が冷たくなった。

「少しは」しばらくしてヴェネシアは慎重にことばを選んで言った。「父がミスター・ダーウィンの自然選択説に心酔していて、よく長々と話を聞かされたわ。でも、わたしはあまり科学には詳しくないの」

「私もそうさ。それでも、ダーウィンの業績や、彼が〝進化論〟と名づけた理論に追随するほかの科学者の論文は研究してきた。その理論には否定しがたい論理性と簡潔さがある」

「父は数ある偉大な理論のなかでも折り紙つきの理論だとよく言っていたわ」

「アーケイン・ソサエティの会員のほとんどは、人間の潜在能力のひとつである超能力が調査・研究され、訓練されるべきものであると確信している。オーラが見えるきみの能力などに関しては、そのとおりだと思う。オーラが見えるからといってどんな害がある？」

「何が言いたいの？」

「私も超能力の持ち主なんだ」

ゲイブリエルはヴェネシアの反応を待った。が、それほど長く待つ必要はなかった。

「そうだと思っていたわ」彼女は言った。「アーケイン・ハウスで……いっしょだったときに、エネルギーを感じたの。それから、今夜馬車のなかでも。あなたが三カ月前に森でふたりの男を見分けたときのことも覚えているわ。今日の夜、庭を通り抜けて出ていくのも見ていた。まるで暗闇で目がきくようだった」

「私の超能力に感づいていたと？」

「ええ。その能力があるからこそ、狩りをする猫のように楽々と夜の闇のなかを動けるわけでしょう？」

　ゲイブリエルは黙りこんだ。「〝狩りをする猫〟という言い方はきみ自身が気づいている以上に言いえて妙だよ。獲物を追う獣というほうが合っているかな。超能力を使うときには、私はまったくちがう種類の獣になるんだ、ヴェネシア」

「どういうこと？」

「私が持っているような超能力が、自然淘汰《とうた》の力によってもたらされた人類の新しい特性ではなく、どちらかといえば、まるでその逆だとしたら？」

　ヴェネシアは一歩前に進み出た。「やめて、ゲイブリエル、そんなふうに言ってはいけないわ」

「私と同じ猛々しい獣のような超能力者の痕跡を感知する私の能力は、じつは自然淘汰の大いなる力によって人類から排除されつつある大昔の能力だとしたらどうだ？　私が現代には存在しえない、ある意味退化した人間だとしたら。私が怪物だったらどうする？」

「やめて、わたしの言うことが聞こえないの？」ヴェネシアは大きな一歩でゲイブリエルのそばへ寄った。「そんなばかばかしいこと言わないでちょうだい。あなたは怪物なんかじゃないわ。人間よ。超能力を持つと獣になるというなら、わたしだって人間以下の存在だわ。そんなふうに思う？」

「いや」

「だったら、あなたの理論はまちがっているってことね？」

「超能力を使うときに私の身に何が起こるかきみにはわからないよ」

「ゲイブリエル、わたしたちの超自然的な能力が正確にどういう性質のものなのか、わかっている振りをしようとは思わないわ。でも、それのどこがそんなに奇妙なの？　自分がどうやって物を見たり、聞いたり、味わったり、においを嗅いだりしているのかについても、わたしにはわからない。どうして夢を見るのか、本を読んだり音楽を聴いたりしているときに脳のなかで何が起こっているのかもわからない。どうして写真を撮るのがたのしいのかも説明できないわ。おまけに、科学者や哲学者だって答えを教えてはくれない。少なくとも、今のところはね」

「ああ、でも、きみが今言ったようなことはみんなができることだ」

「それはそうよ。五感のうちどれかが欠けている人もいるわ。五感を同じように、同じだけ働かせられる人もふたりといない。誰もが知っていることだけど、同じ写真を見たり、同じ物を食べたり、同じ花の香りを嗅いだりしても、みなそれをちがうふうに表現するわ」

「私はふつうとはちがうんだ」

「みんなある意味ちがっているじゃない。超能力とは、みんながふつう備えている感覚が鋭くなったものにすぎないと考えたらそんなに変?」

ヴェネシアにはわかっていないのだとゲイブリエルは胸の内でつぶやいた。

「教えてくれ、ヴェネシア、きみが超能力を使うとき、何か代償を払うかい?」彼は静かに訊いた。

ヴェネシアは言いよどんだ。「そんなふうに考えたことはないけど、でも、そう、たぶん払っていると思う」

そのことばにゲイブリエルはしばし動きを止めた。「どんな代償だ?」

「誰かのオーラを見ようと神経を集中させると、ほかの感覚が鈍くなるの」彼女は静かに答えた。「まわりの世界が色を失うの。まるで写真のネガフィルムでも見るような感じよ。動こうとすると、光と影が反対になった場所を通っている気がするし。控え目に言っても頭が混乱するのはたしかだわ」

「私の場合、もっとずっと厄介なんだ」

「自分の超能力のことで何が心配なのか教えて」ヴェネシアは穏やかな口調で言った。まるで自然史についておもしろい議論を戦わせているかのような口調だ。

ゲイブリエルは片手で髪を梳《す》き、ことばを探した。ケイレブ以外には誰とも話したことのない話題だった。ケイレブに話したときもあやふやな言い方をし、互いに口に出さずに終わったことも多かった。

「暴力がふるわれたばかりの痕跡に遭遇すると、まるで強い麻薬を使ったような感じになる

「んだ」ゲイブリエルはゆっくりと言った。「私の内部で狩猟本能が解き放たれ、狩りをせずにはいられないような感じになる」

「その感覚を呼び起こすのは暴力の痕跡だというの？」

ゲイブリエルはうなずいた。「狩猟本能を刺激することなく超能力を使うこともできるんだが、暴力を目的に使われた超能力の痕跡に遭遇すると、暗い情熱に自分自身が焼きつくされそうになるんだ。今夜、モントローズの家に忍びこんだ男をつかまえていたら、ためらうことなくそいつを殺していただろう。殺さずにおくとしたら、唯一、質問に答えさせるためだろうな。しかしそれはまちがっている。私は現代に生きる理性的な人間のはずだ」

「獣はその男よ、あなたではなく。あなたは自分とミスター・モントローズの命を守るために戦ったんだわ。一番強い感情が刺激されたとしても不思議はない」

「でもそれは理性的な人間の感情ではない。邪悪な熱情のように突然襲ってくるものだ。いつかその感情を私が抑制できなくなったとしたら？　モントローズの家に忍びこんだ男のようになったらどうする？」

「その男とあなたに共通するところなんてないわ」驚くほど激しい口調でヴェネシアは言った。

「それは思いちがいだ」ゲイブリエルは静かに言った。「共通点は山ほどあると思う。暗闇で目がきくのもそうだし、動きがとてもすばやいのもそうだ。さらに、そいつは私の能力についてもよくわかっている。家のなかに偽の痕跡を残して私をうまく罠にかけたほどにね。

その男と私は同じ種類の人間なんだ、ヴェネシア」

彼女は手を伸ばして彼の顔を両手で包んだ。「ゲイブリエル、教えて。その男が逃げてから、別の人間を殺したくなった？」

その質問はゲイブリエルには理解不能だった。「え？」

「獲物が逃げたわけでしょう。別の獲物を見つけたいという衝動に駆られた？」

当惑して彼は首を振った。「狩りは終わったわけだから」

「あなたの言う狩猟本能にまだ駆られているあいだに、ミスター・モントローズを傷つけてしまうんじゃないかと怖くなった？」

「いったいなぜ私がモントローズを傷つけたいなどと思うんだ？」

闇のなかでヴェネシアはほほえんだ。「野生の獣は本能に支配されているあいだ、獲物を区別したりしないわ。理性的な人間のみがそうできるのよ」

「しかし、私は自分が理性を保っているとは思えなかった。今説明しようとしているのもそういうことさ」

「侵入者が逃げたあとで、モントローズを――そういう意味では誰であってもいいんだけど――襲おうと思いもしなかったのがなぜか、教えてあげてもいい？」

ゲイブリエルは少しばかりめまいを感じた。心の均衡が失われた。「なぜだ？」

「狩猟本能が呼び起こされるとしても、それは自分が守らなければならないものを守ろうとするためよ。だからこそ、まずもって今夜あの家に行ったわけでしょう。あなたはときどきひどく頑固で傲慢だわ、ゲイブリエル。でも、あなたがほかの人間を守るために自分の命を危険にさらすこともいとわない人だということを、わたしは一瞬たりとも疑ったことはない」

ゲイブリエルはなんと答えていいかわからなかったため、沈黙を守った。

「出会った瞬間からそのぐらいはわかったわ」ヴェネシアはつづけた。「家政婦とわたしに害がおよばないようにアーケイン・ハウスから逃がしてくれた晩にそれを証明してくれた。わたしを危険に巻きこみたくないからと、わたしと接触するのをかたくなに避けたことからもそれはたしかよ。この家に現れてくれたのだって、わたしを守らなければならないと感じたからだわ。今夜、モントローズを救いに行ったときに、あなたのそういう一面が新たに証明された。わたしの家族を田舎に避難させると決めたときにも」

「ヴェネシア」

「あなたの不安は根拠のないものだわ」彼女は言った。「あなたは血に飢えた本能に屈するような野生の獣じゃない。真の守護者よ」そう言って笑みを浮かべた。「守護天使とまでは呼ばないでおくわ。名前はゲイブリエルだけど。でも、あなたは人を守るために生まれてきたような人よ」

ゲイブリエルはヴェネシアの肩をつかんだ。「それがほんとうなら、なぜ今夜この家に足を踏み入れた瞬間、きみに襲いかかりたくなったんだ？　今だって、きみのガウンを引き裂き、地面に押し倒してきみのなかに自分をうずめてしまいたいのを抑えるだけで精いっぱいなのはなぜだ?」

ヴェネシアの手は彼の顔から離れなかった。「さっきわたしをベッドに引きずりこまなかったのは、時と場所を選んだからよ。今だって、あなたがこの庭でわたしを奪ってしまわないことはお互いわかってる。あなたが情熱を制御できる人だからよ」

「それについてはたしかなことは言えない」

「いいえ、言えるわ」ヴェネシアは爪先立ちになり、彼の口に軽くキスをした。「おやすみなさい、ゲイブリエル。明日の朝にまた。少しは眠ってね」

ヴェネシアは踵を返して家のほうへ歩み出した。

いつものように、彼の体はヴェネシアの挑戦を受けて反応した。

「もうひとつだけ」とゲイブリエルは小声で言った。

ヴェネシアはドアのところで足を止めた。「なあに?」

「好奇心から知りたいんだが、私が今夜きみを地面に押し倒して思いを遂げないのはなぜなんだ?」

「あら、ここが湿っていて寒いからよ、もちろん。居心地も悪いし、健康にもよくないしね。ふたりとも明日の朝目覚めたらひどいリューマチにかかっているか、たちの悪い風邪を引いているのはまちがいないわ」

ヴェネシアはドアを開けて玄関ホールに姿を消した。ひそやかに笑う声は独特の香水のようだった。姿を消してもしばらくあたりにただよい、ゲイブリエルの心を温かくした。

少しして、ゲイブリエルは家の最上階にある小部屋に昇った。暗闇のなか、小さなベッドで寝ていたモントローズがわずかに身動きした。

「きみか、ジョーンズ」と彼は訊いた。

「ええ」ゲイブリエルはトレンチ夫人が椅子の上に置いておいてくれた毛布を広げ、床に寝床をしつらえた。

「もちろん、私には関係ないことだが――」モントローズは言った。「正直、少しばかり当惑していてね。どうしてこの屋根裏部屋で寝起きしているのか訊いてもかまわないだろうか？」

ゲイブリエルはシャツのボタンをはずしはじめた。「少々複雑な事情があって」

「おいおい、きみは結婚しているんだぞ。ミセス・ジョーンズが非常に望ましい妻であるのもまちがいない。どうして彼女といっしょに階下《した》で寝ない？」

ゲイブリエルは破れたシャツを椅子の背にかけた。「たしか、前にも説明したと思いますが、ミセス・ジョーンズと私は極秘に急いで結婚したんです。それで、その後すぐにアーケイン・ハウスであんなことがあって、離れ離れになった。夫と妻として慣れ親しむ時間がなかったんです」

「ほほう」

「このところの驚くべき出来事が、当然ながら彼女の繊細な感性に大きな影響を及ぼしていますし」

「それはたしかだが、彼女はそれほど繊細には見えないな。ずいぶんと気丈な人に見える」

「妻であるという事実に慣れる時間が必要なんです」

「それでもきわめて奇妙な状況であると言わざるをえない」モントローズは枕に身を沈めた。「しかし、それがきみたち今どきの世代ということなのかもしれんな。われわれのころとは何もかもちがってしまった」

「そうだと言われていますね」

ゲイブリエルは仮しつらえの固いベッドに身を横たえ、頭の後ろで腕を組んだ。

大人になってからというもの、超能力を制御し、抑制することに全力を尽くしてきた。超能力のせいで自分が人間ではない何か、いつか危険な存在になりうる何かになり下がってしまうのではないかという恐れが、心の奥底にしみついていて離れなかったからだ。

しかし今夜、ほんの数言でヴェネシアが心を解放してくれた。

そろそろ持てる能力のすべてを使うころあいなのかもしれないとゲイブリエルは思った。

33

ロザリンド・フレミングは身を乗り出し、ドレッシング・ルームの金めっきをほどこした鏡をじっとのぞきこんだ。不安と怒りが全身を貫いた。もはやまちがいない。かすかな小皺が目の端に現れ出している。

彼女は鏡に映った自分の姿をじっと見つめた。将来の現実と無理やり向き合おうとするように。しばらくのあいだはおしろいと口紅でごまかせるだろう。あと二、三年は。しかしやがてこの美貌もゆっくりと必ず衰えていく。

自分の姿形のことは昔からふたつの大きな資産のひとつとみなしてきたのだった。ロンドンに来たばかりのころには、世間知らずにも、この美貌が何より役に立つと信じ、それを利用して将来設計を立てていた。

しかし、すぐにその計画には欠陥があることがわかった。上流社会の紳士たちの目をひくのは、思った以上にむずかしいことだったのだ。そうした男たちは、美しい女たちのなかから最高の女を選び出す。一、二度、幸運にも裕福な男の注意をひきつけたときに、まもなく彼らが幼い少年となんら変わらないことを学んだ。遊び道具にすぐに飽きてしまい、より新しく、よりきれいで、より若いおもちゃに簡単に引き寄せられるのだ。

幸い、彼女は第二の資産に頼ることができた。催眠術とゆすりの才能だ。その才能に助けられて、霊能力者として生計を立てることができたのだが、数カ月前までは、望んでやまない財産や社会的地位を得る助けにはあまりならなかった。

ロンドンの社交界にはあらゆる階級に魅力的な女があふれ返っていたが、同様に超能力を持っていると主張するいかさま師やペテン師もわんさといた。どちらの世界でも競争は激しく、真に才能に恵まれた催眠術師のみが成果をあげることができた。問題は、相手を思いどおりに動かすために、与える命令を絶えず新しくし、強めなければならないことだった。骨の折れる仕事で、うまくいかないことも多かった。

ここ数カ月は、ようやく運がめぐってきたと思いはじめていたのだった。すべてが手にはいったように思われた。これまで想像もしなかったほどの資金源に手が届き、社交界でそれなりの地位を得ることもできた。

しかし今、その金色に輝く夢が悪夢へと変わってしまう瀬戸際に立たされている。

誰のせいであるかははっきりわかっていた――ヴェネシア・ジョーンズ。

34

みなベッドにはいったのはかなり遅い時間だったにもかかわらず、朝食は翌朝早く用意された。食事が終わるとすぐにベアトリスはテーブルを立った。

「荷造りの時間よ」と告げる。「いらっしゃい、エドワード、アメリア。列車の駅へ発つ前にやらなければならないことは山ほどあるわ」

椅子が床をこする音がし、みな急いで朝食の間を出ていった。

三人がいなくなってから、モントローズが立ち上がった。「うちの家政婦に伝言を送っておこう。そろそろ家に着いて今日の仕事をはじめようとしているころだ。きっと私がどこへ行ってしまったのだろうと不思議に思っていることだろう。家政婦にトランクを荷造りさせるよ。そうすれば、駅に行く途中に拾っていける」

ヴェネシアはお茶のカップを置いた。「伝言を書くのにわたしの書斎を使ってくださって結構ですわ」

「ありがとう、ミセス・ジョーンズ」

そう言ってモントローズは廊下へ消えた。

ヴェネシアはゲイブリエルとふたりきりで残された。また言い争うことになるのかと警戒するように彼を見つめた。

しかし、ゲイブリエルは今日はけんかする気分ではないようだった。目の下にはくまがあり、先ほど新聞に手を伸ばしたときに顔をしかめるのがわかったが、それでも、驚くほど機嫌はいいように見えた。

「気分はどう？」ヴェネシアは自分のカップにお茶のおかわりを注ぎながら訊いた。

「馬車に轢《ひ》かれたような気分さ」ゲイブリエルはトーストの最後の一枚を手にとった。「それ以外は絶好調だ。おかげさまで」

「たぶん、今日一日ベッドで過ごしたほうがいいんじゃないかしら」

「それはずいぶんとつまらない提案だな」ゲイブリエルはトーストを口いっぱいに頬張りながら言った。「もちろん、きみがいっしょにベッドにいてくれるなら話は別だが。しかし、言っておくが、屋根裏のベッドはふたりで寝るには狭すぎるぞ。きみのベッドを使うしかない」

「まったく、そういうことって朝食の席でおっしゃるようなことじゃないわ」

「夕食の席までとっておくべきだったかな？」

ヴェネシアは怖い顔を作った。「ほんの数時間前に飢えた野獣になってしまいそうだと不安がっていた人にしては、気分がよさそうね」

ゲイブリエルは考えこむような顔になってまたトーストにかぶりついた。「〝飢えた〟なんてことばを使った覚えはないんだがな。でもきみの言うとおりさ、ミセス・ジョーンズ。今朝はずっと気分がいい」

「そう聞いただけでもうれしいわ。今日は何をするおつもり？」

「何よりもまず、ロザリンド・フレミングのことをもっと調べてみるつもりだ」

「どうやって調べるの？」

「使用人の誰かと話してみたいね。メイドや従者は雇い主について、みんなが思っている以上に詳しいものだ。可能ならば、家のなかに忍びこむ方法も探ってみようと思う。たぶん、商人を装って」

「変装するつもりなの？」

ゲイブリエルはほほえんだ。「きみとちがって、使用人の出入口を使うことに抵抗はないからね」

ヴェネシアはティーポットを勢いよく下ろした。「そんなの危険すぎるわ」

ゲイブリエルは肩をすくめた。「気をつけるさ」

ヴェネシアは彼の計画についてしばらく考えをめぐらした。「モントローズの家で出くわした人物は男だったって言ったわね」

「まちがいなく。私には見極められると言っただろう。しかし、ロザリンド・フレミングが今回のことにかかわっているのはたしかだ」

ヴェネシアは眉をひそめた。「昨日あんなことがあったのに、今朝どうしてそんなに陽気でいられるのかわたしにはわからない。ミセス・トレンチのジンをちびちびやって過ごしていてもいいぐらいなのに」

ゲイブリエルは謎めいた笑みを浮かべ、コーヒーを飲んだ。

ヴェネシアはそのことについては追求しないことにした。もっと差し迫った問題があるのだからと自分に言い聞かせて。

「ミセス・フレミングが人を殺すために誰かを雇った可能性もあるって前に言っていたわよね。昨日の晩、あなたが出くわした人間がそうにちがいないわ」と彼女は言った。

ゲイブリエルは首を縦に振った。「運がよければ、そいつは請け負った仕事を再度はたそうとするだろう」

ヴェネシアは不安に駆られて背筋を伸ばした。「ゲイブリエル、わざと自分を標的にさせてはだめよ。その男はあなたと同じような超能力を持っているかもしれないと言ったわね」

「ああ」ゲイブリエルの上機嫌は失せた。かわりに冷たい不安が心を占めた。「それに、私と同じ超能力を使う人間だとしたら、おそらくある仮説を立てられると思う」

「どんな？」

「ロザリンド・フレミングに金で雇われているにせよ、いないにせよ、その男自身にも個人的な目的と計画があるにちがいない。みずからの目的にかなうのでなければ、その男が他人に雇われて人殺しをするなどありえないと思う。同様に、目的が一致するのでなければ、誰かの命令に従うような男ではなさそうだ」

ヴェネシアはゲイブリエルをじっと見つめた。「その仮説を確信しているような口ぶりね」

「そいつが昨日の晩の失敗を恨みに思っているのもたしかだと言えるね。今や私を不都合なので消さなければならない対象としてだけでなく、敵とみなしているはずだ。挑戦者とか競争相手と言ってもいい。そいつの考えでは、われわれは同じ場に居合わせた二匹の捕食動物なんだ。どちらか一方しか生き残れない」

ヴェネシアはうなじの産毛が総毛立つ気がした。

「そんなふうに言わないで」と小声で、しかし激しく言った。「昨日の晩も言ったけど、あなたは捕食動物なんかじゃないわ、ゲイブリエル」

「私が獲物を狙う飢えた獣かどうかという話題でもう一度討論するつもりはないよ」彼は言った。「ただ、ひとつだけ絶対にたしかなことがある」

「それは何？」

「飢えた獣として考えることができるのさ」

35

ゲイブリエルが自分のことばに対する反応を待って、まだヴェネシアの顔をじっと見つめているときに、表で馬車が停まる音がした。しばらくして、正面玄関の扉につけられたドアノッカーが強く叩かれ、くぐもった音が聞こえてきた。

トレンチ夫人のどっしりとした足音が玄関ホールに響いた。

「こんな時間に誰かしら？」とヴェネシアが言った。

ゲイブリエルの耳に扉が開く音が聞こえた。男の大声が廊下にとどろいた。

「うちの義理の娘はいったいどこにいる？」

ヴェネシアは凍りついたようになった。

ゲイブリエルは避けられないことが起こったとあきらめたように、朝食の間の入口に目を向けた。

「私の人生はとても単純で秩序正しいものだったんだがな」とヴェネシアに言った。「そう、午前中ずっと本だけに囲まれて過ごすのをたのしみにできた時期もあった」

「ホールにいるのはあなたのお父様なの？」ヴェネシアは息を呑んだ。

「残念ながらそのようだ。母もきっといっしょだろう。ふたりは片時も離れないから」

「ご両親がいったい何をしにいらしたの？」

「誰かが気をきかせたつもりで電報を打ったんだろうな」

トレンチ夫人が当惑顔で入口に姿を現した。

「ジョーンズ夫妻とおっしゃる方がお見えです、奥様」と告げる。

「堅苦しい礼儀は必要ない」ヒッポリト・ジョーンズが背後から怒鳴った。「みな家族なのだから」

トレンチ夫人は見えないところに下がった。ゲイブリエルは立ち上がった。まず部屋にはいってきたのは母だった。魅力的で小柄なマージョリー・ジョーンズは、白いものの混じった黒髪を引き立たせるしゃれた青いドレスに身を包んでいた。

ヒッポリトがその後ろにそびえたっている。そのがっしりした体軀《たいく》と、輝く緑の目、肩の長さの真っ白な髪の毛のせいで、どうにもいかめしい印象を与える人物だった。

ゲイブリエルは目の端で、入口に現れた両親を見てヴェネシアがどういう表情をするか、見守っていた。まるでふたりの幽霊にでも遭遇したような顔をしている。

「こんにちは、お母さん」とゲイブリエルは言い、父には会釈した。「お父さん」

「いったい何があったの？」マージョリーは息子の顔をひと目見て訊いた。「けんかでもしたような顔をして」

「ドアにぶつかったんです」ゲイブリエルは答えた。「暗闇のなかで」

「でも、あなたは暗闇に目がきくじゃない」とマージョリーは言った。

「あとで説明しますよ、お母さん」ゲイブリエルはヴェネシアにことばを発する暇を与えず、すばやく紹介をすませた。それから、両親のほうに向き直った。

「驚きました」と穏やかな声で言う。「まさかいらっしゃるとは思っていなかったから」

マージョリーはとがめるような目で息子を見つめた。「あなたの叔母のエリザベスから、あなたが駆け落ちしたと知らせる電報を受けとったというのに、わたしたちがどうすると思ったの？　あなたがなくなった錬金術師の手帳のことで忙しくしていたのはわかっているけど、少なくとも両親に手紙を書くか電報を打つかする暇ぐらいはあったはずよ」

「エリザベス叔母さんはどうして私が駆け落ちしたなどと思ったんです？」とゲイブリエルが訊いた。

「おまえのいとこのケイレブから聞いたそうだ。おまえがアーケイン・ハウスに収集品の記録を作るために来た写真家と結婚するつもりでいると」ヒッポリトが何か隠しているようなとり澄ました笑みを浮かべて言った。「じっさいいつ結婚するかについては少しばかりあいまいなようだったが。それで、どうなっているのかこの目でたしかめるために、すぐにロンドンに来ることにしたのだ」

「あなたと愛らしい花嫁とがすでに結婚生活をはじめていると知ってわたしたちがどれほど

驚いたことか」とマージョリーがうれしそうに言った。

「ケイレブか」ゲイブリエルが言った。「ああ、もちろんそうだろう。わかってしかるべきだった。お母さん、どうやら駆け落ちについては少しばかり誤解があるようで――」

マージョリーはヴェネシアに温かい笑みを向けた。「よくぞわが家の一員になってくれました。ゲイブがぴったりの人を見つけてくれればいいとどれほど願っていたか、おわかりにならないと思うわ。希望を捨てかけていたのよ。そうじゃないこと、ヒッポリト？」

ヒッポリトは忍び笑いをもらし、立ったまま体を揺らした。「ミス・ミルトンはぴったりの女性にちがいないと言っただろう」

「ええ、そうね」とマージョリー。

「ふん、それなのにきみは息子の私生活に首をつっこむなと言った。私がそうしなかったら、今頃われわれはどこにいたと思う？」

ヴェネシアはある種の恍惚《こうこつ》状態におちいっているようだった。立ってはいたが、膝が崩れるのを恐れるようにテーブルの端につかまっている。

「あなたが正しかったわ、ヒッポリト」とマージョリーは言った。それからゲイブリエルのほうを振り向いた。「でも、この駆け落ちについては抗議せずにいられなかったの。あなたにはちゃんとした結婚式をあげてもらいたかったから。もうその機会は失われてしまったのだから、ちゃんとした披露宴は開かせてくれなくてはならないわ。わたしたちが新たに義理の娘となった花嫁を歓迎していないと人に思われたら困るもの」

ヴェネシアは小さく妙な音を立てた。その目がヒッポリトに釘づけになっているのにゲイブリエルは気がついた。

「あなたのことは存じておりますわ」茫然《ぼうぜん》とした口調で彼女は言った。「バースで何枚か写真を買ってくださった」

「たしかにそうだ」ヒッポリトが言った。「写真もまたすばらしかった。きみに会い、きみの作品を見た瞬間に、きみこそゲイブにぴったりの女性だとわかったよ。そう、きみに収集品の写真を撮ってもらうよう手配するのに若干の小細工は必要だったがね。近代の発明を用いることに関して、アーケインの理事会はかなり頭が古いのだ。しかし、つまるところ、私は会長だからね」

「今ちょうど、使用人たちがタウンハウスを開けているところよ」マージョリーが言った。「もう何年も使っていないけれど、居心地のよい場所にするのにそれほど長くはかからないわ」

「おまえのお母さんは今朝、列車で使用人の一個師団を引き連れてきたんだ」ヒッポリトが説明した。

階段と玄関ホールで足音がした。まずエドワードが何が起こったのかと興味津々で現れた。その後ろに好奇心に顔を輝かせたアメリアがつづいている。最後に苦虫をかみつぶしたような顔でベアトリスがやってきた。

「お客様がいらしたとは気づかなかったわ」とベアトリスが言った。

マージョリーが彼女のほうを振り返った。「こんな早い時間にお邪魔してほんとうにすみません。家族として、失礼を承知で寄せてもらいました。お気になさらないといいんですけど」

「家族ですって？」ベアトリスが眼鏡越しにマージョリーを見つめた。「住所をおまちがえのようだわ」

「そうね」ヴェネシアがやけをおこしたような口調で言った。「まちがったのよ。すべてはまちがいなんだわ。ひどい誤解か何かよ」

みな彼女のことばは無視した。

「うちは姉ふたりと叔母とぼくの四人家族なんです」エドワードがマージョリーに説明した。「ほかに家族はいません」それからあわててゲイブリエルをちらりと見た。「つまり、本物の家族は」

ヒッポリトは大きな手でエドワードの髪の毛をくしゃくしゃにした。

「ぼうや、お知らせがある」と彼は言った。「きみにはもっとたくさんの家族ができたんだ。それに言っておくが、われわれはまちがいなく本物だ」

36

「とんでもないことになったわ」ヴェネシアは小さな書斎の端までゆっくりと歩いた。本棚にぶつかりそうになると、くるりと向きを変え、もと来たほうへ戻りはじめた。「まったくとんでもないことに」

ゲイブリエルは窓辺に置いた椅子からその様子を見守りながら、今の状況をどうやっておさめたらいいだろうと考えをめぐらしていた。両親がタウンハウスへ帰ったおかげで、今や家のなかは静まり返っていたが、ヴェネシアの癇癪は爆発寸前で危険だった。彼は理性と分別をきかせることにした。

「いいほうに考えよう」と提案した。

ヴェネシアは突き刺さるほど険しいまなざしを彼に投げかけた。「いいほうなんてないわ」

「考えてごらんよ、ヴェネシア。もうベアトリスとアメリアとエドワードとモントローズを田舎に送らなくていいんだ。少し前に馬車を見送るときに父と話をしたんだが、事情を説明して、この錬金術師の手帳の問題に片がつくまで、みんなでタウンハウスに移ってそこで過ごすということで同意した」

ヴェネシアは仰天した。「みんなをあなたのご両親の家に移そうというの?」

「あそこならみな安全だ、保証するよ」ゲイブリエルは言った。「父も言っていたが、あの家にはあれこれ目を光らせていてくれる使用人が大勢いる。使用人たちは大昔から両親に仕えている者たちばかりだ。みな忠実でよく訓練されている。これ以上はない用心棒になるよ」

そう聞いてヴェネシアは考えた。ゲイブリエルは意外には思わなかった。なんと言っても、家族の安全が彼女にとって何より大事なことなのだ。

「でも、わたしたちは?」ヴェネシアは後ろで手を組み合わせ、行ったり来たりをつづけた。「ご両親はわたしたちが結婚していると信じていらっしゃるわ。お母様のおっしゃるのを聞いたでしょう。よりにもよって披露宴を開くおつもりでいるのよ」

ゲイブリエルは脚を伸ばし、ブーツの爪先を眺めた。「今日の午後にでもほんとうのことを伝えるよ。結婚している振りをする必要があったことはわかってくれるはずだ」

ヴェネシアは顔をしかめた。「そうかしら」

「大丈夫さ、父はなくなった手帳をとり戻したいと強く望んでいる。そのために必要だとしたら、どんな作戦でも受け入れてくれるさ」

「あなたの結婚についても強く望んでいらっしゃるようだったわ。お母様も同じだったけど」

ゲイブリエルは肩をすくめた。「両親のことは私がなんとかする」

ヴェネシアはまた部屋を一周し、それから机の奥の椅子に腰を下ろした。

「クモの巣みたいにこんがらがるっていっても限度があるわ」と指で机を叩きながら言った。

ゲイブリエルはほほえんだ。「幸い、きみの家族も私の家族も秘密を守ることにかけては誰にも負けないからな」

37

「いったいどういうことだ？　ミセス・ジョーンズと結婚していないだと？」ヒッポリトは公園のまんなかで足を止め、ゲイブリエルと向き合った。「夫としてあの家で暮らしているのにか？　おまえのお母さんも私も、おまえたちふたりがちゃんとした夫婦としておおやけの場に出入りしていると聞いたぞ」

ヴェネシアには保証したものの、これがそれほど簡単にいくものでないことはわかっていたはずだ。ゲイブリエルはみずからに言い聞かせた。

彼は話があると言って、ヒッポリトを公園へ散歩に誘ったのだった。父のことはよくわかっていたため、結婚がまやかしであるという事実を告げたときに、大噴火が起こることは予想できた。予想は裏切られなかった。ヒッポリトは今にも炎を上げんばかりの様子に見えた。

「この状況についてどう思われるかはよくわかっています」とゲイブリエルは言った。

「いったいどうなっているのかちゃんと教えてもらわねばならんぞ、ゲイブ。おまえのお母さんはおまえがミセス・ジョーンズの夫の振りをしているだけだと知ったら、ひどくショックを受けるだろうからな」

「おふたりがイタリアから帰ってくる前にすべて解決できると思っていたんです」

「それで、解決したのか？」

「説明させてください」

ゲイブリエルはことのなりゆきをかいつまんでヒッポリトに説明した。父の表情は感情に合わせてうつろった。最初は憤怒の形相だったのが、最後にはそこに驚愕《きょうがく》の色が現れていた。

「なんと」ヒッポリトはわれ知らず魅入られたようになって言った。「おまえが目の下にくまを作っているのが、闇の世界の扉を開けてなかに足を踏み入れたせいだとは思わなかったな」

「まあ、たしかに暗かったし、扉もいくつかありましたがね」

ヒッポリトは近くのベンチに腰を下ろし、ステッキの握りを両方の手で握った。「そのミセス・フレミングという女と、お前と同じような能力を持つ得体の知れぬ男とが、手帳の盗難にかかわっていると思うのか？」

「ええ」ゲイブリエルもベンチに腰を下ろし、組んだ手を膝のあいだに垂らした。「ミセス・フレミングと共謀者がどうやって手帳のことを知ったのか、見当はつきません。ふたりの男に金庫を盗ませようとしたわけももちろんですが。調査はつづけるつもりですが、しばらくはヴェネシアとその家族、それからモントローズの身の安全をたしかなものにしなければなりません」

「タウンハウスに移ってもらえば大丈夫だ」ヒッポリトは言った。「そのことは心配いらない。あの家の警備が万全のものとなれば、要塞同様に盤石だ」

「あなたの力もお借りしたい」

「そうか？」ヒッポリトはうれしそうな顔になった。「私に何をやらせるつもりだ？」

「ミセス・フレミングは私のことは知っているにちがいないが、たぶん、あなたとは会ったことがないはずです。今日私は彼女を尾行するつもりでいました。彼女のタウンハウスに忍びこんでなかを見てまわる方法がないかを探るために」

「ははん」ヒッポリトは興奮に緑の目を輝かせて言った。「私にスパイの役割を演じろというのだな？」

「そうしてもらえれば、私は別の方面で調査ができます」

「どっちの方面だ？」

「昨日の晩、モントローズの家で侵入者と出くわしてから、ずっとあれこれ考えていたんですが、アクランド卿については何かご存じですか？」

「あまり多くは」ヒッポリトはしばし考えこんだ。「社交界に現れるようになったのはずっと昔だ。私がおまえのお母さんに求婚していたころまでさかのぼる。舞踏会や晩餐《ばんさん》会で何度か会ったこともあるし、いくつか同じクラブに所属していたこともある。結婚したことはないと思うがな」

「彼がアーケイン・ソサエティの一員である可能性は？　もしくは、会員の誰かと密接なつながりを持つとか？」

「まさか」ヒッポリトは端的に言った。「あの男は学者肌の人間ではまったくない。若いころにはギャンブル好きで悪名高い放蕩《ほうとう》者だった。最後に噂《うわさ》を耳にしたときには、耄碌して死にかけているということだったが」

「誰に訊いてもみなそう言うんです」

38

「どうして突然アクランド卿に関心を抱いたの？」とヴェネシアが訊いた。

明かりを消した馬車のなかで、ゲイブリエルと向かい合ってすわり、アクランドの邸宅の前の通りを見張っているところだった。大きな邸宅の一階の窓は明るかったが、どの窓もしっかりカーテンが閉まっていた。外では街灯の明かりが濃い霧に反射して、この世のものとは思えない不気味な雰囲気をかもし出している。

ヴェネシアはヤヌス・クラブに行ったときと同じ紳士の装いに身を包み、ゲイブリエルとふたり、ほぼ一時間も動かない馬車のなかにすわっていた。馬も御者も少し前にうとうとしはじめたのはまちがいなかった。

「この件で彼が自分でも知らないうちにミセス・フレミングに手を貸すことになっているのではないかと思ってね」ゲイブリエルは答えた。「資金源かつ社交界への足場として。しかし、ハロウも私の父も口をそろえて言うんだが、数カ月前には、アクランドはぼけはじめていただけでなく、重い病気にかかっている印象だったそうだ」

「それであなたはどう思うの？」とヴェネシアは訊いた。

「今日の午後、父と公園で話しているあいだにふと思ったんだが、アクランドが体力をとり戻したのは、ミセス・フレミングの存在に治療効果があったという以上の理由によるものかもしれない」

霧とは関係ない寒けにヴェネシアの神経がうずいた。「まさか、誰かがアクランド卿になりすましていると言いたいの？」

「考えてみれば、きれいな策略家のとりこになっているよぼよぼの年寄りの振りをするのは、カモフラージュとしてはすばらしい案じゃないか？」

「でも、本物のアクランド卿じゃないとしたら、いったい誰なの？　どうやってアクランドのかわりになれたの？」

「質問は一度にひとつにしてくれ」ゲイブリエルは言った。「あの家に住んでいる男が偽者とはっきりわかったわけじゃない。今夜それをたしかめたいとは思っているが。運に恵まれれば、彼は魅力的なミセス・フレミングを訪ねていくか、クラブに行くかするだろう。その際、きみが彼のオーラを見るチャンスがあればと思ってね」

「ああ」

「それが前に見たことのあるオーラだというの？」ヴェネシアは不安そうに訊いた。

「もしかして、肖像写真を撮りに来る顧客？」

「シッ」ゲイブリエルは声をひそめた。「家の明かりが消えた。アクランドは二階に昇ってベッドにはいるか、夜の外出をするかだ」

ヴェネシアは邸宅に目を戻した。玄関の扉が開いた。ついている明かりは玄関ホールのガス灯シャンデリアだけとなっている。ガス灯の明かりが一瞬、アクランドの輪郭を浮かび上がらせた。すぐに彼は明かりを消し、ステッキを手によろよろと外の石段へと足を踏み出した。ドアを閉めるために足を止め、それからゆっくりとおぼつかない足取りで通りへ出てこようとした。

歩道に出ると、口笛を吹いた。それに応えて二輪馬車が現れた。すばやく角を曲がってアクランドのほうへ向かってくる。

ヴェネシアはあと何秒かのうちにアクランドが馬車に乗り、あいだに壁ができて姿が見えなくなることに気がついた。

そこで神経を集中させた。身の内のすべてが動きを止めた。霧に包まれた暗い世界が写真のネガフィルムのようになった。向かいの席ではゲイブリエルの制御された力強いオーラが暗く脈打っている。やってくる二輪馬車の御者のオーラもかすかに感じられた。妙に無軌道なそのオーラから、御者が酒を飲んでいたのではないかと思われた。

ヴェネシアは背中の曲がったアクランドの姿に神経を集中させた。ステッキにもたれ、二輪馬車が停まるのを待っている。

そのまわりには恐ろしいエネルギーが沸き立っていた。胸を騒がすような濃い暗闇の色は、なんとも名状しがたかったが、彼女は血が凍るような恐怖を覚えた。

「ヴェネシア？」ゲイブリエルが小声で呼びかけた。

ヴェネシアはまばたきし、深く一定の調子で呼吸すると、ふつうの視界をとり戻した。二輪馬車はアクランドの前で停まった。彼は狭い馬車のなかに這《は》うようにして乗り、馬車は通りを走り去った。

ゲイブリエルは前に身を乗り出し、彼女の手首を指で包んだ。「大丈夫か？」

「ええ」とようやくの思いでヴェネシアは答えた。自分がぶるぶると震えているのがわかった。「ええ、大丈夫よ」

「殺人者だったんじゃないのか？」ゲイブリエルが訊いた。ひとことひとことに獲物を見つけた狩人としての確信がこめられている。「ハロルド・バートンが青酸カリ入りのブランデーを飲んだあの暗室から逃げていったのをきみが目撃した」

ヴェネシアは両手をきつく組み合わせた。「ええ」

「アクランドはあの晩、ミセス・フレミングといっしょに展示会に来ていた。ふたりはバートンが姿を消す前に会場をあとにしていたが、アクランドが建物の横の路地につながる階段を使って展示場に戻ってくるのは簡単だったはずだ」

「暗室でバートンと会う手はずだったにちがいないわ」とヴェネシアは言った。

「おそらく、アクランドが――誰かが彼の振りをしているとしても――バートンを雇っていた謎の裕福な顧客なんだろうな。金を払ってきみを尾行させ、きみが誰に会うか調べさせた人物だ」

「これからどうするつもり？　証拠は何もないわ」

ゲイブリエルは彼女の手首を放した。座席に背をあずけ、考えこむようにして暗くなった邸宅をじっと見つめている。

「使用人はいない」としばらくして言った。

「なんて言ったの？」

「ここにあるのは非常に大きな家で、住んでいるのは見るからに弱々しい年寄りだけだ。それも裕福な年寄りだ。それなのに、彼を見送り、明かりを消し、馬車を呼ぶ人間が誰もいなかった」

ヴェネシアは霧に包まれた大きな邸宅に目を凝らした。「使用人にはひと晩暇をやったのかもしれないわ」

「それよりも、使用人たちが夜のあいだこの家に残ることを許していないのかもしれないな。秘密がばれるのを恐れて」

そう言ってゲイブリエルは馬車の扉の掛け金をはずした。

不安になってヴェネシアは彼の腕に手をかけた。「何をするつもり？」

ゲイブリエルは触れられたのを見て驚いたかのように袖《そで》に目を落とした。「家に忍びこんでなかを見てまわれないかやってみるつもりだ」

「だめよ」

「これ以上はない機会だからね」ゲイブリエルは彼女の脇をすり抜けた。「御者に命じてきみをまっすぐ両親の家に送らせ、家のなかに無事はいるまで見届けさせるよ」

「ゲイブリエル、こんなのよくないわ」

「できるだけ急いで終えなければならない仕事なんだ」

彼は足を止めて彼女の口にしっかりとキスをし、それから軽々と歩道に降り立った。扉を閉めると、御者に短く指示を与え、夜の深い闇のなかへ音もなく消えた。

ヴェネシアは動きはじめた馬車のなかで後ろを振り返った。ゲイブリエルの姿は影も形もなかった。オーラさえ感じられなかった。彼は煙のように霧のなかに消えてしまっていた。

39

邸宅にはいるには裏口のドアの小さなガラスのパネルを割らなくてはならなかった。破片が見つかれば、アクランド卿を名乗る男に家に侵入したことを気づかれてしまうのはゲイブリエルにもわかっていたが、それはどうしようもなかった。

家の内部は暗闇に沈んでいたが、ありとあらゆるものの表面やドアノブや手すりに、人を殺せる人間の痕跡が残っていた。

その不穏なエネルギーの残滓が、彼自身の超能力を刺激し、感覚を高めた。ゲイブリエルはまわりの気配にひどく敏感になった。廊下の奥へ進むにつれ、視覚と聴覚が研ぎ澄まされた。

嗅覚もさらに敏感になっていた。へどろのようなきつい悪臭が、腐った植物の不快なにおいとあいまっていっそう鼻についた。家のなかは沼地のにおいがした。においを発している場所はキッチンではなかった。おそらく、バスルームのひとつが湿ってかびだらけになるにまかせてあるのだろう。

ゲイブリエルはキッチンをすばやく見まわしたが、キッチンにもつづきの食料品庫にも興味をひかれるものは何もなかった。廊下の壁に沿って進むと、居間があった。家具にはほこりよけの布がかけられている。

少しして、書斎も同様であることがわかった。棚には古い本がほんの数冊しかなかった。机の引き出しは空っぽだった。

アクランドはここで幽霊さながらに暮らしているようだ。

階段の窓から射しこむ街灯のほのかな明かりと超能力によって高められた視覚によって、階段を昇るのに明かりをつける必要はなかった。

不快な湿気と腐ったにおいは踊り場に近づくにつれて強くなった。ためしに鼻をきかせると、土のにおいと何かほかのもののにおいがした。死んだ魚のにおいだ。

強く興味をひかれ、ゲイブリエルは悪臭のするほうへ廊下を進み、閉じたドアの前で足を止めた。悪臭がこのドアの向こう側からただよってきているのはまちがいない。どこかなつかしいにおいだ。幼いころの記憶が頭をよぎる。

大きな水族館のようなにおい――管理の行き届いていない水族館。

ゲイブリエルはドアをゆっくりと開けた。そこはかつては主寝室だったにちがいない部屋だった。

凝った作りの大きなガラスのケースが部屋をぐるりととり囲む作業台の上に載っていた。

ケースのガラスの天井からさまざまなミニチュアの景色が見える。植物はシダだけしかないようだったが。

ケースのなかにはほかにも何かはいっていた。

一番近くのケースのガラスの奥に何かが散らばっている。近づいてみると、残忍そうな生物の冷たくきらめく目が彼を見つめていた。

アクランドをかたっている人物は博物学者を気取っているらしい。

ゲイブリエルは水槽に目を向けた。これまで見たこともないぐらい大きな水槽だった。小さな池ほどもある。しっかりと補強されたタンクの前面がガラスになっていた。超能力をもってしても、その深さははかりしれなかった。彼は明かりをつけ、それを高く掲げた。二匹の死んだ魚が水面に浮いていた。

どんなに明かりの角度を変えても、深さ一インチかそこらほどしか見通せなかった。水槽には水草が生い茂っていたからだ。水草がうっそうとしたジャングルとなり、表面に草の天《てん》蓋《がい》を作っている。

ゲイブリエルは明かりを消してまわりを見まわした。窓の近くに机がある。そのそばの本棚には本がぎっしりつまっていた。階下《した》の書斎の本とちがって、それらの本はよく使われているらしく、ほこりをかぶっていなかった。そばに寄ってみると、背表紙の題名が読めた。たくさんの自然史の指南書とダーウィンの『種の起原』。

アクランドに秘密があるとしたら、それはこの部屋のなかにあるとゲイブリエルは思った。そこで、金庫か何か、物を隠している場所はないかと丹念に捜索を開始した。

疑わしい場所にあったカーペットの端をめくり上げていたところで、階下《したた》でかすかな音がした。

誰かがドアを開けたのだ。

40

ヴェネシアは邸宅の裏口からよろよろとなかへはいった。きつく後ろ手にしばられているせいで手首が痛んだ。さるぐつわのせいで息ができなくなりそうでパニックを起こしかけていたが、必死で起こすまいとしていた。

銃をつきつけて馬車から彼女を拉致した男は、ジョン・スティルウェルと名乗ったが、まだアクランド卿に変装するための白髪のかつらとつけひげと流行遅れの衣服を身につけていた。

アクランドとちがい、スティルウェルは若々しく、元気でたくましかった。御者に馬車を停めさせるのには銃を使ったが、上着の下につけた特別の鞘《さや》にナイフを忍ばせているのにもヴェネシアは気づいた。

彼はヴェネシアを先に押し入れてホールにはいった。彼女は足がもつれて床に倒れた。

「すまない、ミセス・ジョーンズ。きみがきみの愛する夫や私のように暗闇で目がきく人間でないことを忘れていたよ」

スティルウェルは壁の燭台に火をともした。それから手を伸ばしてヴェネシアを引っ張り起こした。

「さるぐつわはもうほどいていいだろう。この家はかなりがっしりした造りだ。きみが叫んでも表までは声は聞こえない。それでも、そういうことをしようとしたら、喉をかっ切るからな。私の言うことがわかるか？」

ヴェネシアは怒りに駆られながらうなずいた。スティルウェルはさるぐつわをほどいた。

ヴェネシアはさるぐつわを吐き出し、空気を求めてあえいだ。

「ジョーンズ、お仲間を連れてきたぞ」スティルウェルが大声で呼びかけた。「きみの魅力的な花嫁を連れてきた。彼女がすばらしい仕立て屋を使っているのは認めざるをえないな」

沈黙が応じた。

「私の忍耐力が尽きる前に姿を見せろ。さもないと、魚のはらわたを抜くように彼女を切り刻むぞ」

大きな家じゅうに声が響きわたった。返事はなかった。

「遅すぎたのよ」ヴェネシアが言った。「きっとミスター・ジョーンズは手帳を見つけて帰ったんだわ」

「まさか」スティルウェルは彼女の腕をつかみ、廊下を歩かせた。「あれを見つけたはずはない。これほど短時間ではな」

ヴェネシアはそっけなく見えるように肩をすくめようとした。「だったら、見つけるのをあきらめて帰ったのよ」

「出てこい、ジョーンズ」スティルウェルはさらに声を張りあげて叫んだ。「結局、これは単純な取引だ。私はミセス・ジョーンズが撮った金庫の写真のオリジナルがほしい。モントローズの家からとってきた写真を調べたら、すぐにそれが修整されたものだということがわかった。私をそれほど簡単にだませると本気で思ったのか？」

「わたしを殺したら、唯一の取引材料を失うことになるわよ」ヴェネシアが穏やかな声を保とうとしながら言った。「ミスター・ジョーンズはあなたに負けない狂った獣みたいになってあなたを追いかけるわ」

「黙れ」スティルウェルが言った。

この人は獣と呼ばれることなど気にもしないのだとヴェネシアは思った。

「やつがここにいることはわかっている」とスティルウェルは言い、ヴェネシアを階段のほうへ引っ張った。「馬車を降りて家のまわりをぐるりとまわっているのを見た。やつには気をつけていたのだ。私がアクランド卿でないことをもう少しで暴くところまできていたからな」

「ここにいたのはたしかだけど、もう帰ったのよ」とヴェネシアは静かに言った。

「ちがう。目的のものを見つけるまでは帰ったりしない。やつの考えることはよくわかるのだ。そう、われわれはよく似ているからな」

「いいえ」ヴェネシアは言った。「あなたたちは少しも似ていない」

「きみはまちがっている、ミセス・ジョーンズ。そう考えれば、おそらくきみは自分がまちがっていたことをありがたく思うだろうな。つまるところ、すぐにご主人のかわりに私がきみのベッドにはいることになるのだから」彼は笑った。「暗闇のなかではちがいに気づかないだろうよ」

ヴェネシアはショックのあまり発することばを見つけられなかった。この人はほんとうに狂っているのだ。

階段の上に達すると、ヴェネシアは闇に包まれた。彼女は唐突に足を止めて疑問を口にした。

「この恐ろしくかびくさいにおいは何？　家政婦に排水管の掃除をもっと頻繁にさせるべきね」

スティルウェルは彼女を前に押しやり、廊下の暗闇のなかでヴェネシアにはほとんど判別がつかないドアの前で足を止めた。

ドアを開けると、湿った悪臭がさらにひどくなった。

「私の研究室へようこそ、ミセス・ジョーンズ」

スティルウェルは彼女を押して部屋のなかへ入れ、空いているほうの手を伸ばしてすぐそばの壁にあるガス灯をつけた。

まばゆい光も暗闇をぼんやりとしか照らさなかった。部屋の奥はまだ闇に包まれていたが、ヴェネシアにもゲイブリエルの姿がどこにもないことはわかった。

ほんとうに手帳を見つけて帰ったのかもしれないとヴェネシアは思った。

「くそ野郎め」スティルウェルは言った。「やつがすでに見つけたなど、信じないぞ。こんなに早く見つかるはずはない。けっして。誰も探さないような場所にあるのだから」

ヴェネシアは不安に駆られてあたりを見まわした。水草が密生した大きな水槽が部屋の中央を占めている。不快なにおいのほとんどがそこから発せられていた。しかし、彼女が虫唾《むしず》が走る思いをしたのは、壁際に並べられたガラスケースのせいだった。

それ以上寒けや恐怖を感じることはありえないと思っていたのだが、その瞬間、それがまちがいであったことがわかった。

「あのケースのなかに何がいるの？」とヴェネシアは訊いた。

「興味深い小さな捕食動物たちを置いているのさ」スティルウェルは彼女を前に押しやって言った。「文明にしばられていない生き物を観察することからは学ぶことがとても多い」

ヴェネシアはより大きなガラスケースのほうへ押しやられていることに気がついた。鉄の台の上に載ったケースだ。なかで珍しいシダが育っているのがわかる。ガラス越しに、人間のものではない邪悪な目が見つめていた。

ヴェネシアはスティルウェルに引っ張られて大きな水槽の脇を通った。水槽のなかを見ると、水面近くを大きな緑の葉が覆い、水面には二匹の魚の死体が浮かんでいる。水のなかはあまりに暗く、ほかには何も見えなかった。

「信じがたいことだが、どうやら状況は変わったようだな、ミセス・ジョーンズ」スティルウェルは言った。「私はしばらく身を隠さなければならないようだ。もちろん、きみにも来てもらう。無修整の金庫の写真をよこすようジョーンズを説得するのにきみが必要だからな」

「金庫の何がそんなに重要なの？」とヴェネシアは訊いた。

「もちろん、解毒剤を作るのに必要な成分のリストが書いてあるからだ」苛立ちと怒りがことばの端々に感じられた。

「いったいなんの話をしているの？」

「錬金術師の手帳によれば、あのくそ製法の霊薬がきくのはほんの短いあいだだけだ。じっさいそれはききめの遅い毒でもある。アーケイン・ソサエティの創設者はずるがしこいくそ野郎だったようだな、まったく。製法を盗んだ人間はきっと重い金庫をあとに残していくにちがいないとわかっていて、金庫に解毒剤の処方を刻みつけたのだ」

水がかすかに動き、ヴェネシアはまた目を下に向けた。水草の天蓋が持ち上がったのがわかった。何か大きなものが水面下で動いている。

ヴェネシアは悲鳴をあげたかったが、その暇はなかった。水のしたたる水草と原始の粘液のようなものを体に巻きつけた巨大な生物が水槽のなかから飛び出してきたのだ。

スティルウェルは驚くほどすばやく動いたが、虚をつかれてしまっていた。襲いかかってきた相手のほうに向き直る暇もなく、水槽から飛び出してきた怪物に組み敷かれた。

スティルウェルが倒れるときに、手に持った拳銃が轟音《ごうおん》を立てた。ガラスケースのひとつのガラスが粉々になった。

ヴェネシアは脇に身をよけ、水槽の角に思いきりぶつかった。その目の前で、ゲイブリエルがスティルウェルの銃を持った腕を頑丈な木枠に打ちつけていた。

スティルウェルは痛みにうめいた。拳銃は床に落ち、壊れたガラスケースの下に滑りこんだ。

スティルウェルは激しく横に身をよじり、上着の下に手をつっこもうとした。

「ナイフを持ってるのよ」とヴェネシアが叫んだ。

どちらの男にもその声は聞こえていないようだった。荒々しい戦いに没頭していたからだ。肉にこぶしが叩きつけられる胸の悪くなるような音が部屋に響いた。ガラスケースの内側から見ている冷たい宝石のような目がきらりと光った。

ヴェネシアは水槽をまわりこんで銃をとりに行こうとした。

這いつくばってケースの下から拳銃を拾い上げようとしたときに、上の割れたガラスケースのなかで動くものがあった。ヴェネシアは反射的に身を引き離した。

優美な姿のヘビが割れたガラスから垂れ下がり、床に落ちた。隠れなければという本能に従って、ヘビは急いでガラスケースの下にもぐり、銃につきあたって止まった。それから身を守る盾にするように、銃身に巻きついた。

ヴェネシアは身震いして一歩あとずさり、ヘビを殺して拳銃をつかむために何か使えるものはないかと後ろを振り返った。

スティルウェルがどうにか立ち上がったのがわかった。手にナイフを持って、床に倒れているゲイブリエルに飛びかかっていく。

ヴェネシアは恐怖に駆られてその様子をじっと見ていた。ふたりから離れすぎていたため、何もできずに。

しかし、ゲイブリエルはすでに動いていて、なめらかな動きで身を回転させて立ち上がった。弧を描いて振り下ろされた刃は彼の肋骨から一インチのところで空気を切り裂いた。ナイフが空振りしたせいで、スティルウェルは一瞬バランスを崩した。ゲイブリエルは片足を振り出し、相手の男の腿《もも》に蹴りを入れた。

スティルウェルは悲鳴をあげて思いきり膝をついた。ナイフは床を滑った。ゲイブリエルが身をかがめてそれをつかんだ。

スティルウェルは壊れたガラスケースのほうへすばやくあとずさり、ケースの下に手をつっこんで銃を探った。

ヴェネシアにはヘビが咬《か》みつくのは見えなかった。暗闇のなか、割れたガラスケースの下での瞬時の出来事だったからだ。スティルウェルが恐怖に駆られた叫び声をあげ、突然激しく手を振り動かしたことで、ヘビに咬まれたことがわかった。

スティルウェルは手をケースの下から引っ張り出した。指がぶるぶると震えている。

ゲイブリエルは手にナイフを持ったまま、警戒するように足を止めた。

「まさか、こんなことが」スティルウェルは小声で言った。それから必死で台の下をのぞきこもうとした。「どのヘビだ？　どいつだ？」

激しく振りまわされて、ヘビも損傷を負ったのはたしかだった。身もだえするヘビにはどこかおかしなところがあった。

ゲイブリエルがヘビのほうへ近寄った。どっしりとしたブーツを履いた足で体をくねらせるヘビを押さえつけると、ナイフを使って頭を胴体から切り離した。咬んだヘビと同じぐらいすばやい動きだった。

茫然とした静けさが部屋を満たした。スティルウェルは少し離れたところで咬まれた手をつかんで身を起こした。顔面蒼白《そうはく》でゲイブリエルを見つめている。

「もうだめだ」抑揚のない声。「おまえの勝ちだ。これだけ綿密に計画を立て、これだけ慎重に作戦を練ったのに、勝ったのはおまえだ。そう、こんなふうに終わるはずはなかったのだ。もっともすぐれた者は私なのだから。生き残る資格があるのは私だった」

「医者を呼ぶわ」とヴェネシアがささやいた。

スティルウェルは怒りに満ちた軽蔑《けいべつ》の目をくれた。「時間の無駄だ。ヘビの毒にきく薬はない」

そう言ってあえぎはじめ、激しく痙攣《けいれん》しながらあおむけに倒れた。

そして、二度と動かなくなった。

すぐにゲイブリエルが身をかがめ、スティルウェルの喉の脈をたしかめた。目を上げたその表情から、脈がなかったことがヴェネシアにもわかった。

少しして、ゲイブリエルは作業台で見つけた厚手の手袋をはめ、毒ヘビの住まいだったガラスケースの底にはめこまれた隠しパネルをそっと開いた。

「これ以上驚かされることがあるといけないからね」彼はヴェネシアに弁明するように言った。

なかに手を伸ばすと、そっと古い革表紙の手帳をとり出した。

「製法？」と彼女は訊いた。

「ああ」

41

翌朝、ここ数日の出来事について話し合うために、一同はゲイブリエルの両親のタウンハウスの書斎に集まった。

血を沸かせた狩猟本能の名残は失せていたが、ゲイブリエルは今度は別の種類の痛みが残っているのを意識しておちつかない思いに駆られていた。前の晩まったく眠れなかったのは、スティルウェルにあやうくヴェネシアを傷つけさせてしまうところだったという思いからだった。彼は三杯目の濃いコーヒーを口にした。

「錬金術師の手帳に加え、ヴェネシアと私は実験結果を記録していたスティルウェルの手帳を見つけました」ゲイブリエルは言った。「じっさいあの男は博物学者だった。私が身に備えているのと非常によく似た超能力の持ち主でもあったが」

ヴェネシアは困ったように顔をしかめた。「一度ならず言っているけど、似たような超能力を持っているからってなんの意味もないわ。あなたたちふたりは夜と昼ほどもちがったんだから」

マージョリーが賛成するように温かな笑みをヴェネシアに向けた。「ほんとうにそうね」

「ミスター・スティルウェルとアーケイン・ハウスのつながりは?」エドワードが訊いた。

「その人はどうやって製法のことを知ったんです?」

モントローズが咳払いをした。「その質問には私が答えられると思うよ、ぼうや。スティルウェルという名前を聞いたときに、いろいろなことのつじつまが合った。そうじゃないかね、ヒッポリト?」

ヒッポリトはおごそかにうなずいた。「ジョン・スティルウェルの父親はオグデン・スティルウェルといった。オグデンは一時期アーケイン・ソサエティの理事だったが、理由をつまびらかにしないまま理事を辞めてしまった。息子が披露したのと同じ超能力の持ち主だったが、さらに重要なことに、ソサエティの創設者の暗号を解読したいという思いにとりつかれていた」

「その人はどうなったんです?」とアメリアが訊いた。

ヒッポリトはため息をついた。「残念ながら、オグデン・スティルウェルは変人ぞろいのソサエティのなかでも目立った奇人だった。年をとるにつれ、どんどん人を寄せつけなくなり、臆病で猜疑《さいぎ》心の強い人間になっていった。ソサエティの知り合いとも連絡をとらなくなり、結局、亡くなったことがわかって、故人として記録から抹消された」

「その息子のジョン・スティルウェルという人物については?」とベアトリスが訊いた。

「そこからは話が入り組んでくる」モントローズが答えた。「記録によれば、オグデン・スティルウェルにはたしかにジョンという名前の息子がいたが、一年ほど前に結核で亡くなっている」

「ケイレブと私のあとを追って錬金術師の研究室だったところへ来て、製法の手帳を盗む少し前ですね」ゲイブリエルが言った。「やつはうまく自分へつながる手がかりを隠したわけだ。ケイレブと私はアーケイン・ソサエティとつながりを持つ者を探すのに、まだぴんぴんしている人間にしか注目していなかったわけですから」

「スティルウェルはさらに手がかりを隠すために、アクランドを殺し、彼になりすました」

モントローズはつづけた。

「どうしてそんなことをしたんです？」とアメリアが訊いた。

ヒッポリトは彼女に目を向けた。「ひとつには、自分とはまったくちがう人物になりすます必要があったからだろう。よぼよぼの年寄りになることで、それはかなった。しかし、アクランドを犠牲者に選んだ理由はもうひとつある」

「大昔から変わらない理由ね」マージョリーがきっぱりと口をはさんだ。「お金。アクランド卿になりすましたスティルウェルは、当然、アクランドの財産を自由にできたはずだもの」

「実験のために彼には金が必要だった」ゲイブリエルが言った。「しかし、誰にも気づかれずに社交界で活動していることにも暗い興奮を覚えていた。自分を羊の皮をかぶった狼《おおかみ》だと思っていたわけです。獲物の群れのなかを気づかれずに歩きまわる狩人だと」

「どうしてロザリンド・フレミングとつながりを持つことになったのかしら?」とベアトリスが訊いた。

ゲイブリエルはその質問を恐れていた。コーヒーをごくりと飲むとカップを下ろした。ヴェネシアのほうは見ないように気をつけた。

「スティルウェルは自分を人並みすぐれた、より進化した人間とみなしていました。自分の超能力を受け継ぐ子孫を作るのが自分の役目だと感じていた。そこで、それにふさわしい相手を探していたのです」

「ほう」ヒッポリトが考えこむようにして言った。「それはきわめて当然のことと思われるな」

ゲイブリエルは父を睨みつけた。ヒッポリトは何度か目をしばたたいて顔を赤くした。

「もちろん、男というものはばかなものだからな」と急いで言った。

ゲイブリエルはため息をついて椅子に背をあずけた。「スティルウェルは超能力を持つと自認するロンドンの何百人もの女性たちのなかから、自分にふさわしい女性を見つけ出そうとしました。そうするなかで、ロザリンド・フレミングとわれわれが呼ぶ女性を見つけたのです。当時はシャーロット・ブリスと名乗っていたが」

エドワードは目を丸くした。「ミセス・フレミングも超能力の持ち主なの?」

「たしかなことはわからない」とゲイブリエル。「結局、スティルウェルにもわからなかったようだ。しかし、彼女が腕のいい催眠術師であるのはたしかだと書き記してはいる」

「スティルウェルは彼女がごく基本的な超能力の持ち主であると結論づけた。そのおかげで人を催眠術にかける能力が強められているというわけだ」ヒッポリトが言った。「しかし、超能力自体はごく弱いものでしかないと思っていた」

「いずれにしても」ゲイブリエルがつづけた。「少なくともしばらくのあいだ、彼女は自分には能力があるとスティルウェルに思わせていた。彼女のいわゆる読心術を見せられて感心し、スティルウェルは彼女こそ相手として申し分ないと思ったわけです。ミセス・フレミングのほうは、こんな金持ちの愛人を手に入れたことにわくわくしていた。たとえ彼がぼけた年寄りだという振りをしなくてはならないとしても」

「ミセス・フレミングには不運なことに」ヒッポリトが言った。「スティルウェルは彼女の超能力に疑問を抱くようになった。彼女に魅力を感じなくなりつつあったのと同じころに、彼はようやく霊薬の製法の暗号を解読した」

「そして、手帳の最後に、錬金術師の霊薬はじつはききめの遅い毒薬でもあり、解毒剤も同時に服用しなければ気が変になってしまうと書かれたただし書きを見つけた」とゲイブリエルがつけ加えた。

「手帳のただし書きには、解毒剤の作り方は金庫のふたに刻まれていると書かれてあった」ヒッポリトが言った。「そこで、スティルウェルは金庫を盗むためにふたりの男をアーケイン・ハウスに送りこんだ」

モントローズは重々しくうなずいた。「スティルウェルはアーケイン・ハウスの場所だけでなく、美術品をおさめた部屋の位置も正確に知っていた。理事であった父親がそういったことを知っていて、息子に教えたからだ」

「金庫は盗まれずにすんだ」ゲイブリエルが言った。「しかし、この泥棒が金庫を絶対に手に入れようと固く決意しているのはたしかで、それをどうにかして止めなくてはならなかった。そこで私は金庫をアーケイン・ハウスの大金庫《グレイト・ヴォールト》に移してから、金庫は壊され、私は火事で命を落としたという噂を流した。そうすれば金庫を盗もうとした悪党も警戒心をゆるめ、隠れ場所から姿を現すかもしれないと思ったからです。しかしやつはまったく姿を現さなかった」

ヒッポリトは両手でカップを包んだ。「スティルウェルが書き記したところによれば、ゲイブリエルの死には疑惑を抱いたとある。自分自身、死を装い、そうするのがいかに簡単かわかっていたからだろう。しかし、解毒剤の製法を手に入れることはもう無理だと思い、金庫を盗む計画をあきらめることにしたのだ」

ヴェネシアは鼻に皺を寄せた。「そんなときに、ミセス・ジョーンズなる女性が未亡人の写真家としてロンドンの社交界に現れた。スティルウェルはすぐに疑惑を覚えた。わたしがジョーンズという名前を使ったからだけでなく、アーケイン・ハウスの収集品の記録を作るために写真家が雇われたことを知っていたからです。ゲイブリエルが死んだとみなされていて、わたしが未亡人として振る舞っているという事実もありました」

「そうした偶然の重なりが彼の狩猟本能を呼び起こした」ゲイブリエルは言った。「私がそうであったように。収集品を写真におさめた人物がヴェネシアであったとしたら、解毒剤の製法を知るのに使える金庫の写真があるかもしれないとスティルウェルは思った。しかし、アーケイン・ソサエティが写真家にネガはもちろん、撮った写真の焼き増しも持ち帰らせるはずはないとわかっていた。それでも、一応ヴェネシアを監視してみる価値はあるという結論に達した」

「だから、ハロルド・バートンを雇って、状況がはっきりするまでしばらく尾行させたのね」とアメリアが言った。

ベアトリスは顔をしかめた。「写真家が雇われてアーケイン・ハウスへ行ったことがどうしてわかったのかしら？」

「スティルウェルがアーケイン・ハウスの場所を知っていたことを忘れてはなりません」ゲイブリエルが答えた。「金庫を盗むためにやつが送りこんだふたりの男が、近くの丘の見晴らしのいい場所から一日か二日、アーケイン・ハウスを見張っていたにちがいない。そいつらが望遠鏡を使って、テラスで収集品の写真を撮るヴェネシアの姿を目にしたのでしょう」

「自然光が使えるときはそのほうがいいので」とヴェネシアが苦々しく口をはさんだ。

「何にせよ――」ゲイブリエルがしめくくった。「あの晩の侵入者のうち、逃げのびたほうが写真家がいたとスティルウェルに報告したんです」

ヒッポリトは嫌悪もあらわに首を振った。「ジョン・スティルウェルは自分を現代的な科学者だとみなしていた。自分が生まれながらに人よりすぐれているという考えを裏づけるものとして、ミスター・ダーウィンの理論に心酔していた。悲しい誤解にすぎなかったが」

「たしかにそうですね」エドワードが妙に陽気に言った「どんな運命をたどったか見ればわかります。結局、全能のミスター・スティルウェルは、進化の度合いの低い毒ヘビのせいで命を落としたんですから」

全員の目が彼に集まった。

ゲイブリエルが笑い出した。「そのとおりだよ、エドワード。まさしくそのとおりだ」

「まあ要するに、あやうく均衡を保っている生態系の興味深い例だったってわけね」ベアトリスが考えこむようにして言った。「この進化の問題って、ジョン・スティルウェルが信じていたよりもずっと複雑なのかもしれないわ」

エドワードの顔が深刻な悩みにとらわれたようにゆがんだ。「ミスター・スティルウェルが研究室で飼っていた昆虫や魚はどうなるんです？」

ゲイブリエルがしかめ面をしてみせた。「個人的な体験からこれだけは言えるが、あの水槽のなかにはほとんど魚は残っていなかったよ」

ヴェネシアは身震いした。「あなたにとって幸運だったわね。あのタンクのなかにミスター・スティルウェルがどんな危険な生物を飼っていたかしれないんだから」

「昆虫とヘビに関しては——」ヒッポリトが言った。「博物学者の仲間に連絡しておいた。彼が面倒を見てくれることになる。たぶん、ほとんどが彼のコレクションに加えられるんじゃないかな」

「そう、だったら、この件はほとんど決着がついたということね？」マージョリーが満足そうに宣言した。「悪人は死んだし、手帳はとり返せた。残る唯一の問題はロザリンド・フレミングだけね」

「今度の問題をよくよく考えてみれば――」ヴェネシアが言った。「彼女もジョン・スティルウェルの犠牲者のひとりにすぎません。でも、どうしてわたしのことをあれほどに嫌ったのかはまだわからないけれど」

「その答えは教えてあげられるよ」ゲイブリエルが机に載せた腕を組んで言った。「スティルウェルの手帳に書いてあった」

「なんて？」ヴェネシアはうながした。

「さっき、スティルウェルがミセス・フレミングの超能力に疑いを抱きはじめたと言っただろう。しかし、ミセス・ジョーンズに関しては、知れば知るほど彼女が非常に強力で純粋な超能力の持ち主であると確信を持つようになった」

ヴェネシアは声を荒げた。「わたしのことが書いてあったの？」

エドワードが顔をしかめた。「つまり、ミスター・スティルウェルはミセス・フレミングのかわりにヴェネシアと結婚するつもりだったんですか？」

「彼がそういう計画を立てはじめていたところに、深い谷底に落ちた私が生き返り、記憶をとり戻して愛する花嫁のもとへ戻ってきたというわけさ」とゲイブリエルが言った。

「そう」ヴェネシアが静かに言った。「ロザリンド・フレミングはジョン・スティルウェルの愛情を失うんじゃないかと恐れてわたしを憎んだのね。彼が彼女のかわりにわたしを妻に据えるつもりでいるのがわかったから。嫉妬《しっと》していたんだわ」

ベアトリスがうなずいた。「言ったでしょう、ああいう立場の女性は、自分の将来が細い糸でつながっているのをつねに意識しているものだって」

「でも、どうしてジョン・スティルウェルはわたしが超能力を持っているかもしれないと気づいたのかしら？」

ゲイブリエルは父にじっと視線を注いだ。「その質問にはあなたに答えてもらいましょう」

「もちろんさ」とヒッポリトが応じた。興奮に目を輝かせている。「スティルウェルは、きみがほんとうにゲイブと結婚しているのだとしたら、きみが真の超能力を持っているとみてまずまちがいないと踏んだのだ」

ヴェネシアは見るからに途方に暮れた顔になった。「どうしていきなりそんな結論に飛びついたのかわけがわからないわ」

「そう、オグデン・スティルウェルもそうだったが、理事全員がソサエティには固く守られている伝統があることを知っている」ヒッポリトは言った。「会長の後継者は必ず超能力を持つ花嫁を探すことになっているのだ」そう言って愛情をこめてマージョリーにほほえみかけた。「私の愛する妻がいい例だ。彼女とはカードゲームはしないほうがいい。見える側にマークが描かれているかのようにはっきりと手を読まれてしまうからね」

マージョリーはやさしい笑みを浮かべた。「たしかに、若いころには役に立つ能力だったわ。あなたの関心をひくことができたわけだしね、ヒッポリト」

ヒッポリトは愛情あふれる笑みを返した。「自分が何にやられたのかわかる前にひと財産奪われたがね」

「なんですって?」ヴェネシアはぎょっとした。「ミスター・ジョーンズ、つまり、オーラが見えるというだけで、わたしを息子さんの花嫁に選んだということですか?」

「きみの能力がどういうものかはわからなかった」ヒッポリトは言った。「しかし、きみが身に備えた超能力がゲイブの能力を補足するものであることはわかった」

「そうですか」ヴェネシアは荒っぽい口調で言った。

遅きに失したが、ヒッポリトも自分がへまを犯したことに気づいたようだった。困って助けを求めるようにマージョリーに目を向けた。

マージョリーは揺らがないまなざしでヴェネシアを見つめていた。「夫の目的がそれだけだったと思うのは誤解よ」と静かに言った。「ヒッポリトはゲイブの幸せだけを願っているんだから。ゲイブの能力は、長年にわたって本人にひそかな苦しみを与えつづけてきたの。彼はしだいに人と交わらなくなり、ひきこもるようになったわ。本を読んで過ごすことが多くなった。夫とわたしはふたりとも心配していたの。息子が彼の超常的な一面を理解して受け入れてくれる女性を見つけられなければ、真の愛情を知らずに終わるかもしれないって」

「ゲイブが自分にぴったりの女性を見つける幸運に恵まれていないのは明らかだったしな」

ヒッポリトが真摯《しんし》な口調で言った。「そこで私がかわりに見つけてやることにした」

誰も何も言わなかった。

「思うに」マージョリーが立ち上がって言った。「このことはゲイブとヴェネシアにふたりきりで話をしてもらったほうがいいわ」

それから、優雅な堂々たる足取りでカーペットの上をドレスのスカートを引きずって横切り、書斎を出ていった。ヴェネシア以外の誰もが何も言わずにそのあとに従った。

みなずいぶんそそくさと出ていったものだとゲイブリエルは思った。ドアへ向かう途中、それぞれ誰かの足を踏むこともなかったのは驚きだ。

42

ゲイブリエルは机越しにヴェネシアに目を向けて訊いた。

「私と結婚してくれるかい？」

ヴェネシアは驚愕してことばを失った。彼が犯した罪を並べ立て、きつくお説教する気満々でいたからだ。しかし、その単純な質問に天地が引っくり返ってしまった。

「答えてくれる前に——」ゲイブリエルは言った。「私の話を聞いてくれ。アーケイン・ハウスでのきみとの出会いが、父によって仕組まれたものであったのはわかっている。ただ、これだけは弁明できるが、最初はそれに気づかなかったんだ。きみが超能力の持ち主ではないかと疑い出すまで、どういうことなのか見当もつかなかった。もちろん、父はきみに会って写真を買ったときにすぐさまそれに気づいたわけだが」

「どうしてすぐに気づいたって言えるの？」一瞬気をひかれてヴェネシアは訊いた。

ゲイブリエルはほほえんだ。「それが父の特別な能力だからさ。他人が超能力の持ち主かどうかわかるんだ」

「そう」

「父がミスター・ダーウィンの理論を熱心に支持しているのもたしかだが、アーケイン・ソサエティに昔からの伝統があるのもほんとうだ。会長の後継者とみなされる人物は、同じく超能力を持つ花嫁を探さなければならない。しかし私はそんな伝統にとらわれるつもりはないと明言していた」

「そうなの？」

「そうさ。おまけに、両親も私の考えを支持してくれていた。ところがそこで父がきみを見つけたんだ。そしてきみはと言えば、私を誘惑して一生忘れられない情熱的な夜を過ごさせてくれた」

ヴェネシアは組み合わせた手に目を落とした。「そんな権利なんてなかったのに。でも、そうするのにあなたはぴったりの男性で、アーケイン・ハウスはぴったりの場所に思えたの」

「ああ、わかってる。南国の島の理論はもう聞かされたよ」

ヴェネシアには自分の頬が赤く染まるのがわかった。「こんな話、気恥ずかしいわ」

「重要なのは、父の計画に驚きつつも、私も父が正しいという結論に達したということだ」

「なんですって？」ヴェネシアは立ち上がった。「わたしが超能力の持ち主だから結婚したいっていうの？　つまり、風変わりな毛を持つ羊同士だから、めあわせてそれを子孫に伝えるべきだというわけ？」

「ちがう」ゲイブリエルも立ち上がり、机をはさんでヴェネシアと向かい合った。「言い方が悪かった。説明させてくれ」

「何を説明する必要があるの？」

「きみにオーラが見えるからきみと結婚したいわけじゃない。くそっ、そんなことで結婚するなんてどうなんだ？」

「最悪ね、たぶん」とヴェネシアは言った。

「オーラが見えるきみの能力は私にとってきみの髪の色と同じさ。たしかに魅力的ではあるが、結婚する理由にはならない」

「だったら何？　なぜわたしと結婚したいの？」

ゲイブリエルの顎がこわばった。「理由は数多くある」

「ひとつあげて」

「世間の目から見れば、われわれはすでに結婚しているという明白な事実がある」

ヴェネシアはがっかりした。「言いかえれば、作り話をほんとうにすればお互い都合がいいってこと？」

「理由は数多くあると言ったはずだ。われわれはお互いに敬意と尊敬を抱いている。それに、互いを刺激的だと思っている」

「刺激的？」

「きみがそう言ったんだ、ミセス・ジョーンズ。出会ったときに私を刺激的だと思ったから、誘惑することに決めたと。今の私は刺激的ではなくなったのかい？」

「いいえ」と彼女は言った。

ゲイブリエルは机をまわりこんできて両手でヴェネシアの肩をつかんだ。「私もきみのことを同じように刺激的だと思っている。それはきみにもわかっていると思うが」

「ゲイブリエル——」

「精神的にも肉体的にも、そして超能力的にも」彼はきっぱりと言った。

「ゲイブリエル、黙って」ヴェネシアは彼の唇に指をあてて黙らせた。「あなたがお父様を喜ばせるためや、アーケイン・ソサエティの伝統にのっとるために結婚してくれと言っているわけでないのは信じるわ」

ゲイブリエルはゆっくりと笑みを浮かべた。「だったら、進歩があったわけだ」

ヴェネシアは首を振った。「これまで起こったことに責任を感じているせいでわたしに結婚を申しこんでいるんじゃないかと思うんだけど」

彼の顔から笑みが消えた。「いったいなんのことを言っているんだ？」

「じっさい、最初に誘惑したのはわたしだったけど、わたしは、その、処女だったわけでしょう。おまけに、わたしがアーケイン・ハウスで収集品の写真を撮ったせいで、わたし自身や家族が危険にさらされたことにあなたは責任を感じている。あなたは名誉を重んじる人よ、ゲイブリエル。高潔な人物だわ。引き起こされた出来事に責任を感じ、わたしへの義務感に駆られるのはしごく当然のことよ」

ヴェネシアが驚いたことに、ゲイブリエルは謎めいた魅惑的な笑みを浮かべた。

「きみは逆にとっているよ、ヴェネシア」と彼は言った。

「どういうこと？」

「私があのときにきみに誘惑されたのは、すでにきみこそが私にとってただひとりの女性だと心に決めていたからだ。きみが大事なカメラを腕に抱えてアーケイン・ハウスに足を踏み入れた晩に、私はきみと恋に落ちていた」

ヴェネシアは驚きのあまり息ができなくなった。「ほんとうに？」

「きみが誘惑してこようとしたときには、きみが私に魅力を感じてくれてはいても、長くつづく関係を結ぼうと思っていないことは明らかだった。私は自分に言い聞かせた。かしこく振る舞い、きみの誘いに乗って時が来るのを待てば、きみにも恋心を抱かせることができるかもしれないと」

「ああ、ゲイブリエル」

「私は作戦を立てた。獲物をつかまえる作戦と言ってもいい。しかしそこへあのふたりの侵入者が現れ、何もかもが混沌《こんとん》としてしまった。少なくともいっときね。でも今、物事はまたもとに戻ったようだ。だから、もう一度訊く。私と結婚してくれるかい？」

「アメリアとエドワードとベアトリスもついてくるのはわかってるわよね？」その点ははっきりさせなければと思いながらヴェネシアは言った。

「もちろんさ。みな家族なんだから。私のことは気に入ってくれていると思わないか？」

ヴェネシアはほほえんだ。「みんなあなたが大好きよ」

ゲイブリエルは彼女の手をつかまえ、てのひらにキスをした。「きみはどうなんだい？きみも私が好きかな？」

ヴェネシアは体の内側がふっと軽くなるのを感じた。足が地面から浮き上がってしまわないのが不思議なほどだった。

「心からあなたを愛しているわ」と彼女はささやいた。

ゲイブリエルに引き寄せられたちょうどそのとき、書斎のドアが開く音がした。ヴェネシアが首をめぐらすと、ベアトリスとアメリアとエドワードとマージョリーとヒッポリトとミスター・モントローズが入口のところで押し合いへし合いしていた。

「邪魔してすまない」ヒッポリトが言った。「どんなことになっているのかたしかめたほうがいいと思ってね」

ゲイブリエルは期待するような顔また顔を見まわした。「うれしいお知らせがあります。私はまもなくあの屋根裏部屋から移ることになりました」

43

翌日、ヴェネシアがギャラリーの奥にある日あたりのいいスタジオで肖像写真用の支えの位置を直しているところへ、ゲイブリエルが現れた。

「ロザリンド・フレミングが偽名を使って、今朝アメリカへ出港する蒸気船の切符を買ったらしい」と彼は言った。

「なんてこと」ヴェネシアは手のほこりをはたきながら背筋を伸ばした。「ほんとうなの？」

「船の切符を売った事務員と話をした。ミセス・フレミングの人となりについて確認してくれたよ。フレミングの人相に合致するご婦人に手を貸した波止場のふたりの労働者からも話を聞いた。どうやらものすごい数の荷物だったらしい。父が今日、彼女の家に行ったんだが、屋敷は空だったそうだ。使用人によれば、女主人は長期滞在するためにアメリカへ向かったとのことだ。いつ戻ってくるかは誰も知らなかった」

ヴェネシアはそのことについて考えをめぐらした。「そう考えてみれば、アメリカに逃げるのはもっともなことね。スティルウェルが死んで、多くを失うことになったわけだから。高価な贈り物やお金を受けとることもなければ、社交界にもいられない。唯一の選択肢は、また名前を変えてゆすりで生計を立てる生活に戻ることだわ」

「つまり、アメリカで新たにゆすりに頼る生活をはじめるってわけか」ゲイブリエルがひややかに言った。

「きっとそうよ。ロザリンド・フレミングは自分で自分の面倒はちゃんと見られる人だって気がするもの」

44

翌日の午後、ヴェネシアは墓地のそばを通ってギャラリーへ向かういつもの道を歩いていた。片手にパラソルを高く持ち、予約帳を脇にはさんで。モードからのメッセージが届いたのは午《ひる》過ぎのことだった。

ミセス・ジョーンズ
とても重要な人物が今日の午後四時にギャラリーであなたとお会いしたいとおっしゃっています。娘さんの肖像写真を何枚かご所望で、写真のテーマについて話し合いたいとのことです。〝歴史を変えた女たち〟のシリーズをすばらしいとお考えです。
ご都合が悪ければお返事お願いします。

ちょうど都合のいい時間だった。それに、重要人物を見きわめるモードの目はたしかだ。

ヴェネシアはジョーンズ写真ギャラリーの窓のシェードが下ろされているのに気づき、驚いて足を止めた。小さな〝閉店〟のサインがガラスのドアの向こうにぶら下げられている。まだ四時にもなっていないのに。新しい顧客が来る前に、モードがお茶を飲んで何かつまんでおこうと、何分か店を空けているにちがいない。

ヴェネシアはドレスの腰につけた帯鎖から鍵を選んだ。

店のドアを開け、なかに足を踏み入れたところで胸騒ぎを覚えた。静かなのはいつものことだが、理由ははっきりしないものの、何かがおかしい気がしたのだ。

「モード？　いるの？」

奥の部屋でかすかに動く気配があった。ヴェネシアはほっとしてカウンターをまわりこんだ。

「モード？　あなたなの？」

そう言って店の表の部屋と奥の部屋を仕切っているカーテンの端をつかみ、脇に引いた。

モードは隅の床の上に転がっていた。しばられてさるぐつわをはめられている。恐怖に見開かれた目がヴェネシアに向けられた。

「なんてこと」ヴェネシアは小声で言った。

そして、前へ進み出た。

モードは激しく首を振り、何かわからないことをもごもごと言った。彼女が警告を発しようとしているのがヴェネシアにもわかったが、遅すぎた。

右で動くものがあった。〝シェークスピアの男たち〟シリーズの額入りの写真がはいった段ボールが積まれた陰から、ロザリンド・フレミングが姿を現した。

頭のてっぺんから爪先まで喪服姿だ。ヴェネシアが思うに、うまい変装だった。ロザリンドは黒く厚いヴェールを黒い帽子のつばの上に巻き上げた。

黒い手袋をはめた手には小さな拳銃がにぎられている。

「おもしろい未亡人がふたり集まったわね」とヴェネシアが言った。

「あなたを待っていたのよ、ミセス・ジョーンズ」ロザリンドが言った。「肖像写真を受けとらずに街を離れたくなかったの。うまく現像できているといいんだけど」

見えない超常的な風が吹いてきて、うなじの毛を揺らした。ヴェネシアが胸騒ぎを覚えたのは銃を見せられているせいだけではなかった。ロザリンドの目がどこか異常だったからだ。不自然に輝き、妙にひきつけられる目をしている。

「あなたは昨日ニューヨーク行きの船に乗ったという話だったのに」ヴェネシアが時間を稼ごうとして言った。

ロザリンドは冷たい笑みを浮かべた。「たしかに切符は買ったわ。ただし、それは別の船の切符よ。明日出港する船の。でも、別の船会社の事務員に、昨日の船の切符をわたしに売ったと思いこませるのはたわいもないことだった」

「波止場の労働者がふたり、荷物を積むのに手を貸したはずよ」

「いいえ、単にわたしを手伝ったと思っているだけ」

「三人に催眠術をかけて、頭に記憶を植えつけたのね。あらあら、ロザリンド、三流の霊媒師だったころからずいぶんと出世したものだわ」

ロザリンドの顔から笑みが消えた。「わたしはいんちきの催眠術師なんかじゃないわ。昔からけっして。人を催眠術にかける真の超能力を身に備えているのよ」

「スティルウェルが書き残したものによれば、それはごく基本的な能力だそうね」

「嘘よ」ロザリンドはかっとなり、手に持った拳銃を震わせた。「あなたが現れるまで、あの人はわたしと結婚するつもりでいた」

「そうかしら？」

「そうよ。わたしはあの人にとって真の相手だった。あなたがミセス・ジョーンズとして現れるまで、あの人が疑いを抱くことなどなかったのよ。あの人があなたを望んだのは、ゲイブリエル・ジョーンズがあなたを妻として選んだと信じたからだわ。そう、ジョーンズが結婚するとしたら、相手は強い超能力の持ち主にちがいないと思っていたからよ」

「あなたは未亡人という立場のほうが気に入っているのかと思っていたわ。たしか、その利点についてうんと詳しく教えてくれたはずよ」

「相手がジョン・スティルウェルなら話は別だったのよ」

「なぜなら、アクランド卿を装っていた彼は、結婚しなければ得られないふたつのものを与えてくれるはずだったから。社交界での立場の安泰と自由に使える財産」

「わたしは社交界に受け入れられてしかるべき人間だった」ロザリンドは激しい口調で言っ

た。「父はベンチャー卿で、わたしは跡継ぎになってもいいはずだったんだから。父のほかの娘たちといっしょに育てられてしかるべきだった。最高の学校で教育されてしかるべきだった。上流階級の人と結婚してしかるべきだった」

「でも、婚外子だったから、すべてがちがってしまっているってこと? あなたの立場は理解できるわ、ほんとうよ。アクランド卿夫人になる計画が煙と消えた今、どうするつもりなの?」

「わたしの計画をつぶしたのはあなたよ。あなたとゲイブリエル・ジョーンズ。でも、わたしは一度苦労して社交界のはしごを昇った人間よ。もう一度昇ってみせるわ。ただ、今度は運をアメリカで試すつもりだけど。アメリカでなら、きっと裕福なイギリスの貴族の未亡人で通すのも簡単だわ。アメリカでは爵位がとても人気あるそうだから」

「分別を働かせて。今すぐここを出ていけば、誰にも気づかれずに逃げられるわ。でも、わたしを殺せば、あなたがどこまで逃げようと、何度名前を変えようと、必ずゲイブリエルがあなたを狩り出す。狩りはゲイブリエルがとても得意とするものよ。ジョン・スティルウェル以上にね。それはどちらが生き残ったかを見ても明らかでしょうに」

「ええ、知ってるわ」ロザリンドの顔がゆがみ、目のぎらぎらとした光が増した。「ジョンは自分とゲイブリエル・ジョーンズが似たような超能力を持っているのではないかと思っていた。たしかに、生涯後ろを気にしながら過ごしたくはないわ。だから、あなたと店員の死を、写真ギャラリーでまた不運な事故が起こったというふうに見せかけるつもりよ。それが珍しいことじゃないのはわかっているから」

モードがうめき声をあげた。

ロザリンドはその声を無視し、拳銃を振って示した。「暗室へ行って、ミセス・ジョーンズ」

「どうして？」

「そこにエーテルの瓶があるわ」ロザリンドはほほえんだ。「それがどれほど危険なものかはみんなわかってる。そう、薬品の置かれた暗室では、火事や爆発は日常茶飯事よ」

「わたしはエーテルは使わないわ。湿板法を用いていた時代には必要だったけど、新しい乾板にはいらないから」

「どの薬品のせいで火事になったのか、誰にも知られることはないわ」ロザリンドは苛立ちを強めて言った。

「エーテルは引火性と爆発性が高いの。火をつけようとしたら、モードとわたしだけじゃなく、あなたも命を落とすことになるわ」ヴェネシアは警告した。

ロザリンドは恐ろしい笑みを浮かべた。「暗室で火をつけるのがどれほど危険な行為であるかはちゃんとわかっているわ。だから、わたしのかわりにあなたにやってもらう、ミセス・ジョーンズ」

「まさか、わたしが自分とモードの命を奪うような行為に手を貸すなんて思ってないでしょうね。いいえ、ミセス・フレミング。火をつけるなら、自分でやらなくてはならないわ」

「そんなことはないわ。わたしは望むことをなんでもあなたにやらせることができる。さらに言えば、あなたは喜んでそれをするでしょうよ」

「たしか、催眠術は受ける側が非協力的な状況ではうまくいかないはずよ。これだけは言えるけど、わたしは協力するつもりはまったくないわ」

「あなたはまちがってる、ミセス・ジョーンズ」ロザリンドがやさしく言った。「そう、わたしは霊薬を飲んだのよ」

ヴェネシアの口がからからに乾いた。「なんの話をしているの？」

「もちろん、錬金術師の霊薬のことよ。古い手帳に書かれていた製法に従ってジョンが一度作ってみたの。わたしがそのことを知っているとは彼は思っていなかった。彼がそれを研究室の戸棚のなかにしまったのを見たのよ。それで、彼があなたを手に入れるつもりでいると気づいたときに、留守を見計らってあの邸宅に忍びこみ、薬を飲んだの」ロザリンドは顔をゆがめた。「ひどい味だったけど、今朝、それが効いているのがわかったわ」

「スティルウェルが自分でその霊薬を飲まなかった理由を知らないの？」

ロザリンドは肩をすくめた。「たぶん、臆病風を吹かせたのね。自分で試してみるのが怖かったんだわ」

「薬を飲まなかったのは、それが効き目の遅い毒薬でもあると知ったからよ。霊薬を飲む前に、解毒剤を手に入れておきたかったの」

「嘘よ」

「どうしてこんなことでわたしが嘘をつくの?」とヴェネシアは訊いた。

「解毒剤を渡すと約束すれば、命を奪わないでいてくれるよう説得できると思っているからよ。とてもかしこい試みね、ミセス・ジョーンズ。でも、わたしがばかじゃないことははっきりさせたはずだけど」

「まったく、スティルウェルはどこまでも秘密主義の人間だったようね。あなたにも打ち明けていなかったなんて。でも、彼の本性を考えれば、予測できることだわ」

「そんなの嘘よ」ロザリンドは言った。「あの人はわたしを信じていた。わたしと結婚するつもりだったのよ」

「スティルウェルは誰のことも信じていなかった。よく聞いて、ロザリンド。わたしは嘘はついていないわ。錬金術師の霊薬はしばらくは効き目があるけど、すぐにあなたをおかしくしてしまうでしょう」

「そんなの信じない」ロザリンドは言った。今や目は燃える石炭のようだった。「わたしをあやつろうとしてもうまくいかないわよ。真実を認めさせてやるわ」

「どうやって?」

ロザリンドは冷たい笑みを浮かべた。「こうして」

ヴェネシアの感覚にエネルギーが叩きつけられた。そのあまりの速さと強さにヴェネシアは思わず膝をついた。まわりにスカートが広がった。痛みを感じたが、これまで経験したことのない痛みだった。まるで神経に電気をあてられているような感じで、これが長くつづけば、おかしくなるのはわたしのほうだとヴェネシアは思った。

「これで真実以外は口にできなくなるわ、ミセス・ジョーンズ。わたしの知りたいことを教えるのよ」

ヴェネシアは考えうる唯一の場所へ逃げようとした。超常感覚の世界へ。まだ膝をついたまま、神経を麻痺《まひ》させるような痛みと闘いながら、カメラのレンズを通して見るようにロザリンド・フレミングを見ようとした。

集中するの。

まわりの世界がネガフィルムの様相を呈した。今や痛みもちがうものに変わっていた。まだ激しくはあったが、もっとなじみのあるエネルギーのようなものになっている。このエネルギーなら鎮めておける。

ロザリンドの輪郭のまわりにオーラが現れた。覚えているよりも鋭く、強いオーラだった。端にこれまではなかった色が現れている。いまわしいものであることはまぎれもないが、どうにもとらえがたい色だ。毒がすでにロザリンドに影響を及ぼしはじめているのだ。

「錬金術師の霊薬は毒なの?」とロザリンドが訊いた。

「いいえ」ヴェネシアはあえいだ。

「そうだと思ったわ。それだけわかればいいの。さあ、立って暗室へはいって」

ヴェネシアはゆっくりと立ち上がり、あやうくバランスを崩しかけた。こうしてちがう次元の視覚を働かせているときに、ふつうの世界で動くのはいつも奇妙な感じだった。

集中力を維持しながらふつうに動いたり会話したりしようとしても、ほとんど不可能だった。体のバランスを欠き、短い答えしか返せないことを、ロザリンドが催眠術の呪縛《じゅばく》の威力とみなしてくれるよう祈るしかなかった。

暗室のドアまで達すると、ゆっくりと開けた。ロザリンドはあとからついてきたが、注意深くかなりの距離を置いていた。

「よくできました、ミセス・ジョーンズ」ロザリンドは言った。「もうすぐよ、すぐにすべて終わるわ。作業台のエーテルの瓶の隣に火のついていないろうそくを置いておいたから、火をつけて炎を燃やして」

ヴェネシアは瓶に目を向けた。まだ封がしてある。

ろうそくをぎごちなく手にとろうとして、それを床に落とした。

「拾って」ロザリンドが入口の外から命令した。「早くして」

ヴェネシアはろうそくを拾おうと身をかがめた。わからないようにそっと押すと、ろうそくはシンクのあるカウンターの下へ転がりこんだ。ヴェネシアはそのあとを追って這った。

「ろうそくを拾うのよ、ばか」

ドアの外にいるロザリンドの目には、わたしのドレスのスカート以外見えなくなったはずだとヴェネシアは思った。

ろうそくを拾ってどうにか立ち上がり、カウンターの端をつかんで体を支えた。シンクの近くに薬品をはかるのに使っているガラスの瓶があった。光と影が反転した世界では、ガラスの瓶はほとんど見えなかった。そこにあるとわかっていなければ、気づかなかったかもしれない。

瓶を片手でドレスの脇のひだのなかに隠し、もう一方の手でろうそくつかむと、ゆっくりと作業台のところへ戻った。

「火をつけて。急ぐの」ロザリンドがせっぱつまった口調で言った。「出ていく前にそれに火がついたのをたしかめたいんだから。ミスは犯したくないの」

命令とともに発せられたエネルギーの強さに、ヴェネシアが超能力によってめぐらしていた防壁がつぶされた。一瞬、集中力が失われる。世界がさっと通常視野のものに戻り、痛みが感覚を切り刻んだ。

光と影が逆転する世界に戻るには、持てる意志の力を駆使しなければならなかった。鼓動が激しさを増し、ロザリンドにもそれが聞こえるのではないかと思うほどだった。

開いたドアに背を向けたまま、ヴェネシアはガラスの瓶をカウンターのエーテルの瓶の隣に置いた。ロザリンドが立っているところからはどちらも見えないはずだ。

ヴェネシアは火をつけ、ろうそくを燃やした。後ろは振り返らなかった。

「よくできたわ、ミセス・ジョーンズ」ロザリンドの声は異常な興奮と期待に震えている。

「さて、よく聞いてちょうだい。店の正面の扉が開いて閉じる音がするまで待ってから、エーテルの瓶の封を開けるの。わかった？」

「ええ」ヴェネシアは抑揚のない声で答えた。

「それからエーテルを床にばらまき、エーテルにそうそくの炎をあてるの」

「ええ」ヴェネシアはくり返した。

「でも、わたしが外に出るまでは瓶を開けてはだめよ」ロザリンドは強調した。「不運な事故があったら困るでしょう?」

「ええ」

ロザリンドに背を向けたまま、ヴェネシアは瓶を手にとった。そしてそれを足もとの床に放った。瓶は床に激しくぶつかり、ガラスが砕けた。

ヴェネシアのふくらんだスカートのせいで、ロザリンドの目には破片が見えないはずだったが、ガラスの割れる音を聞いたのはたしかだった。

「今のは何?」ロザリンドは金切り声をあげた。「何を落としたの?」

「エーテルの瓶」ヴェネシアはおちついた声を出した。「においがしない? すごくきついにおいだわ」そう言って火のついたろうそくを手に振り返り、炎越しにロザリンドに揺るがないまなざしを向けた。「もう火をつけていい?」

「だめよ」ロザリンドはじりじりとあとずさりながら叫んだ。「だめ、まだだめよ。待って、わたしが出ていくまで待って」

ヴェネシアの感覚をさいなんでいたエネルギーの嵐が突然やんだ。ロザリンドはエネルギーを制御できなくなっていた。

ヴェネシアは身をかがめて床にろうそくを近づけた。

「やめて」ロザリンドが叫んだ。「このばか女。わたしが出ていくまで待つのよ」

ヴェネシアは炎をさらに床に近づけた。「蒸気だけでも爆発性が高いと言われているわ」

と相変わらず抑揚のない声で言った。「とても強いのよ。そんなに長くはかからない」

「やめて」ロザリンドは顔に憤怒の色を浮かべ、両手で拳銃を持ち上げた。

ロザリンドが引き金を引こうとしているのにヴェネシアは気づき、脇に身を投げた。小さな暗室に耳を聾《ろう》するような銃声がとどろいた。

腕に冷たい痛みが走った。すでにバランスを崩していたヴェネシアは床に倒れ、無意識に燃えているろうそくにつかまろうとした。

ロザリンドは踵《きびす》を返し、カーテンの向こうへ消えた。

ヴェネシアの耳に店の正面の扉が開く音が聞こえた。

「私のために急いで消えてくれなくてもいいんだぞ」表の部屋でゲイブリエルの声がした。

「放して」ロザリンドがパニックに襲われて叫んだ。「ここにはすぐにたいまつみたいに炎が上がるわよ」

ゲイブリエルがカーテンを開けた。ヴェネシアの目に、彼の手がロザリンドの襟首をつかんでいるのが見えた。もう一方の手には拳銃が握られている。

ゲイブリエルがヴェネシアに目を向けた。「出血しているのか」

彼はロザリンドを放し、小さなナイフと大きな四角いリネンのハンカチを外套のポケットからとり出して前に進み出た。

ヴェネシアは腕に目を落とした。ドレスの袖が血で染まっている。驚愕のあまり、彼女は思いつける唯一の分別ある行動をとった。ろうそくの火を吹き消したのだ。

その様子をロザリンドは震えながらじっと見ていた。「催眠術にかかっていないのね」

「ええ」とヴェネシアは答えた。

ゲイブリエルは彼女のそばにしゃがみこみ、ナイフでドレスの袖を切り裂いた。

「落としたエーテルは」とロザリンドが小声で言った。

「火がついているところでエーテルの瓶を開けるなんてことは絶対にしないわ」とヴェネシアは言った。

ロザリンドはくるりと振り返り、走ってカーテンの向こうへ消えた。

ゲイブリエルは手もとから一瞬目を上げた。追いかけたいという渇望が彼から波のように発せられるのがヴェネシアには感じとれた。

「獲物が逃げていくわよ」とそっけなく言った。

ゲイブリエルは彼女の怪我をした腕に目を戻した。「今はもっと大事なことがある」

「そうね」ヴェネシアは焼けつくような痛みにもかかわらず、かすかに笑みを浮かべて言った。「あなたは何よりもまず、自分の保護のもとにある者たちを守ってくれる人ですもの」

彼は彼女と目を合わせた。「きみ以上に大事なものなど何もない」

心からそう思っていてくれるのねとヴェネシアは胸の内でつぶやいた。ひとことひとことに真心がこもっている。

自分も同じ思いだと伝えたかったが、頭が朦朧《もうろう》としはじめていた。ヴェネシアは気を失ったりしませんようにと祈った。

ゲイブリエルは腕の傷をよく調べた。「ありがたいことに、とても浅い。しかし、きみを医者に連れていかなくちゃならない。きちんと消毒して包帯を巻いてもらわないとね」

そう聞いてヴェネシアの気分はおちついた。

ふとあることが頭に浮かんだ。

「ゲイブリエル、ミセス・フレミングは錬金術師の霊薬を飲んだのよ」

「それは運が悪いな」彼はヴェネシアの腕にハンカチを巻くのに注意を集中させていた。

「解毒剤は？」

「もう遅い。錬金術師の製法の最後の部分を解読したばかりなんだが、それによると、解毒剤が効くのは、霊薬とまぜていっしょに飲んだときにかぎるそうだ」

45

六日後、ヴェネシアとゲイブリエルは公園でハロウと会った。ハロウは〈ザ・フライング・インテリジェンサー〉を脇にはさんでいた。

彼はヴェネシアに心配そうな目を向けた。「大丈夫ですか？」

「ええ」大丈夫というようにヴェネシアはほほえんでみせた。「感染の兆候がなかったから。お医者様にも、腕はすぐによくなるって言われてます」

「記事は見ましたか？」とハロウが訊いた。

ゲイブリエルはうなずいた。「二日前にミセス・フレミングの死体が川から引き揚げられたそうですね。自殺だったと。どうやら橋から飛び降りたらしい。当局が正しいことを願うしかないですね。これがまた彼女の催眠術によるまやかしでないといいんだが」

ハロウの眉が上がった。「まやかしじゃないですよ」

その確信に満ちた口調を聞いて、ヴェネシアは身を固くした。

「どうしてそんなに自信を持って言えるんです？」と訊く。

「ミスター・ピアースがあれこれ手をまわして、じっさいに死体を目にしたんです。まちがいがないようにたしかめたくて」

「そう」とヴェネシア。

「ミスター・ピアースといえば――」ハロウはつづけた。「あなたとミスター・ジョーンズに感謝の気持ちを伝えてくれと頼まれましたよ。借りができたということだった。あなたたちに何かが必要になり、それが彼の力で手にはいるものなら、力になるそうです」

ヴェネシアはゲイブリエルに不安そうな目を向けた。

「われわれも感謝しているとミスター・ピアースに伝えてください」とゲイブリエルがハロウに言った。

ハロウはいつものひややかで優美な笑みを浮かべた。「伝えておきましょう。ところで、次の写真展示会でまた会えますね」

「たのしみにしていますわ」ヴェネシアが約束した。

「では、ご機嫌よう、おふた方」ハロウは優雅に会釈し、公園の奥へと歩み去った。

ヴェネシアはゲイブリエルが物思いにふけるようにしてハロウの後ろ姿を見送っているのに気がついた。

「何を考えているの？」と彼女は訊いた。

「錬金術師の毒薬はじっさいずいぶんと速く効き目が現れたものだと思ってね。手帳によると、狂気とうつ状態を引き起こすまでに何日かかるということだったんだが」

「毒薬であったことを考えれば、きっと錬金術師もそれほど何度も実験できなかったんじゃないかしら」ヴェネシアは言った。「霊薬が毒薬に変わるまでにどのぐらいかかるかは、錬金術師の予測にすぎなかったのかもしれない」

「たぶんね」とゲイブリエルは言った。目はハロウから離さなかった。

ヴェネシアはその目の先を追った。ハロウは木立のなかに姿を消そうとしていたが、神経を集中させると、オーラが見えた。ヴェネシアの背筋に震えが走った。

「ゲイブリエル」彼女はふいに口を開いた。「ミスター・ピアースの親友ってミスター・ハロウだと思う？　ミセス・フレミングがゆすろうとしていた相手よ」

「それは非常に興味深い仮説だと思うね」ゲイブリエルのほほえみはとてもひややかだった。「しかし、それを証明したいとは思わないな。超能力の持ち主であってもなくても、ピアースは自分が大事に思っているものを守ることのできる人間だ。私の狩猟本能がそう告げている。錬金術師の霊薬がミセス・フレミングにこれほど早い効果を及ぼした理由については、少なくともひとつ、それなりに説得力のある説明はつけられるだろうね」

「あなたの言いたいこと、わたしが考えているのと同じかしら？」

「こういうことにしておかないか？　ミスター・ピアースがいくつか手を打って、ロザリンド・フレミングが必ず橋から飛び降りるようにしたと聞いても驚くことでもないと」

46

二日後、ヒッポリトが片手に持ったトランプを振りながらタウンハウスの書斎に大股ではいってきた。

「ミス・アメリアとエドワードぼうやに二十ポンドもくそ負けしたよ」と怒鳴りながら。

ゲイブリエルは新聞から目を上げた。「あのふたり組とカードはやらないほうがいいと忠告したでしょうに」

ヒッポリトは満足感を波のように発しながらにやりとした。「ふたりともが超能力の兆しを見せていることをどうして教えてくれなかった？」

「すぐにわかるだろうと思っていましたからね」

「もちろん、カードのテーブルについてすぐに気づいたさ」ヒッポリトは忍び笑いをもらした。「テーブルにエネルギーがみなぎっているのを感じたよ。驚くべきことだ。ミス・アメリアはすでにずいぶんと強いエネルギーを発していた。エドワードぼうやはその兆しが現れはじめたところだ。彼がどんな能力を有しているかは定かでないが、見きわめるのはおもしろいだろうな」

「あのふたりがそれぞれの超能力を伸ばせるよう導くことで、あなたにも暇つぶしができますね」ゲイブリエルは新聞をめくった。「見合いを手配することもなくなった今、新たな趣味が必要でしょうから」

ヴェネシアが写真を手に持って書斎にはいってきた。「こんにちは、おふた方。〝シェークスピアの男たち〟シリーズの最新作を見ていただけます？　シーザーはとても人気が出ると思うの」

ゲイブリエルは立ち上がって妻に挨拶した。そして、シーザーの写真に目を落とした。写真の男はブロンドで、女たちが好きそうな顔立ちをしていた。モデルはまた、きわめて筋肉質で、その筋肉の多くをさらしている。

「いったいこの男は何を身につけているんだ？」とゲイブリエルが訊いた。

「もちろん、トーガよ」ヴェネシアは答えた。「ほかにシーザーが何を着るというの？」

「おいおい、ヴェネシア、この男は半分裸じゃないか」

「それが古典的なローマのファッションなのよ」

「なんてことだ。きみはちっぽけなトーガしか身につけていない男の写真などを撮っているのか？」

「ねえ、写真が芸術であることを忘れないで。芸術の世界では、半裸どころか、全裸の人が描かれるのもごくあたりまえのことだわ」

「きみの芸術においては絶対にあたりまえにはさせないよ」

「でも、ゲイブリエル——」

ヒッポリトが咳払いをした。「写真の芸術性についての細かい議論はきみたちふたりにまかせるよ。エドワードぼうやといっしょに公園へたこを揚げに行くのでね」

47

ふたりは新婚初夜をサットン・レーンの小さな家でふたりきりで過ごすことになった。新婚の夫婦はふたりきりにしてあげなくてはならないと言って、マージョリー・ジョーンズが、ベアトリスとアメリアとエドワードをその晩タウンハウスに招いたのだ。

ヴェネシアはすねまでの長さのネグリジェに慎ましく身を包み、ベッドで夫を待っていた。妙に気恥ずかしく、かなり神経質になっていた。こんなの変だわと彼女は思った。前にもベッドをともにしたことはあるのに。どうしてこんなに不安なの?

ゲイブリエルがドアを開けて部屋にはいってくると、ヴェネシアはわずかにびくりとした。彼は黒いガウンを身に着けていた。髪は風呂にはいったばかりで濡れている。

わたしの夫、とヴェネシアは胸の内でつぶやいた。わたしは今やこの人の妻なのだ。

ゲイブリエルはベッドへ来る途中で足を止め、妖術師の目で彼女を見た。

「どうしたんだ?」と訊く。

「結婚したことが信じられなくて」ヴェネシアは正直に言った。「あなたには二度と会えないものとあきらめていたときもあったのに。少なくともこの世ではね」

ゲイブリエルはほほえんでベッドの端まで近寄った。「それは変だな。私は最初からふたりはいっしょになるとわかっていたのに」

「そうなの？」

彼はガウンの帯をほどいた。「アーケイン・ハウスでともに過ごした夜を覚えているかい？」

「忘れるはずがないわ」

「〝わたしはあなたのもの〟と言ったことも？」

ヴェネシアは赤くなった。「ええ」

ゲイブリエルはガウンを脇に放り、上掛けをめくって彼女のそばに身を横たえた。「私にとってはあの晩がほんとうの新婚初夜だったんだ、ミセス・ジョーンズ」

そうね、とヴェネシアも声に出さずにつぶやいた。あの晩、ふたりは絆《きずな》で結ばれたのだ。そう思うと胸が温かくなり、新婚初夜の不安は消えてなくなった。ヴェネシアは両手を広げて彼を迎え入れた。

「あなたこそが運命の相手とわかっていたわ」とささやく。

「ああ、しかしきみはたったひと晩の関係にしようと思っていたわけだろう。一方の私はそれを生涯つづくものにするための作戦を練っていたというのに」

そう言ってゲイブリエルはさらに体を近づけた。ふたりは最初ゆっくりと丹念に愛を交わした。ゲイブリエルの愛撫は、明るい日の光のなかであればショッキングなものだったろうが、寝室の暗闇のなかでは、そのぞくぞくするような親密な感触にヴェネシアは悦びを覚えた。

やさしい愛の行為はじょじょに官能的な闘いへと変わっていった。ヴェネシアはしだいに大胆で思いきった行動に出るようになった。彼を口に含むと、髪をまさぐっていたゲイブリエルの指がこわばった。

「もう充分だ、ヴェネシア」欲望を抑制しようと必死で彼の息は荒くなっていた。

「やめる理由が見つからないわ」と彼女はやさしく言った。

前触れもなしにゲイブリエルは互いの位置を逆転させ、彼女を下に組み敷いた。お返しにヴェネシアは背中に爪を食いこませた。

ゲイブリエルは笑い声をあげ、彼女の手首をつかむと、頭の横に伸ばして動かないように押さえつけた。

「アーケイン・ハウスでのはじめての晩につけられた痕は二日も消えなかったんだぞ」

ヴェネシアは闇のなかでにっこりとほほえみかけた。暗闇のなかでも彼にははっきりと見えていることはわかっていた。「そうなの?」

「そのときにたしか、代償を払うことになると言ったはずだが」

「いいわ、いいわ」

　次にヴェネシアが気がついたときには、ゲイブリエルは手首を放し、身を滑らせて彼女の溶けそうになっている芯《しん》へと動いていた。

　そこにキスされ、ヴェネシアはショックと興奮に身を震わせた。ゲイブリエルがまた覆いかぶさってきて、彼女のなかに深々と身を沈めた。

　ふたりはともにクライマックスの荒れ狂う高波を航海し、超常的なエネルギーと官能的な情熱と愛がもたらす炎のなかに身を投げた。


　かなり時間がたってから、ゲイブリエルは枕に背をあずけ、ヴェネシアをしっかりと抱きしめた。この上なく満たされていると思いながら。幸せで満足だ。愛し、愛されている。

「未亡人でなくなることは困るかい？」と彼は訊いた。

　ヴェネシアは笑って手を伸ばし、いとしそうに夫の顔に触れた。「結局、妻でいることにも利点があるみたいだから」

訳者あとがき

ヒストリカル・ロマンスの名手、アマンダ・クイックの『運命のオーラに包まれて』(原題“Second Sight”)をご紹介します。

ジェイン・アン・クレンツ名義で現代のアメリカを舞台にした作品も数多く発表しているクイックですが、本書は超能力をテーマに、コンテンポラリーとヒストリカルの境界線を飛び越えて壮大なスケールでくり広げられるパラノーマル物のシリーズの一冊です。

そこで重要な役割をはたすのが〈アーケイン・ソサエティ〉という謎めいた組織。十七世紀に錬金術師のシルベスター・ジョーンズによって創設されたこのソサエティは、奇人の集まりと呼ばれ、おもに超能力や超常現象の研究を行っています。その一員で、自身超能力の持ち主であるゲイブリエル・ジョーンズが、いとこのケイレブとともに、祖先であるシルベスター・ジョーンズの墓を発掘するところからこの物語ははじまります。

舞台はヴィクトリア女王朝後期のイギリス。錬金術師の墓から霊薬の製法を記した手帳が盗まれ、ゲイブリエルがその犯人を探すことになります。そんなときに、〈アーケイン・ソサエティ〉の収集品の写真を撮る目的で雇われた女性写真家のヴェネシアがゲイブリエルの前に現れます。

両親を事故で失い、年老いた叔母と弟妹を養わなければならなくなったせいで、結婚をあきらめていたヴェネシアは、人里離れたアーケイン・ハウスで理想そのものといった魅力的なゲイブリエルと出会い、彼とひと晩だけの情熱的な夜を過ごそうと決心します。そうしてつかのまの情熱に身を焼くふたりでしたが、その晩、アーケイン・ハウスに忍びこもうとする男たちが現れ、危険を察知したゲイブリエルは、再会を約束してヴェネシアを家から逃がします。

数日後、ヴェネシアはゲイブリエルが悲劇的な死を遂げたことを新聞の記事で知ります。悲嘆に暮れながらも、家族を養わなければならないヴェネシアは、ソサエティから前金でもらっていたお金をつかってロンドンでギャラリーを開きます。社交界では未婚の女性よりも未亡人のほうが信用を得やすいということで、ゲイブリエルの名前を借り、ジョーンズ夫人と名乗ってロンドンで写真家としてのキャリアをスタートさせます。

ヴェネシアの写真は評判を呼び、上流社交界の注目の的となりますが、そんなところへ死んだと思っていたゲイブリエルが現れます。錬金術師の墓から霊薬の製法が書かれた手帳を盗んだ犯人の目をあざむくために、命を落としたと嘘の情報を流していたのでした。犯人が見つかるまでこのまま夫婦の振りをしていてくれと頼まれたヴェネシアは、はからずも霊薬の製法をめぐるゲイブリエルと悪人との戦いに巻きこまれていきます。

〈アーケイン・ソサエティ・シリーズ〉では超能力者同士のロマンスが描かれていますが、ヴェネシアとゲイブリエルにもそれぞれ世間の目から隠している超能力がありました。ヴェネシアは人のオーラを見る超常視覚の持ち主です。オーラにはその人の本質が現れるため、ヴェネシアは人のほんとうの姿を見極めることができます。彼女が写真家として成功したのも、肖像写真を撮るにあたり、モデルが隠し持つ真の姿を見抜いて象徴的に表すことで、写真に謎めいた魅力を加えることができたからでした。

一方のゲイブリエルは、捕食動物のような暴力的な人間の持つ荒々しいエネルギーを感知する超能力を持っていました。そうしたエネルギーにさらされるたびに、彼自身の血が沸き立ち、狩猟本能を刺激されるため、自分は原始的な存在に退化した人間ではないかと悩み、人を傷つけてしまうことを恐れて誰とも交わらず、孤独な生活を送っています。

そんなゲイブリエルがヴェネシアとかかわることでどのように変化していくかは本書をお読みいただくとして、超能力を持つがゆえの孤独や、秘密を持つ者同士の心の交流が丁寧に描かれていることで、本書はヒストリカルかつ超能力物という非現実的な設定にもかかわらず、ふたりのロマンスが嘘っぽくなく、すんなりと心に響くものになっています。これはやはり、数多くのロマンスの名作を世に送り出してきたアマンダ・クイックの力量によるものでしょう。

本シリーズは現在、ジェイン・アン・クレンツ名義でコンテンポラリー作品が三冊、アマンダ・クイック名義でヒストリカル作品が二冊発表されており、日本でもすでにジェイン・アン・クレンツ名義の〝White Lies〟(邦題『許される嘘』中西和美訳　二見書房)が紹介されています。アマンダ・クイック名義では、本書以外に〝The Third Circle〟が二〇〇八年四月に刊行されており、本書にも登場するケイレブのロマンスを描いた〝The Perfect Poison〟が二〇〇九年四月に刊行予定です。これらもいずれご紹介できれば幸いです。

二〇〇九年四月

運命のオーラに包まれて

著者	アマンダ・クイック
訳者	高橋《たかはし》佳《か》奈《な》子《こ》
	2009年5月20日 初版第1刷発行
発行人	鈴木徹也
発行所	株式会社ヴィレッジブックス 〒108-0072 東京都港区白金2-7-16 電話 03-6408-2325(営業) 03-6408-2323(編集) http://www.villagebooks.co.jp
印刷所	中央精版印刷株式会社
ブックデザイン	鈴木成一デザイン室+草苅睦子(albireo)

 ISBN978-4-86332-148-9 Printed in Japan

ヴィレッジブックス好評既刊

「エメラルドグリーンの誘惑」
アマンダ・クイック　中谷ハルナ［訳］ 840円（税込）ISBN978-4-86332-656-9

妹を死に追いやった人物を突き止めるため、悪魔と呼ばれる伯爵と結婚したソフィー。19世紀初頭のイングランドを舞台に華麗に描かれた全米大ベストセラー！

「隻眼のガーディアン」
アマンダ・クイック　中谷ハルナ［訳］ 903円（税込）ISBN978-4-86332-731-3

片目を黒いアイパッチで覆った子爵ジャレッドは先祖の日記を取り戻すべく、身分を偽って女に近づいた。出会った瞬間に二人が恋に落ちるとは夢にも思わずに……。

「黒衣の騎士との夜に」
アマンダ・クイック　中谷ハルナ［訳］ 903円（税込）ISBN978-4-86332-854-9

持っていた緑の石を何者かに盗まれてしまった美女アリスと、彼女に同行して石の行方を追うたくましい騎士ヒューの愛。中世の英国を舞台に描くヒストリカル・ロマンス。

「真夜中まで待って」
アマンダ・クイック　高田恵子［訳］ 861円（税込）ISBN978-4-86332-914-0

謎の紳士が探しているのは殺人犯、それとも愛？ 19世紀のロンドンで霊媒殺人事件の真相を追う男女が見いだす熱いひととき…。ヒストリカル・ロマンスの第一人者の傑作！

「満ち潮の誘惑」
アマンダ・クイック　高橋佳奈子［訳］ 945円（税込）ISBN978-4-86332-079-6

かつて婚約者を死に追いやったと噂される貴族と、海辺の洞窟の中で図らずも一夜をともにしてしまったハリエット。その後の彼女を待ち受ける波瀾に満ちた運命とは？

「首飾りが月光にきらめく」
アマンダ・クイック　高田恵子［訳］ 861円（税込）ISBN978-4-86332-115-1

名家の男性アンソニーと、謎めいた未亡人のルイーザ。ふたりはふとしたことから、さる上流階級の紳士の裏の顔を暴くため協力することになり、やがて惹かれあっていくが……。

アマンダ・クイックの好評既刊

首飾りが月光にきらめく

The River Knows

アマンダ・クイック

高田恵子＝訳

名家の男性アンソニーと、謎めいた未亡人のルイーザ。
ふたりはふとしたことから、さる上流階級の紳士の
裏の顔を暴くため協力するようになり、
やがてたがいに惹かれあっていく。
だが、ルイーザには恐ろしい秘密が——。

もう二度と彼と
口づけをしてはいけない…

861円（税込）ISBN978-4-86332-115-1